JANNES C. CRAMER

(W)EHE DU GEHST

Thriller

1. Neuauflage 2016

ein Imprint der pixcept KG
Trierer Straße 54, 56072 Koblenz
kontakt@romanfieber.de

Lektorat: LektorenDuo – www.lektorenduo.de
Umschlaggestaltung: Kerstin Burkard, Koblenz
Umschlagabbildungen: magdal3na, lassedesignen – fotolia.com
Druck und Bindung: PRINT GROUP Sp. z o.o., Szczecin
Printed in Poland

ISBN: 978-3-9818175-1-5

www.romanfieber.de

Prolog

»Verdammte Scheiße!« Jonas begutachtete seine rechte Wange im Spiegel, auf der Kira zwei unübersehbare rote Striemen als schmerzhafte Visitenkarte hinterlassen hatte. »Miststück!«, zischte er und wusch sich fluchend die blutverschmierten Hände am kleinen Waschbecken des Hotelzimmers, bis das Wasser wieder klar und durchsichtig in den Abfluss strömte.

Für einige Sekunden starrte Jonas mit leerem Blick sein eigenes Spiegelbild an, dann drehte er den Wasserhahn bis zum Anschlag auf und schöpfte sich mit beiden Händen kaltes Wasser ins Gesicht. Er prustete, doch das kühle Nass half ihm, den Kopf wieder freizubekommen.

Nachdem er sich etwas gesammelt hatte, ging er zurück ins Schlafzimmer. Er betrachtete das schöne Wesen, das beinahe unbekleidet auf seinem Bett lag.

Sie sah so friedlich aus.

Teil 1

33 Stunden vor der Tat
Kira saß auf ihrem Platz in der Economyclass, sah aus dem Fenster und beobachtete die kleiner werdenden Lichter am Boden. Tränen der Erleichterung liefen über ihre Wangen. *Ich habe es wirklich geschafft!,* dachte sie und lächelte.

Sie hatte es nicht mehr ausgehalten, hatte einfach weg gemusst. Weg von ihm, seiner übertriebenen Eifersucht und seinem Jähzorn, der immer häufiger in Handgreiflichkeiten ausartete. ›Wage es ja nicht, mich zu verlassen!‹, hatte er gesagt. ›Ich finde dich, egal wo du dich versteckst!‹ Dennoch war sie gegangen.

Juliane, Kiras beste Freundin und einzige Vertraute in dieser Situation, hatte heimlich zwei Flugtickets auf die Balearen gekauft. Eines davon one-way.

Während der vergangenen Wochen hatte Kira unbemerkt Kleidungsstücke aus ihrem Schrank mitgenommen, wenn sie Juliane besuchte. So waren nun, als es ernst wurde, genügend Sachen für die Reise im geliehenen Koffer.

Still und heimlich war sie in dieser Nacht aus dem Haus geschlichen, zu ihrer Freundin ins Auto gestiegen und auf direktem Weg mit ihr zum Flughafen gefahren. Immer wieder hatte sie sich umgesehen, ob Jonas ihr Verschwinden vielleicht bemerkt hatte und ihr folgte. Erst als die Sicherheitskontrolle am Flughafen hinter ihr lag, konnte Kira aufatmen.

* * *

Etwa zwei Stunden später kamen Kira und Juliane mit dem Shuttle-Bus vor dem wenig einladend aussehenden

Hotel an, in dem für drei Wochen ein günstiges Zimmer mit Vollpension auf den Namen Grunwald reserviert war.

Als die beiden Freundinnen die karg eingerichtete und ganz offensichtlich renovierungsbedürftige Lobby durchquert hatten und den in die Tage gekommenen Aufzug betraten, musste Kira schlucken. Ihr stiegen die geruchlichen Überbleibsel von zahllosen verschwitzten Urlaubern in die Nase, der Teppich auf dem Boden war fleckig und abgewetzt, die Tasten an der Bedientafel zerkratzt und bei jedem Schritt wackelte und knarzte die gesamte Kabine, als könnte sie jeden Moment zusammenbrechen. Kira befürchtete das Schlimmste, als sie an ihr gebuchtes Zimmer dachte.

»Und du meinst wirklich, ich kann morgen schon zurückfliegen?« Juliane sah ihre Freundin besorgt an, als sie gemeinsam in die achte Etage fuhren. Sie hatte das kurze Zögern beim Betreten des Fahrstuhls nicht übersehen.

Kira nickte. »Ich komm schon klar. Du hast sowieso schon so viel für mich getan, das kann ich nie wieder gutmachen.«

»Ach was!« Juliane winkte ab. »Ich bin doch froh, dass ich dir helfen konnte, von diesem Spinner wegzukommen.« Sie stieß einen tiefen Seufzer aus und fügte hinzu: »Und dass wir es unbemerkt geschafft haben.«

Mit einem Ruck hielt der Aufzug im achten Stock und die schmale Tür öffnete sich mit einem unangenehm quietschenden Geräusch. Das Bild, das sich den beiden Frauen im Flur bot, trug nicht unbedingt dazu bei, optimistischer in Richtung Zimmer 812 zu gehen, doch glücklicherweise war die Sorge unbegründet. Der Raum war zwar spärlich eingerichtet, doch auf den ersten Blick unerwartet sauber. Hier und da waren ein paar kleinere und größere Flecken auf dem Fußboden zu sehen, doch insgesamt war Kira positiv überrascht.

Sie warf einen kurzen Blick ins Bad. Ein kleines Waschbecken mit zerkratztem Spiegel, an dem eine Ecke fehlte, eine Toilette, eine Dusche, der Geruch nach Lufterfrischer. Das war alles.

»Und? Was meinst du?«, fragte Juliane mit zweifelndem Blick.

Kira zuckte mit den Schultern. »Na ja, für die kurze Zeit wird es reichen«, antwortete sie. »Ich will ja keinen Luxusurlaub machen.«

In diesem Moment klingelte ihr Handy. Sie zuckte zusammen. Mit einem Schlag war die ganze Anspannung wieder da.

Juliane griff entschlossen nach dem Mobiltelefon, das Kira gerade aus der Hosentasche gefischt hatte, und drückte den Anruf nach einem flüchtigen Blick aufs Display weg.

»Du gehst da nicht dran, hörst du?«, sagte sie mit strengem Unterton und hielt das Handy mahnend hoch.

Kira nickte zögerlich.

Es klingelte erneut, und genau wie beim ersten Mal drückte Juliane sofort auf den Knopf mit dem roten Hörer. Das Spielchen wiederholte sich ein paar Mal, bis es ihr zu dumm wurde und sie das Telefon ausschaltete.

»Jetzt ist endgültig Ruhe«, murrte sie und legte das Handy beiseite. Dann sah sie Kira an. »Bist du eigentlich auch so müde wie ich?«

Kira nickte. »Hundemüde. Ich will nur noch schlafen.«

»Gute Antwort«, schmunzelte Juliane.

Die beiden Freundinnen legten sich eng aneinandergeschmiegt auf das schmale Bett und schliefen kurz darauf ein.

* * *

25 Stunden vor der Tat

»Was fällt dieser Schlampe eigentlich ein?«, fauchte Jonas, als er zum dreiundvierzigsten Mal Kiras Handynummer wählte. Sofort meldete sich die hauchige Stimme der Mailbox: »Guten Tag. Dies ist die Voicemailbox der Nummer ...«

Voller Wut trat Jonas gegen den Couchtisch, sodass die Glasplatte einen breiten Riss bekam und das Hochzeitsfoto von ihm und Kira klirrend auf dem Holzfußboden aufschlug.

Als er am Morgen aufgewacht war, fehlte von seiner Frau jede Spur. Wieso war sie, ohne ihm Bescheid zu sagen, aus dem Haus gegangen, obwohl sie ganz genau wusste, dass er so etwas auf den Tod nicht leiden konnte? Jonas versuchte es noch einmal. Erneut nur die Mailbox. Voller Zorn warf er sein Handy gegen die Wand. Es zersprang in mehrere Einzelteile. Die Kosten für ein neues Telefon würde er Kira von ihrem Haushaltsgeld abziehen, so viel war schon mal sicher.

Bestimmt ist sie wieder bei Juliane, diesem dummblonden Miststück, dachte Jonas und suchte in seinem kleinen Notizbuch nach ihren Kontaktdaten. Das in schwarzes Kunstleder gebundene Büchlein enthielt Informationen zu nahezu allen Personen, mit denen Kira in den letzten Monaten zu tun gehabt hatte, ob beruflich oder privat. Jonas war wohler dabei, wenn er Bescheid wusste, was vor sich ging. Ungewissheit konnte er nur schwer ertragen, besonders wenn es um seine Frau ging. Er hatte auch kein Problem damit, einen vermeintlichen Konkurrenten oder allzu enge Vertraute von Kira mit subtilen Drohungen aus ihrem Freundeskreis zu vertreiben. Nur bei Juliane war es ihm nicht gelungen.

Da sein Handy unbrauchbar war, blieb Jonas nichts anderes übrig, als zur wenige Kilometer entfernten Kiesgasse 12 zu fahren, um die Angelegenheit zu klären. In seiner aufgebrachten Stimmung waren ihm die Verkehrsregeln völlig egal. Nach nur zehn Minuten hatte er die Strecke zurückgelegt und dabei zwei rote Ampeln und beinahe eine ältere Dame mit Rollator überfahren. Jonas stellte den Sportwagen halb auf dem Gehsteig ab und ging mit schnellen Schritten zur Tür des kleinen Reihenhauses. Die rasante Fahrt hatte seinen Adrenalinspiegel zusätzlich in die Höhe getrieben, und als ihm trotz mehrfachem Klingeln niemand die Tür öffnete, trommelte er mit der Faust dagegen.

»Mach auf, verdammt! Ich weiß genau, dass Kira bei dir ist!«

Keine Reaktion.

»He, junger Mann! Was tun Sie denn da?«

Die Stimme der älteren Dame aus dem Nachbarhaus ließ Jonas innehalten. »Wonach sieht es denn aus?«, grummelte er.

»Wie bitte?«, tönte es zurück.

Jonas hatte keinen Nerv für so etwas. »Kümmern Sie sich um Ihren eigenen Kram!«, schrie er der Frau entgegen und hämmerte erneut gegen die Tür.

* * *

23 Stunden vor der Tat

Kira streckte sich ausgiebig. So gut wie in den letzten Stunden hatte sie schon lange nicht mehr geschlafen. Selbst die in regelmäßigen Abständen über das Hotel donnernden Flugzeuge hatten daran nichts geändert. Juliane war bereits aufgestanden und zog die Vorhänge zur Seite, sodass Kira die Augen zusammenkneifen musste.

»Muss das sein?«, fragte sie verschlafen und zog die Bettdecke über den Kopf.

Juliane lächelte. »Na los, du Murmeltier. Mein Flieger geht in sechs Stunden und ich dachte, wir fahren wenigstens noch kurz zusammen an den Strand.«

An den Strand? Es dauerte einen Moment, bis Kira realisierte, dass sie nicht in ihrem eigenen Bett lag.

»Wenn du dich beeilst, können wir im Speisesaal noch eine Kleinigkeit essen, bevor wir uns auf den Weg machen.«

Kira gähnte und streckte sich noch einmal. »Okay, bin in zehn Minuten startklar.«

Während sie sich fröhlich pfeifend im Bad zurechtmachte, packte Juliane das Nötigste für den Nachmittag am Meer zusammen.

* * *

Eine Dreiviertelstunde später erreichten sie die Strandpromenade. Das Mittagessen im Hotel war in beiderseitigem Einverständnis ausgefallen, nachdem ihnen ein Blick auf das angerichtete Buffet den Appetit verdorben hatte.

»Ist das schön hier«, seufzte Kira beim Anblick des Meeres.

Ihr letzter Urlaub lag bereits mehr als zwei Jahre zurück und die Zeit mit Jonas im Schwarzwald hatte die Bezeichnung Urlaub noch nicht einmal wirklich verdient. Mit geschlossenen Augen atmete Kira genüsslich die frische Seeluft ein. *So fühlt sich Freiheit an,* dachte sie. Ein Gefühl, das sie schon fast vergessen hatte.

Nach einem Abstecher zu einem kleinen Restaurant, in dem sie das ausgefallene Mittagessen nachholten, schlenderten Kira und Juliane durch den feinen, von der Sonne erwärmten Sand. An einer schönen Stelle, etwas abseits der anderen Strandbesucher, breiteten sie ihre Handtücher aus. Sie genossen die gemeinsamen Stunden, auch wenn die Zeit viel zu schnell vorüberging.

Kira bemühte sich, die Enttäuschung zu verbergen, als ihre Freundin nach einem Blick auf die Uhr begann, die Sachen zusammenzuräumen.

»Süße, wir müssen leider los. Sonst verpasse ich meinen Flug.«

Kira nickte wortlos.

»Und du kommst hier wirklich allein zurecht?«

Kira nickte noch einmal, diesmal entschlossener, und rang sich ein Lächeln ab. »Ich komm schon klar. Außerdem muss doch jemand den Idioten im Auge behalten.«

Juliane lachte. Sie ließ sich nicht anmerken, ob sie Kira die Entschlossenheit abkaufte.

* * *

14 Stunden vor der Tat

Jonas saß auf dem Sofa, die Beine lässig übereinandergeschlagen, und sah in die vor Schreck geweiteten Augen.

»Wie bist du hier rein gekommen?«, fragte Juliane und atmete einmal tief durch. »Ich habe mich zu Tode erschreckt, verdammt! Los, raus hier!« Sie zeigte energisch zur Tür.

Jonas dachte gar nicht daran zu gehen. Langsam erhob er sich von der Couch und ging auf Juliane zu. Mit einem schiefen Grinsen sagte er: »Die Tür war offen. Wo ist Kira?«

»Woher soll ich das wissen?«, erwiderte Juliane patzig. Sie wusste ganz genau, dass sie die Tür abgeschlossen hatte. »Hör zu, wenn du jetzt nicht sofort verschwindest, rufe ich die Polizei, klar?«

Jonas gab sich unbeeindruckt. »Wie du meinst«, sagte er mit einem Schulterzucken und schlurfte in Richtung Tür. Gerade als er an Juliane vorbeiging, drehte er sich ruckartig um, griff sie von hinten und drückte ihr eine Hand auf den Mund. Mit der anderen hielt er ihr ein Küchenmesser an die Kehle. »Du kannst mich nicht für dumm verkaufen, verstanden?«, fauchte er.

Juliane wagte kaum zu atmen.

»Ich frage dich noch einmal«, flüsterte er und hielt seinen Mund dabei so nah an ihr Ohr, dass sie seinen warmen Atem spürte. »Wo ist Kira?« Jonas drückte die Klinge gegen ihren Hals. Er spürte, wie sich Julianes

Körper anspannte und sie vor Angst den Atem anhielt. Vorsichtig lockerte er die Hand vor ihrem Mund gerade so weit, dass sie sprechen konnte, er einen möglichen Schrei aber sofort unterbinden konnte.

»Bist du wahnsinnig geworden? Lass mich los!« Ihre Stimme klang unsicher und brüchig. Fast flehend fügte sie hinzu: »Bitte, Jonas!«

»Nicht, solange du mir nicht geantwortet hast! Ich – will – wissen – wo – Kira – ist!«, wiederholte er unbeirrt. Seine Hand zitterte vor Erregung, sodass die Klinge des Messers einen kleinen Schnitt am Hals verursachte.

»Ich weiß es nicht«, stammelte Juliane und ignorierte den brennenden Schmerz an ihrer Kehle.

»Lügnerin!«, rief Jonas laut und stieß sie kräftig von sich weg. Sie stolperte und stieß mit dem Kopf gegen die Kommode, blieb mit einer blutenden Wunde an der Schläfe regungslos am Boden liegen.

»Fuck!«, entfuhr es Jonas. Er musste sich in Zukunft unbedingt besser unter Kontrolle haben.

* * *

Kira sah nachdenklich auf die Uhr. Sie wunderte sich, dass Juliane noch nicht angerufen hatte, denn eigentlich musste sie längst wieder zu Hause sein. Bei jedem Anruf wurde Kira sofort auf die Mailbox ihrer Freundin umgeleitet. *Vielleicht hatte der Flug Verspätung … Ja, das muss wohl der Grund sein,* dachte sie.

Um sich abzulenken, schaltete sie den kleinen Röhrenfernseher ein und sah sich eine Dokumentation über die Tiere des Regenwaldes auf dem einzigen deutschsprachigen Sender an, der störungsfrei zu empfangen war.

Nach einer weiteren halben Stunde half auch das nicht mehr. Nervös an ihren Nägeln kauend ging Kira mit dem Telefon in der Hand im Zimmer umher.

Als plötzlich das Handy klingelte, benötigte sie keine zwei Sekunden, um das Gespräch anzunehmen. »Na endlich! Mensch, du hast mich vielleicht warten lassen.«

»Wer hat hier wen warten lassen?«

Kira stockte der Atem. Vor lauter Ungeduld hatte sie vergessen, auf das Display zu achten. Die aufgebracht klingende Stimme gehörte nicht Juliane, sondern Jonas. Reflexartig drückte sie das Gespräch weg. Es dauerte nur wenige Augenblicke, bis die blecherne Melodie wieder ertönte.

Komischer Zufall, dachte Kira, als sie den Namen ihrer Freundin auf dem Display las. Sie nahm das Handy ans Ohr. »Hallo Süße. Mensch, mir ist gerade vielleicht was Blödes passiert …«

»Du drückst mich weg?«, schrie Jonas so laut, dass es in ihrem Ohr wehtat. »Wag es nicht, noch einmal aufzulegen, klar?«

Irritiert sah Kira auf die Anzeige des Handys. Dort stand klar und deutlich ›Jule‹.

»Ich rede mit dir, verdammt!«, tönte es aus dem Hörer.

»Was willst du?«, fragte Kira, so kühl sie konnte.

»Das fragst du noch? Wo bist du zum Teufel?«

Wenn Jonas so aufgewühlt war, endete es in der Regel mit zerbrochenen Einrichtungsgegenständen oder Schlimmerem, das wusste Kira aus Erfahrung. Sie war heilfroh, gerade nicht in seiner Nähe zu sein. Er konnte ihr nichts anhaben, also antwortete sie ihm nicht, sondern fragte: »Woher hast du das Handy? Fängst du jetzt etwa auch noch an zu klauen?« Kira war selbst überrascht, wie forsch sie klang.

Jonas hingegen war keineswegs beeindruckt. Im Gegenteil. Das aufmüpfige Verhalten seiner Frau brachte ihn nur noch mehr in Rage. »Du miese …«

Den Rest des Satzes verstand Kira nicht mehr. Um ihr Trommelfell zu schonen, hielt sie das Handy von sich weg und wartete, bis das Geschrei verstummte. Als sie das Telefon wieder ans Ohr hielt, vernahm sie nur noch ein leises Schluchzen. Der markerschütternde Schrei, der kurz darauf folgte, raubte ihr den Atem. Jonas fauchte noch irgendetwas ins Telefon, dann legte er auf. Erst ein paar Minuten später wurde Kira bewusst, was er gesagt hatte: ›Du bist die Nächste!‹

* * *

Jonas steckte das Telefon in die Hosentasche und wartete, bis Juliane aus ihrer Ohnmacht erwachte. Er hatte sie in den Keller getragen, um sich ihr ganz in Ruhe widmen zu können. Hier unten hatte er das Gefühl, vor neugierigen Ohren und Blicken geschützt zu sein.

Als sie zu sich kam, schien sich Juliane für einen Moment zu fragen, was geschehen war, doch dann kehrten ihre Sinne langsam zurück. Und mit ihnen der Schmerz, den das Küchenmesser in ihrer Schulter verursachte. Juliane stöhnte auf.

»Na, willst du mir vielleicht jetzt sagen, wo sie ist?« Jonas presste ihr die linke Hand auf den Mund, umfasste mit seiner rechten den Griff des Messers und drückte leicht dagegen. Eine kleine Bewegung, die genügte, um Juliane Tränen in die Augen zu treiben. Der schmerzverzerrte Ausdruck in ihrem Gesicht ließ ein Lächeln über Jonas' Mundwinkel huschen.

Ihr kaum merkliches Nicken zeigte ihm, dass sie endlich kooperativ sein wollte. Er ließ das Messer los und lockerte den Druck auf ihren Mund.

»Sie ist auf Ibiza«, keuchte Juliane. »Hotel Playa Blanca.«

»Geht doch! War das jetzt so schwer?« Mit einer schnellen Bewegung zog er das Messer aus ihrer Schulter.

Juliane schrie vor Schmerzen auf und wurde kurz darauf ohnmächtig. Nur die hinter dem Rücken mit einem Kabelbinder gefesselten Arme verhinderten, dass sie vom

Stuhl kippte. Für einen Augenblick war Jonas in Versuchung zu warten, bis sie wieder zu sich kam, nur um die Klinge noch einmal in ihren Körper zu stoßen und sich an ihrem Schmerz zu erfreuen. Kira wäre niemals von allein auf die Idee gekommen, ihn zu verlassen. Nur diese hinterhältige Schlange von angeblicher Freundin hatte sie dazu angestiftet, da war er sich sicher. Doch er war nicht dumm. Seine Frau hatte nach dem Telefonat bestimmt die Polizei informiert, also musste er von hier verschwinden.

Jonas warf einen letzten Blick auf Juliane, die regungslos auf dem Stuhl saß, Oberkörper und Kopf vornübergekippt. Von der Schulter her breitete sich ein nasser roter Fleck langsam über das T-Shirt aus. Er hätte zu gern gewusst, ob der Rettungswagen noch rechtzeitig kommen würde, doch zu dem Zeitpunkt wollte er bereits auf dem Weg zu seiner Kira sein.

Mit schnellen Schritten verließ Jonas den Keller und ging zur Vordertür. Im Flur stand er plötzlich der Nachbarin gegenüber. Geistesgegenwärtig verbarg er das Messer hinter dem Rücken, bevor die alte Frau es entdecken konnte.

»Ist alles in Ordnung?«, fragte sie misstrauisch. »Die Tür war nur angelehnt. Ich wollte Fräulein Behring Ihre Sachen zurückbringen.« Sie hielt ihm eine große Schüssel entgegen. »Ist sie da?«

Jonas überlegte nicht lange. »Natürlich, kommen Sie mit.« Er ging lächelnd auf sie zu, und noch bevor sie wusste, wie ihr geschah, trieb er ihr die scharfe Klinge zwischen die Rippen. Die alte Frau schrie nicht einmal, sie riss nur kurz die Augen auf und fiel dann zu Boden. Jonas wartete vergeblich auf das gleiche sonderbar erhebende Gefühl, das ihm sein kleines Spielchen mit Juliane verschafft hatte. Doch aus einem unerfindlichen Grund verspürte er nichts dergleichen. Keine Genugtuung, keine Erleichterung, kein Bedauern. Die alte Frau, deren Blut sich langsam auf dem Boden verteilte, war ihm schlichtweg gleichgültig. Jonas zuckte mit den Schultern und wandte sich ab. Seine Gedanken waren bereits wieder ganz bei Kira. *Oh, du kannst was erleben, Fräulein!*

* * *

12 Stunden vor der Tat

Holper griff verschlafen nach seinem Diensthandy und meldete sich mit belegter Stimme. In der Regel bedeutete es einen nächtlichen Ausflug, wenn das Telefon um diese Zeit klingelte. So auch heute.

»Ich komme sofort«, antwortete er dem Kollegen aus der Nachtschicht so leise wie möglich und legte auf. Holper rieb sich den Schlaf aus den Augen und sah auf die Uhr. Kurz nach Mitternacht. Warum passierte ausgerechnet immer dann etwas, wenn er Bereitschaft hatte? Holper seufzte. Er nahm seine Sachen vom Stuhl und schlich vorsichtig aus dem Schlafzimmer, um seine Frau nicht zu wecken.

Eine halbe Stunde später lenkte er sein rotes Sportcabrio in die Kiesgasse und hielt am Straßenrand hinter einem Streifenwagen. Einer der Beamten verließ seinen Platz vor der Absperrung, kam zu Holper und reichte ihm die Hand.

»Guten Tag, Herr Holper. Der Chef erwartet sie bereits drinnen.«

Holper nickte dem Polizisten zu und ging über den Rasen zur Eingangstür. Peter Hertz, Leiter des Einsatzteams, begrüßte ihn: »Hallo, Frank. Die Zentrale hat einen Anruf von einer jungen Frau bekommen, die sich Sorgen um ihre Bekannte, eine gewisse Juliane Behring, macht.«

Holper warf einen Blick auf den Körper der toten Frau im Flur. Sie war bestimmt siebzig Jahre alt, schätzte er. »Ist sie das? Was ist vorgefallen?«, erkundigte er sich.

Peter Hertz schüttelte den Kopf. »Frau Behring wohnt zwar hier, diese alte Dame ist allerdings ihre Nachbarin von gegenüber. Es wurde ein Streifenwagen geschickt, damit die Kollegen nach dem Rechten sehen. Beim Näherkommen haben sie die offene Haustür und die alte Frau auf dem Fußboden liegen sehen.«

Bevor Holper nach weiteren Einzelheiten fragen konnte, wurde es hektisch. »Wir brauchen den Notarzt hier, schnell!«, rief jemand aus dem Keller. Sofort stürmte der Mann, der eben noch den Tod der alten Frau festgestellt hatte, in Begleitung von zwei Sanitätern die Kellertreppe hinunter.

Holper sah seinen Chef überrascht an und beide folgten dem Rettungsteam. Auf dem Weg nach unten kam ihnen ein jüngerer Kollege entgegen. Seine Hände waren blutverschmiert und das Gesicht kreidebleich, soweit es im schlecht beleuchteten Raum zu beurteilen war. Offenbar war dies seine erste Konfrontation mit Bildern solcher Art. Peter Hertz nahm den jungen Polizisten zur Seite und gab Holper ein Zeichen, allein nach unten zu gehen.

Das Erste, was Kommissar Holper im Kellerraum sah, war Blut. Viel Blut. Die Sanitäter wirkten angespannt, versorgten eine Person am Boden. Daneben lag ein blutgetränktes Stoffbündel. Kurzerhand wurde Holper eingespannt, den Infusionsbeutel zu halten. Am Gesichtsausdruck des Rettungssanitäters, der versuchte, die Blutung an der Schulter zu stillen, konnte Holper erkennen, dass es nicht gut um die junge Frau stand. Sie hatte viel Blut verloren, war scheinbar nicht ansprechbar und musste mit Sauerstoff versorgt werden.

Ein paar Minuten später hatte der Notarzt die Erstversorgung abgeschlossen und die Frau konnte mit einer Trage zum Rettungshubschrauber gebracht werden, der inzwischen auf der Straße gelandet war. Während die weitere Koordination der Ermittlungen vor Ort in den Händen des Teamleiters lag, fuhr Holper zum Krankenhaus, um die Befragung der jungen Frau vorzunehmen, sobald sie wieder ansprechbar war. Falls es überhaupt dazu kommen würde.

* * *

Kira saß auf der Bettkante und starrte vor sich hin, das Handy noch immer in der Hand. Sie wusste nicht, wie lange sie schon so dasaß. Doch auch wenn sie hundemüde war, konnte sie sich nicht schlafen legen. Julianes furchtbarer Schrei und Jonas' Drohung schwirrten in ihren Gedanken umher. Was hatte er nur getan? *Ich bin schuld, wenn er ihr etwas angetan hat,* dachte Kira. Geistesabwesend stand sie auf und ging zur Minibar. Der Hochprozentige aus einem kleinen Fläschchen fand seinen Weg durch ihre Kehle. Sie schüttelte sich. *Scheußlich!*

Plötzlich wurde Kira etwas klar, das sie völlig verdrängt hatte. Jonas wusste inzwischen vermutlich, wo sie war, und in diesem Fall war er sicher schon auf dem Weg zu ihr. Kira wollte sich nicht vorstellen, was dann geschehen würde. Sie musste schnellstens von hier verschwinden. Eilig stand sie auf und packte ihre Sachen in den Koffer. Die Müdigkeit war wie weggeblasen.

Fünfzehn Minuten später wartete sie fertig zur Abreise an der Rezeption. Nervös sah sie sich immer wieder um, als könnte Jonas jeden Moment hereinspazieren, obwohl das völlig unmöglich war. Der Nachtportier versuchte noch, Kira davon zu überzeugen, erst am nächsten Morgen abzureisen, ließ jedoch auf ihr mehrfaches Bitten hin schließlich ein Taxi kommen.

Während der Fahrt prüfte Kira den Inhalt ihres Portemonnaies. Sie hatte etwa vierhundert Euro Bargeld bei sich. Der Betrag hatte eigentlich für ihren gesamten Aufenthalt auf der Insel ausreichen sollen, davon ausgehend, dass das Hotelzimmer ja bereits im Voraus bezahlt war. Jetzt wäre sie wohl nach nur einer Woche pleite. Eine EC-Karte besaß sie nicht, denn Jonas hatte darauf bestanden, das gemeinsame Konto allein zu verwalten. ›Du kannst nicht mit Geld umgehen‹, lautete seine Begründung immer wieder aufs Neue. Kira fiel auch keine andere

Geldquelle ein, die sie nutzen konnte. Außer Jonas hatte sie keine Familie und mit Julianes Hilfe – sie unterdrückte die aufsteigenden Tränen – konnte sie jetzt vermutlich nicht mehr rechnen.

»Neunzehn vierzig«, sagte der Fahrer in brüchigem Deutsch und zeigte lächelnd auf das Taxameter.

Kira bezahlte passend. Als der Mann das fehlende Trinkgeld bemerkte, grummelte er irgendetwas auf Spanisch und machte keine Anstalten, Kira beim Tragen des Koffers zu helfen. Also wuchtete sie das Gepäckstück selbst aus dem Kofferraum. Kaum hatte sie die Heckklappe wieder geschlossen, fuhr der Wagen mit aufheulendem Motor los. Kira seufzte. Sie zog den Koffer hinter sich her und betrat das Foyer des ›Palacio del Mar‹, das seinen Namen, der Fassade nach zu urteilen, schon lange nicht mehr verdiente.

* * *

8 Stunden vor der Tat

Jonas stand vor dem Hotel und rümpfte die Nase. Unter normalen Umständen hätte er keinen Fuß in dieses Gebäude gesetzt, doch Kira zwang ihn dazu. Ein Grund mehr, ihr gehörig die Leviten zu lesen. Auf dem Flug hatte er genügend Zeit gehabt, sich Gedanken über eine angemessene Bestrafung zu machen. Irgendwie landete er dabei immer wieder bei einem Küchenmesser. Der angsterfüllte Ausdruck in Julianes Augen und das Gefühl, wie die Klinge das Fleisch durchstieß, ließen ihn nicht mehr los. Jonas fragte sich, ob es bei Kira wohl auch so sein würde.

»Hallo?« Er hämmerte mit der flachen Hand auf die Glocke, die auf dem Tresen der Rezeption stand, bis der Nachtportier genervt aus dem Hinterzimmer kam. Jonas wartete keine Begrüßung ab, sondern kam sofort zur Sache: »Ich will zu Frau Grunwald.«

Der Portier warf ihm einen skeptischen Blick zu. »Ich darf keine Informationen …«, begann er, doch Jonas griff über den Tresen, packte den hageren Mann an der Weste und zog ihn zu sich heran. »Ich will zu meiner Frau. Sofort!«, zischte er unbeherrscht.

Der Einschüchterungsversuch wirkte. »Señora Grunwald ist abgereist«, stammelte der Portier in gebrochenem Deutsch. »Hat ein Taxi genommen.«

»Wohin wollte sie?«

Der Portier schüttelte den Kopf und antwortete leise: »Ich weiß nicht.«

»Verflucht noch mal!« Jonas ließ ihn los. »Dann rufen Sie mir ein Taxi! Sofort!«

Langsam, mit unsicheren Schritten, ging der Portier zum Telefon, ohne Jonas dabei aus den Augen zu lassen. Als der Mann den Hörer in die Hand nahm, kam Jonas ein Gedanke. »Wehe, Sie rufen die Polizei, verstanden? Ich warne Sie!«

Der junge Mann nickte, wählte eine Nummer und sprach kurz darauf in Spanisch mit jemandem. Als er aufgelegt hatte, sagte er: »Zehn Minuten.«

Jonas lehnte sich an eine Wand und wartete ungeduldig auf die Ankunft des Taxis. Seine Wut auf Kira wuchs mit jeder Minute.

* * *

Holper war auf dem Weg zur Zentrale. Es hatte keinen Sinn, weiter im Krankenhaus zu warten. Da die Ärzte die schwer verletzte Frau in ein künstliches Koma versetzt hatten, war in absehbarer Zeit nicht damit zu rechnen, etwas von ihr zu erfahren. Wenigstens war ihre Identität inzwischen geklärt. Die Spurensicherung hatte im Haus des Opfers persönliche Fotos und Dokumente gefunden, die zweifelsfrei belegten, dass es sich um Juliane Behring handelte.

Wenig später parkte Holper seinen Wagen vor dem Revier und betrat das rot verklinkerte Gebäude. Seine Schuhe ließen ein regelmäßiges Klacken durch den kargen neonbeleuchteten Flur hallen. In der Nacht wirkte hier alles noch weniger einladend als tagsüber.

Als Holper im Besprechungsraum eintraf, war ein Teil des Einsatzteams bereits versammelt.

»Hallo, Frank«, begrüßte ihn der Teamleiter. »Wie sieht es aus?«

Holper schüttelte den Kopf. »Von Frau Behring können wir keine Hilfe erwarten. Sie wird auf absehbare Zeit nicht ansprechbar sein.«

Peter Hertz kniff die Lippen zusammen. »Das ist leider nicht unser einziges Problem. Wir haben die Anruferin orten können.«

»Wenigstens etwas«, warf Holper ein.

»Wie man es sieht. Der Anruf kam aus Spanien, genauer gesagt Ibiza. Wir haben mehrfach versucht, die Nummer zurückzurufen, doch es ging niemand dran. Inzwischen scheint das Handy ausgeschaltet worden zu sein. Oder der Akku ist leer. So oder so: Derzeit ist diese Spur eine Sackgasse.«

»Was ist mit dem Verdächtigen?«

Der Teamleiter seufzte. »Verschwunden. Jonas Grunwald ist nicht zu Hause. Wir haben dort eine Streife postiert, doch ich gehe nicht davon aus, dass er bald zurückkommt.«

»War schon ein Team im Haus der Grunwalds?« Holper kratzte sich an der Stirn.

Peter nickte. »Bohm, Kohler und Richter. Sie sind kurz vor dir angekommen.« Er wandte sich an die einzige Frau der Runde. »Frau Kohler, würden Sie bitte berichten?«

Sabine Kohler stand auf und ging zum bereitgestellten Clip-Board. Sie pinnte ein Foto an die weiße Tafel. »Das sind Kira und Jonas Grunwald. Das Handy, von dem aus der Anruf erfolgte, gehört Herrn Grunwald. Wir gehen also davon aus, dass seine Frau sich derzeit auf Ibiza befindet und von dort aus angerufen hat.«

»Sie ist allein dort?«, hakte Kommissar Hertz nach.

»Das wissen wir noch nicht. Die Anfrage bei den Fluggesellschaften läuft. Um diese Uhrzeit dürfte es allerdings schwierig sein, eine schnelle Antwort zu bekommen. Wir versuchen, Freunde und Bekannte der Grunwalds zu finden, um etwas Licht in die Sache zu bringen. Bisher ist noch völlig unklar, weshalb Frau Grunwald ihren Mann verdächtigt. Wir wissen nur, dass er sie heute beinahe fünfzig Mal angerufen hat.« Frau Kohler reichte Holper und dem Teamleiter eine Kopie der Anrufliste, auf der die entsprechenden Einträge farbig hervorgehoben waren.

»Wer macht denn so was?«, sprach Holper seinen Gedanken laut aus. »Das klingt ja, als hätte er nicht gewusst, wo seine Frau ist.«

»Bei der Hausdurchsuchung in der Kiesgasse haben wir einen Laptop gefunden, wohl von Frau Behring«, fuhr Kohler fort. »Er ist bereits bei unserem IT-Spezialisten.«

Wie aufs Stichwort klopfte es an der Tür und Jens Vogt betrat den Raum. Er wedelte mit einigen ausgedruckten Papierseiten. »Das wird Sie interessieren«, sagte er mit einem zufriedenen Lächeln und reichte Peter Hertz die Blätter. »Frau Behring hat online Flugtickets für zwei Personen und ein Hotelzimmer auf Ibiza gebucht. So weit vielleicht nicht ungewöhnlich. Allerdings gibt es nur ein Ticket für den Rückflug, und zwar mit dem Datum von gestern.«

Der Teamleiter betrachtete die Seiten und gab sie anschließend an Kommissar Holper weiter. Der Ausdruck enthielt eine Buchungsbestätigung für das Hotel ›Playa Blanca‹ und die Flugtickets für Frau Behring und Frau Grunwald. Holper sah seinen Chef an und erkannte an dessen Gesichtsausdruck, dass er wohl den gleichen Gedanken hatte. Kira Grunwald hatte nicht vor, in nächster Zeit zurückzukehren, und ihr Mann war auf der Suche nach ihr. Sie war vor *ihm* davongelaufen.

Im Krankenhaus hatte Holper erfahren, dass die Stichwunde in der Schulter nicht innerhalb von kurzer Zeit tödlich, dafür aber umso schmerzhafter war. Zusammen mit den neuen Erkenntnissen ließ das nur einen Schluss zu: Jonas Grunwald hatte Frau Behring gefoltert, um den Aufenthaltsort seiner Frau zu erfahren. Vielleicht war er sogar bereits auf dem Weg zu ihr. Sie mussten die spanischen Behörden informieren.

* * *

7 Stunden vor der Tat
Es war viel besser gelaufen, als er es sich vorgestellt hatte. Der Taxifahrer, den der Portier gerufen hatte, war derselbe, der auch Kira chauffiert hatte, und er sprach Englisch. Nicht perfekt, aber ausreichend. Jonas' Geschichte von den wichtigen Medikamenten, die seine Frau mitsamt Handy im Hotel vergessen hatte, war offenbar so glaubhaft, dass ihn der Fahrer, ohne zu zögern, im Eiltempo zu ihrem Hotel gebracht hatte.

Nun saß er in seinem Zimmer, den Kopf auf die Hände gestützt, und dachte nach. Zum ersten Mal seit Kiras Verschwinden hatte seine Vernunft gesiegt. Er musste das Wiedersehen mit seiner Frau planen, statt einfach unvorbereitet bei ihr vor der Tür zu stehen. Folglich hatte er im selben Hotel ein Zimmer unter dem Namen Tim Rothstein gemietet, seinem zweiten Vornamen und dem Mädchennamen seiner Mutter. Zum Glück hatte der Portier keinen Ausweis verlangt.

Jonas gönnte sich ein paar Stunden Schlaf. Er war erschöpft und konnte in dieser Nacht sowieso nichts mehr erreichen.

* * *

3 Stunden vor der Tat

Kira streckte sich ausgiebig, ihr Nacken knackte und sie fühlte sich völlig verspannt. In den vergangenen Stunden hatte sie sich mehr von einer Seite auf die andere gewälzt, als wirklich zu schlafen. Besonders ärgerlich war, dass ihr Handy noch im anderen Hotel lag. In der Hektik hatte sie es im Zimmer liegen lassen und den Verlust erst bemerkt, als es zu spät war. Zurück konnte sie keinesfalls. Nicht, wenn Jonas dort vielleicht schon auf sie wartete.

Das energische Knurren ihres Magens erinnerte sie daran, dass die letzte Mahlzeit schon eine Weile zurücklag. Kira sah auf die Uhr. Hoffentlich war der Frühstücksraum noch geöffnet. Im Eiltempo wusch sie sich, zog sich an und fuhr mit dem Aufzug nach unten. Die Zuversicht, ihren Hunger stillen zu können, schwand, als sie im Untergeschoss vor verschlossener Tür stand. ›Frühstück von 7:00 Uhr bis 9:30 Uhr‹ stand dort auf einem Schild. *Mist! Eine Viertelstunde zu spät.*

Kira erkundigte sich an der Rezeption nach einer günstigen Frühstücksmöglichkeit außerhalb des Hotels und ging zurück in ihr Zimmer, um das Geld aus dem Safe zu holen.

* * *

Jonas wäre Kira beinahe in die Arme gelaufen, als er von einem kurzen Verdauungsspaziergang nach dem Frühstück zurück ins Hotel kam. Im letzten Moment konnte er sich hinter einer der Palmen verstecken, die zur Verbreitung von südländischem Urlaubsflair in der Lobby aufgestellt waren. Von dort aus beobachtete er, wie seine Frau zum Speisesaal ging und nur wenig später mit enttäuschtem Gesichtsausdruck zurückkehrte. Sie sprach mit einem Hotelangestellten und verschwand anschließend im Aufzug. Jonas glaubte nicht, dass sie lange in ihrem Zimmer bleiben würde, also nahm er sich eine der Tageszeitungen, die in der Sitzecke der Lobby auslagen, und ließ sich auf dem Polstersofa nieder. Immer wieder spähte er an der Zeitung vorbei zur Tür des Aufzuges, um seine Frau auf keinen Fall zu verpassen.

Jonas behielt mit seiner Vermutung recht. Es dauerte kaum zehn Minuten, bis Kira in luftig sommerlicher Kleidung aus dem Fahrstuhl trat. Sie reichte dem Portier mit einem freundlichen Kopfnicken ihre Schlüsselkarte über den Tresen und verließ mit zügigen Schritten das Hotel.

Schnell stand Jonas auf. »Entschuldigung«, rief er dem Portier noch im Gehen zu. »Ich hätte da eine Frage.«

Der ältere Mann wartete, bis Jonas herangekommen war. Dann erkundigte er sich in flüssigem Deutsch mit hörbar spanischem Akzent: »Ja, bitte? Wie kann ich Ihnen helfen?«

»Meine Karte funktioniert nicht.« Jonas legte die Schlüsselkarte seines Hotelzimmers vor sich. »Das Licht am Türschloss blinkt jedes Mal rot, wenn ich sie einstecke.«

»Einen Moment bitte.« Der Portier nahm die weiße Plastikkarte mit dem in goldenen Lettern aufgedruckten Schriftzug des Hotels in die Hand und betrachtete sie von allen Seiten, als könne er auf diese Weise das Problem erkennen. Dann drehte er sich um und verschwand im Hinterzimmer.

Jonas nutzte den Moment und suchte mit den Augen den Bereich hinter dem Tresen ab. Er hoffte, dass der Mann noch keine Gelegenheit gehabt hatte, Kiras Schlüsselkarte zu verstauen.

Mist! Neben der Computertastatur lagen drei Karten, eine von ihnen jedoch mit der unbedruckten Seite nach oben, sodass die Zimmernummer nicht zu sehen war. Jonas merkte sich die Ziffern auf den zwei übrigen Schlüsselkarten. Vierte und fünfte Etage.

»Herr Rothstein?« Der Portier stand plötzlich wieder vor ihm. »Herr Tovar wird sich um das Problem kümmern. Warten Sie bitte kurz.«

Jonas wandte ihm den Blick nur langsam wieder zu, um nicht ertappt zu wirken. »Vielen Dank«, antwortete er ruhig.

* * *

Der kleine, rundliche Haustechniker, der ihn wenig später in den ersten Stock begleitete, schwitzte bei der Ankunft an der Zimmertür bereits deutlich sichtbar, obwohl sie den Aufzug genutzt hatten. Crisanto, so stand es auf dem Namensschild, das etwas schief an der Brusttasche seines schmuddeligen Hemdes befestigt war, hatte erwartungsgemäß keine Schwierigkeiten, die Tür mit Jonas' Karte zu öffnen. Gleich beim ersten Versuch ertönte ein kleiner Piepton, das Licht blinkte grün auf und ein leises Klacken signalisierte, dass das Schloss nun entriegelt war.

Mit einer Mischung aus Verwunderung und Ärger über den unnötigen Arbeitseinsatz blickte der Mann Jonas an. Der machte ein erstauntes Gesicht, als wüsste er ebenso wenig, weshalb sich die Tür nun plötzlich ohne Mucken öffnen ließ. Er bedankte sich knapp, aber höflich und verschwand in seinem Zimmer, ohne dem Techniker Gelegenheit zu geben, noch irgendwelche Fragen zu stellen.

Als Jonas sich auf die Bettkante setzte, verursachte sein Körpergewicht ein leises Knarzen im Holz. Er nahm den Telefonhörer in die Hand, über dessen Tastenfeld ein kleiner Aufkleber mit der Aufschrift ›Reception: 1-0-0‹ angebracht war. Jonas wartete auf das Freizeichen und wählte die erste Zimmernummer: ›4-2-2‹. Für einen Moment war es still in der Leitung, doch dann hörte er das regelmäßige Tuten, auf das er gehofft hatte.

»Hello?«

Jonas legte auf. Dieses Zimmer konnte er streichen. Sofort wählte er die zweite Nummer: ›5-1-9‹. Es folgte der gleiche Ablauf wie zuvor, nur nahm diesmal niemand das

Gespräch an. Jonas entschied, es später noch einmal zu probieren. Er hatte einen Plan.

* * *

1 Stunde vor der Tat

Frank Holper wartete ungeduldig auf die Rückmeldung der spanischen Polizei. Bereits vor über sechs Stunden hatte sich ein Kollege mit der Inselpolizei in Verbindung gesetzt und die bekannten Informationen zum Sachverhalt übermittelt.

Holper war kein Freund des untätigen Herumsitzens. Natürlich war es keinesfalls so, dass er nicht anderweitige Aufgaben zu erledigen hatte, doch die Aufklärung *dieses* Falls war dringlicher. Als es eine Stunde später immer noch keine Nachricht von der Insel gab, hatte er das Warten satt. Er holte sein privates Handy aus der Jackentasche und suchte die Nummer seines spanischen Kollegen Icaro Batista aus der Kontaktliste. Zwei Jahre zuvor hatte der Spanier an einem Austauschprojekt mit der deutschen Polizei teilgenommen und drei Monate lang mit Holper zusammengearbeitet. Seitdem hielten sie unregelmäßigen E-Mail-Kontakt und so wusste Holper, dass Icaro seinen Dienst inzwischen auf Ibiza verrichtete.

»¡¿Oiga?!«, begrüßte ihn die raue Stimme am anderen Ende der Leitung.

»Hallo Icaro!« Holper unterließ den Versuch, Spanisch zu sprechen. Seine rudimentären Kenntnisse reichten mit Mühe und Not für eine Verständigung aus, wenn er Hände und Füße zu Hilfe nehmen konnte. Selbst während der gemeinsamen Zeit mit Icaro hatte es für Holper keine Gelegenheit gegeben, Spanisch zu lernen, denn Icaro sprach sehr gut Deutsch. »Entschuldige, dass ich auf den Small Talk verzichte, aber ich brauche deine Hilfe«, fuhr Holper fort.

»Frank, schön von dir zu hören. Ich denke, ich weiß schon, weshalb du anrufst«, entgegnete Icaro mit einem unverkennbaren Lächeln in der Stimme. »Wir haben sie vielleicht gefunden. Wir wollen gerade zur Adresse aufbrechen, wo sie laut Taxiunternehmen abgesetzt wurde. In dem Hotel, das deine Kollegen uns genannt haben, war sie nicht mehr. Allerdings scheint eure Vermutung zuzutreffen. Der Mitarbeiter dort sagte, dass ihr Mann letzte Nacht im Hotel war und sie gesucht hat.«

Holper schluckte. Er konnte nur hoffen, dass Jonas Grunwalds Suche bislang noch nicht erfolgreich gewesen war. Andernfalls ... Er schob den Gedanken entschlossen beiseite. »Hältst du mich auf dem Laufenden? Du weißt ja, der Dienstweg kann furchtbar lang sein ...«

»Da hast du recht, mein Lieber«, antwortete Icaro schmunzelnd. »Ich melde mich, sobald ich mehr weiß. Und wenn du mal bei uns auf Ibiza bist, dann gehen wir ein Bierchen trinken, okay? Du zahlst.«

Holper lachte. »Einverstanden. Bis dann.«

* * *

Währenddessen

Auf seinem Stockwerk war das Zimmermädchen vor wenigen Minuten in den Aufzug gestiegen. Jonas lief die Treppe in die zweite Etage hinauf. Auch wenn es nicht sehr wahrscheinlich war, schien ihm das Risiko, im Aufzug zufällig auf Kira zu treffen, zu hoch. Faul, wie sie war, würde sie ihm im Treppenhaus wohl kaum begegnen.

Wie erwartet war das Zimmermädchen gerade dabei, die Räume zu säubern und die Spuren der abgereisten Gäste zu beseitigen. Jonas ging auf die junge Frau zu, als sie gerade etwas aus ihrem Rollwagen holte. Mit wütendem Gesichtsausdruck und wilden Gesten redete er in unverständlichen Sätzen auf sie ein. In ihrem Gesicht sah er deutlich die Verwirrung. Die Spanierin wusste nicht, *konnte* nicht wissen, was er von ihr wollte. Weiterhin wild gestikulierend führte er sie in das geöffnete Zimmer und zog in einem günstigen Moment den Anhänger mit der

Generalschlüsselkarte aus ihrer Kitteltasche. Um das Zimmermädchen zu beschäftigen, zupfte er das frisch aufgezogene Bettlaken von der Matratze und deutete mit grimmiger Miene darauf, als wäre er mit ihrer Arbeit absolut nicht zufrieden. Schließlich, die Frau wusste immer noch nichts mit seinem Auftritt anzufangen, winkte er genervt ab und stapfte an ihr vorbei aus dem Zimmer. Zufrieden lächelnd zog er die Tür geräuschvoll hinter sich zu. Er löste die Generalschlüsselkarte vom Anhänger, ersetzte sie durch seine eigene, von der er mit einem Stück Würfelzucker die aufgedruckte Zimmernummer abgerieben hatte, und legte sie auf den Rollwagen. Eine defekte Karte war nicht ungewöhnlich, also sollte es eine Weile dauern, bis die Dame merken würde, dass dieser Schlüssel keine einzige Tür auf der Etage öffnen konnte. Ohne große Eile ging Jonas die Treppe hinunter ins Erdgeschoss.

Als er dort jedoch die Tür zur Lobby öffnete, stockte ihm der Atem. An der Rezeption standen zwei Männer in Uniform und sprachen mit dem Portier. Jonas drehte sich um und rannte die Treppe wieder hinauf. Nun war er froh, dass sein Zimmer im ersten Stock lag. Er lief den Flur entlang zur Tür mit der Nummer 117. Ausgerechnet jetzt, wo er in Eile war, quittierte das Schloss die ersten Versuche, seine Tür zu öffnen, lediglich mit einem roten Licht. Jonas fluchte vor sich hin, rieb die Karte an seiner Hose und versuchte es erneut, diesmal langsamer. Endlich gab das Schloss den Zugang frei.

Hastig räumte Jonas die wenigen Sachen, die er ausgepackt hatte, zurück in seine Reisetasche. Anschließend verließ er das Zimmer und lief, so schnell es ihm mit Gepäck möglich war, in den fünften Stock. *So war das nicht geplant, verdammt!*, fluchte er innerlich, als er keuchend oben ankam. Mit schnellen Schritten ging er durch den Flur zu Zimmer 518 und verschaffte sich mit der gestohlenen Karte Zutritt. Das Zimmer war bewohnt, doch hielt sich momentan zu seinem, vielleicht auch *dessen* Glück niemand darin auf.

Jonas ging auf den kleinen Balkon und sah sich um. Es war niemand zu sehen, der ihn beobachten konnte. Er zog sich an der kleinen Wand hoch, die diesen Abschnitt des Balkons von dem des Nachbarzimmers abtrennte, und warf vorsichtig einen Blick hinüber. Der Vorhang versperrte ihm die Sicht in den Raum, doch ihm blieb keine Zeit, um seine Vermutung zu überprüfen. Vorsichtig stellte er seine Tasche auf die Betonbrüstung, sah sich noch einmal nach eventuellen Beobachtern um und kletterte auf den angrenzenden Balkon.

Leise schlich er an die Tür heran und lugte am Vorhang vorbei. *Bingo!* Dort auf dem Bett, eingehüllt in einen Bademantel, saß eine Frau. Sie musste frisch geduscht haben, denn die dunklen Haare waren feucht und hingen glatt herunter.

Kira! Sie wandte Jonas zwar den Rücken zu, doch sie war es, da hatte er keine Zweifel.

* * *

Ein Klopfen an der Tür ließ Kira zusammenzucken. Sie rührte sich nicht. Hatte Jonas sie etwa gefunden?

»Señora Grunwald?«

Sie atmete durch. Diese raue Stimme gehörte nicht Jonas. Vorsichtig ging sie zur Tür. »Ja, bitte? Wer ist da?«

»Policía!«

Kira öffnete langsam, immer bereit, die Tür wieder zuzuschlagen, was im Ernstfall wohl wenig genützt hätte. Vor ihr stand ein uniformierter Mann. Er hatte etwa Kiras Größe, sodass sie ihm direkt in die dunklen Augen blickte, als er sich vorstellte.

»Hola, señora. Mein Name ist Inspektor Batista.« Er hielt ihr einen Ausweis entgegen. »Darf ich reinkommen?«

Kira nickte schweigend und ließ den Beamten ins Zimmer.

»Wir sind auf der Suche nach Señor Grunwald. Er ist heute Nacht auf der Insel eingetroffen und offenbar auf der Suche nach Ihnen.«

Die Gewissheit, die diese Aussage für Kira brachte, raubte ihr trotz aller Vorahnungen kurz den Atem. Jonas war ihr auf der Spur, und wenn die Polizei sie so schnell gefunden hatte, konnte er es vielleicht auch. Wieder nickte sie wortlos.

»Haben Sie ihn gesehen?«, fragte der Beamte weiter.

Was für eine blöde Frage, dachte Kira. *Dann würden Sie wohl kaum noch hier mit mir sprechen können.* Sie ließ sich jedoch nichts von diesem Gedanken anmerken und schüttelte stumm den Kopf.

»Ich möchte Sie bitten, mich zu begleiten. Ihr Mann könnte in der Nähe sein und die Kollegen in Deutschland halten ihn für extrem gefährlich.«

»In Ordnung«, antwortete Kira leise. Sie wusste, dass der Polizist recht hatte. Wahrscheinlich hatte er nicht einmal eine Ahnung davon, *wie* recht er hatte. »Ich ziehe mir noch schnell etwas an«, sagte sie und gab dem Beamten dazu ein Zeichen, doch bitte draußen zu warten.

* * *

Jonas hatte mit Herzklopfen beobachtet, wie der Polizist das Zimmer betrat. Aus Angst, entdeckt zu werden, traute er sich nicht, noch einmal durch das Fenster zu sehen. Stattdessen ging er in die Hocke und presste vorsichtig das Ohr an die Scheibe. So konnte er zumindest in Teilen mit anhören, was gesprochen wurde.

Als der Beamte das Zimmer verließ, war Jonas klar, dass ihm nicht viel Zeit blieb. Wenn Kira erst einmal in den Händen der Polizei war, kam er nicht mehr ohne Weiteres an sie heran. Er wartete, bis seine Frau im Badezimmer verschwunden war.

Am Morgen hatte Jonas in zwei verschiedenen Supermärkten bereits einige Utensilien für sein Vorhaben eingekauft. Einen stabilen Schraubendreher, ein großes und ein kleines Küchenmesser, etwas Klebeband und ein paar Kleinigkeiten, die den wahren Grund seiner Einkäufe verschleiern sollten.

Das beinahe geräuschlose Öffnen der Balkontür mithilfe des Schraubendrehers stellte keine besondere Herausforderung dar. Das Hotel hatte ein größeres Augenmerk auf moderne Schlösser an den Zimmertüren gelegt als auf die äußeren Zugänge. Jonas steckte die Rolle Klebeband in den Hosenbund, nahm das lange Küchenmesser in die Hand und schlich in Kiras Zimmer. Durch den Spalt der halb geöffneten Badezimmertür konnte er einen Teil ihres nackten, nicht makellosen, aber durchaus attraktiven Körpers sehen. Vorsichtig bewegte er sich durch den Raum und blieb neben der Tür stehen, angespannt bis in den letzten Muskel seines Körpers.

* * *

Kira war nervös. Was würde wohl geschehen, wenn sie mit dem Beamten mitging? Würde Jonas gefunden? Und wenn, wäre sie dann für den Rest ihres Lebens sicher vor ihm? Sie seufzte tief. Es gab so viele Dinge, die ihr gerade auf der Seele lagen. Langsam zog sie sich die Unterwäsche an und ging zurück ins Zimmer.

Plötzlich nahm Kira eine Bewegung neben sich wahr, doch noch bevor sie reagieren konnte, presste ihr jemand die Hand auf den Mund. Sie schlug nach hinten, traf mit den Fingernägeln das Gesicht ihres Angreifers, ohne dass der Schlag Wirkung zeigte, dann spürte sie den Druck einer kalten Klinge an ihrem Hals.

»Keinen Mucks, sonst sorge ich dafür, dass du nie wieder einen Ton von dir gibst!«, zischte ihr eine wohlbekannte Stimme ins Ohr.

Kiras Puls und Atmung beschleunigten sich.

»Wenn ich die Hand von deinem Mund nehme und du auch nur daran denkst zu schreien, schneide ich dir die Kehle durch, verstanden?«, wiederholte Jonas, als hätte er seine Drohung noch nicht deutlich genug gemacht.

Kira deutete ein Nicken an. Tränen liefen ihr über die Wangen. Sie wusste, dass Jonas kein Mann leerer Worte war, daher folgte sie seinen Anweisungen ohne Widerspruch, als er die linke Hand von ihrem Mund nahm, sie mit dem Rücken gegen die Wand drückte und ihr die Rolle Klebeband reichte.

»Kleb dir den Mund zu, na los!«

Kira tat, was er verlangte. Sie riss mit den Zähnen einen Streifen des Panzertapes ab und klebte es sich mit zitternden Händen auf den Mund.

Jonas kontrollierte mit der freien Hand, dass der Knebel zu seiner Zufriedenheit befestigt war, und drehte seine Frau mit dem Gesicht zur Wand. »Arme auf den Rücken!«, forderte er energisch.

Sie gehorchte.

* * *

Als Jonas Kiras Hände und schließlich auch ihre Füße mit dem Tape fesselte, konnte er deutlich spüren, wie sie am ganzen Körper zitterte. Für ihn war dieses Zeichen der Angst eine kleine Genugtuung, eine winzige Wiedergutmachung für ihren Verrat. Sie hätte es besser wissen müssen. ›Bis dass der Tod uns scheidet‹, hatte sie bei der Eheschließung versprochen und dieses Versprechen würde sie halten. So oder so.

Jonas trug seine Frau zum Bett und warf sie unsanft auf die Decke. Er beobachtete kopfschüttelnd, wie sie dalag, leise wimmernd, mit nicht versiegen wollenden Tränenströmen. Eine Schande, wie die geschwollenen und geröteten Augen ihr sonst so hübsches Gesicht entstellten.

Ein Klopfen an der Tür riss Jonas aus den Gedanken.

»Señora Grunwald?«

Jonas erkannte die Stimme des Polizisten wieder, der ein paar Minuten zuvor mit Kira gesprochen hatte. Für lange Überlegungen blieb keine Zeit.

* * *

Kira hörte das Klopfen, doch sie hätte sich nicht bemerkbar machen können, selbst wenn sie es gewollt hätte.

Jonas warf ihr einen eisigen Blick zu und legte den Finger auf seine Lippen. Dann ging er zur Zimmertür, drückte auf die Klinke und stellte sich so an die Wand, dass die sich öffnende Tür den Blick auf ihn versperrte.

Kira sah den Polizisten hereinkommen. »Señora Grun…« Beim Anblick ihres halb nackten Körpers verstummte er. Erst auf den zweiten Blick schien er das Klebeband auf ihrem Mund und ihre schreckgeweiteten Augen wahrzunehmen, doch dieser kurze Moment der Überraschung genügte Jonas. Mit einem großen Schritt war er hinter den Polizisten getreten und hob blitzschnell das Messer. Mühelos durchschnitt der scharf geschliffene Stahl die Kehle, noch bevor der Mann wusste, wie ihm geschah. Mit aufgerissenen Augen starrte er Kira an und sackte zusammen. Seiner Gurgel entrann ein Laut, der kaum noch an etwas Menschliches erinnerte.

Kira stieß einen vom Klebeband erstickten Schrei aus. Das ängstliche Zittern ihres Körpers wich einer Schockstarre. Alle Gedanken waren mit einem Mal hinweggefegt, zurück blieb eine leere Hülle, die zu keiner Bewegung oder Gefühlsregung fähig war.

Wie in Trance nahm Kira wahr, dass Jonas wütend fluchend im Bad verschwand, den Wasserhahn aufdrehte und sich die Hände wusch. Für einen Moment war nur das Geräusch des stetig ins Waschbecken laufenden Wassers zu hören. Dann wurde das Rauschen lauter und Jonas prustete, als hätte ihm jemand einen Eimer kaltes Wasser über den Kopf geschüttet.

Es dauerte nicht lange, bis er zurück in den Raum kam. Mit einem leichten Lächeln auf dem Gesicht lehnte er an der Wand und betrachtete Kira, wie er es oft tat, nachdem er ihr gezeigt hatte, wer ›der Herr im Haus‹ war.

* * *

Das zufriedene Gefühl, seine Frau gehorsam und ohne Widerworte daliegen zu sehen, wich schnell der Frage nach dem ›Und jetzt?‹. Jonas wurde langsam bewusst, was in den letzten Minuten geschehen war. Er musste dringend von hier weg und Kira würde ihn begleiten.

Kurz entschlossen suchte er mit dem Smartphone eine nahe gelegene Autovermietung heraus und reservierte telefonisch einen Kleinwagen für vier Tage, dann kramte er eilig einige von Kiras Sachen aus ihrem Koffer. Ein Sommerkleid, leichte Schuhe und eine Sonnenbrille warf er zu seiner Frau aufs Bett. Er hob das Küchenmesser vom Boden auf und beugte sich über sie.

Mit angsterfüllten Augen sah Kira ihn an.

»Jetzt hör mir ganz genau zu, mein Schatz«, forderte er mit eiskalter Härte. »Du ziehst das hier an. Ich mache dir die Hände los, aber wehe, du versuchst irgendwelche Dummheiten!« Mit der Klinge deutete er auf den blutüberströmten Polizisten. »Eine falsche Bewegung und du darfst dich zu ihm legen, klar?«

Kira nickte eingeschüchtert.

Mit einem schnellen Griff schnitt Jonas das Klebeband an ihren Händen durch und zog sie am Arm vom Bett hoch. »Los, beeil dich!«

Während seine Frau das Kleid anzog und die Schuhe über die noch gefesselten Füße streifte, räumte er alles Überflüssige aus seiner Reisetasche, schob es unter das Bett und stopfte stattdessen Kiras Kleidung hinein. Je leichter das Gepäck war, desto besser. Kaum hatte Kira das Kleid übergezogen, band er ihre Hände erneut hinter dem Rücken zusammen.

Jonas schob mit einiger Anstrengung die Leiche des Polizisten unters Bett und versuchte, einen Teil des Blutes mit einem Handtuch aus dem dunklen Teppich zu reiben. Er betrachtete das Ergebnis. Wenigstens fiel der Fleck nicht mehr direkt ins Auge, wenn man kurz ins Zimmer sah.

Nun entfernte er das Tape an Kiras Knöcheln. Er zerrte sie zum Spiegel, setzte seine Sonnenbrille auf und stellte sich neben sie. Unzufrieden schüttelte er den Kopf. Es wirkte nicht unauffällig genug.

Jonas holte Kiras Sonnenhut und eines ihrer Strandtücher, das er ihr großzügig um die Schultern legte, bis es ihre Arme und die gefesselten Hände verdeckte. Wieder betrachtete er das Bild im Spiegel und wiegte unschlüssig den Kopf hin und her. Etwas fehlte noch. »Freundlicher schauen!«, fauchte er und stieß Kira den Ellenbogen in die Rippen.

Sie rang sich ein gequältes Lächeln ab, das unter dem Klebeband nur zu erahnen war. Die vom Weinen geröteten Augen waren hinter der Sonnenbrille gut versteckt.

»Braves Mädchen.« Jonas legte den Arm um ihre Schultern. »Und wir wollen doch sicher beide, dass dieser Gesichtsausdruck bleibt, oder?«

* * *

Kira spürte die Spitze des Messers, das Jonas ihr in die Seite drückte, und hielt die Luft an. Er brauchte nur ein wenig kräftiger zuzudrücken, um die Klinge zwischen ihre Rippen gleiten zu lassen, da war sie sicher. Doch sie lächelte tapfer. *Gib ihm nur keinen Grund …*, dachte sie.

Sie gehörte ihm, das hatte er unmissverständlich klar gemacht, und er schreckte nicht einmal davor zurück, Menschen kaltblütig zu ermorden, die ihm im Weg waren. Kira erschauerte. *Juliane!*, durchfuhr es ihre Gedanken wie ein schmerzhafter Blitz. Was hatte er ihrer Freundin wohl ihretwegen angetan?

Jonas schulterte die Reisetasche und führte Kira zur Tür. Vorsichtig öffnete er, spähte hinaus und hängte das ›Bitte nicht stören‹-Schild an die Klinke. Dann zog er Kira hinter sich her über den Flur bis zum Notausgang. Sie hatte erwartet – oder vielmehr gehofft –, dass beim Öffnen der Tür zur Feuertreppe ein Alarm ertönen würde, doch es blieb still. Ohne Aufmerksamkeit zu erregen, kletterten sie hinunter. Jonas ging leicht versetzt hinter Kira und hielt sie mit einer Hand am Arm fest. Mit leichten Stößen zeigte er ihr deutlich, dass ihm der Abstieg nicht schnell genug ging, doch Kira ignorierte sein Drängen, setzte weiterhin vorsichtig einen Schritt vor den anderen, um auf den schmalen Eisenstufen nicht zu stolpern. Mit den Händen auf dem Rücken hatte sie Angst, das Gleichgewicht zu verlieren, und sie glaubte nicht daran, dass Jonas sie halten würde, falls sie stürzte.

Kaum waren sie unten angekommen, stand er wieder direkt neben ihr und sie spürte das leichte Stechen an den Rippen, das sie daran erinnern sollte, keine Dummheiten zu begehen.

Auf einmal fühlte sie Jonas' warmen Atem an ihrem Ohr. »Zähne und Lippen zusammenpressen!«, kam die geflüsterte Anweisung. Noch bevor sie den Sinn seiner Worte verstanden hatte, spürte Kira einen brennenden Schmerz im Gesicht, der ihr die Tränen in die Augen trieb. Mit einem Ruck hatte Jonas das Tape von ihrem Mund gerissen und ihr stattdessen für einige Sekunden die Hand auf den Mund gedrückt.

»Weiter geht's! Lächeln, mein Schatz«, sagte er mit einem schadenfrohen Grinsen und nahm seine Position neben ihr ein, den linken Arm scheinbar zärtlich um ihre Schultern gelegt und das Messer bereit, innerhalb von Sekundenbruchteilen den tödlichen Stich zu setzen.

Jonas führte sie in eine Nebenstraße, fort vom Hotel. Falls er angespannt war, ließ er es sich nicht anmerken. Er wirkte so unbeschwert wie auf einem der Sommerspaziergänge, die sie vor langer Zeit des Öfteren unternommen hatten. Damals, als er noch normal war. Oder zu sein schien. Offenbar hatte er auch keinen Grund, besorgt zu sein. Sie begegneten auf ihrem Weg durch die Gassen einigen Urlaubern, doch niemand schien sich für das langsam Richtung Meer schlendernde Paar zu interessieren. Sie alle sahen nur ein sommerlich gekleidetes Pärchen, offensichtlich unterwegs zum Strand.

* * *

Zwei Querstraßen vor der Promenade bog Jonas nach rechts ab und steuerte die Filiale der Autovermietung an. Nun würde einer der heikelsten Momente kommen, das wusste er. Hoffentlich hatte Kira seine Drohungen ernst genommen. Eine weitere blutige Begegnung wollte er gern vermeiden. Immerhin lächelte Kira die ganze Zeit über brav, auch wenn ein geübtes Auge die Maske der aufgesetzten Fröhlichkeit erkennen würde.

Der Angestellte, der Jonas Mietvertrag und Übergabeprotokoll für das Auto aushändigte, interessierte sich offensichtlich mehr für das Geschäft als für seine Kunden. Kira verhielt sich ruhig und gehorsam, selbst als Jonas seinen Arm von ihr lösen musste, um den Empfang des Kleinwagens zu quittieren und die Schlüssel entgegenzunehmen.

* * *

Kira hatte dem Verkäufer einige flehende Blicke zugeworfen, die er durch die dunklen Gläser ihrer Sonnenbrille nicht wahrgenommen hatte. Ohnehin hatte die Abwicklung der Übergabe nur wenige Minuten gedauert, denn Jonas hielt es wohl nicht für nötig, den Wagen auf Schäden zu untersuchen.

Nun saß sie also auf dem Beifahrersitz, die Arme ungemütlich zwischen Rücken und Lehne eingeklemmt, die inzwischen wieder gefesselten Füße unter der Reisetasche vergraben. Die Fahrt dauerte noch keine Viertelstunde, als der Hafen in Sichtweite kam. Jonas steuerte den Kleinwagen direkt zur Anlegestelle der Fähre.

* * *

1 Stunde später
Holper wartete vergeblich auf die versprochene Rückmeldung seines spanischen Kollegen. Zwei Stunden waren inzwischen seit dem Telefonat mit Icaro Batista vergangen und die einzigen Informationen von offizieller Seite waren, dass die Frau wirklich in besagtem Hotel untergekommen war und die örtlichen Beamten auf dem Weg waren, um sie abzuholen. Nichts, das Holper nicht bereits wusste.

Zweimal hatte er bereits vergeblich versucht, Batista auf dem Handy zu erreichen, doch dieser meldete sich nicht. Der Anruf landete nach einiger Zeit auf der Mailbox.

»Frank! Sie ist weg!« Sabine Kohler stürmte in Holpers Büro, wie es sonst nicht ihre Art war. »Wir wissen nichts Genaueres, aber einer der Polizisten, die sie abholen sollten, ist anscheinend tot.«

»Tot?«, wiederholte Holper ungläubig. »Aber wie …« Er sah seine Kollegin fragend an, doch diese zuckte nur mit den Schultern und schüttelte den Kopf. »Was ist mit der Handy-Ortung?«, wollte er wissen.

»Die letzte Angabe, die wir zu Jonas Grunwald haben, ist ein Umkreis von einigen Hundert Metern um das Hotel. Allerdings war uns ja bereits bekannt, dass er sich in diesem Bereich aufhalten könnte. Inzwischen ist das Signal verschwunden, wahrscheinlich hat Herr Grunwald das Telefon abgeschaltet. Das Mobiltelefon von Frau Grunwald wurde im ersten Hotel gefunden, in dem sie übernachtet hat. Offenbar hat sie es dort zurückgelassen.«

»Verdammt!« Holper schlug mit der Faust auf den Schreibtisch. »Lassen Sie die Kontobewegungen prüfen. Wir müssen wissen, was dieser Kerl vorhat.«

»Okay, Chef.« Sabine Kohler nickte und verließ den Raum.

Holper musste unwillkürlich grinsen. ›Chef‹ hatte ihn bisher noch keiner der Kollegen genannt.

* * *

Jonas stand neben Kira an der Reling, doch er fühlte sich nicht besonders wohl in dieser Situation. Ursprünglich hatte er die knappen vier Stunden der Überfahrt im Auto verbringen wollen, doch das war ihm untersagt worden. Um nicht mehr als nötig aufzufallen, hatte Jonas auf eine Diskussion mit dem Verantwortlichen verzichtet.

Was ihn jedoch noch weitaus mehr störte, waren die annähernd fünfhundert Euro, die man ihm für die Fahrkarten berechnet hatte. Für diesen Preis hätte er mit Kira zweimal nach Deutschland und zurück fliegen können. Doch Jonas war nicht so naiv zu glauben, dass er unbehelligt die Kontrollen eines Flughafens passieren konnte. Schon gar nicht mit einem Küchenmesser unter dem Shirt versteckt, jederzeit bereit, es seiner Begleiterin in den Körper zu stoßen. Sein Handy hatte er bereits am Hafen von Ibiza abgeschaltet. Sollte die Polizei doch versuchen, ihn zu orten.

Jonas gähnte. Trotz der frischen Seeluft wirkte das monotone Schaukeln des Schiffs auf den Mittelmeerwellen einschläfernd auf ihn.

Kira erging es unterdessen völlig anders. Sie hatte Fahrten auf See noch nie gut vertragen und sich in den letzten Minuten bereits mehrfach über die Reling erbrochen. Ein weiterer Grund, diese Zeit nicht im Auto zu verbringen. Jonas konnte sehen, wie seine Frau unter den schwankenden Bewegungen litt – und es stärkte sein Gefühl der Überlegenheit.

* * *

In der Zwischenzeit

»Holper? Kommen Sie?«

Holper folgte seinem Kollegen in den Besprechungsraum. Zwei weitere Mitglieder des Teams warteten bereits dort.

»Setz dich bitte«, forderte ihn Peter Hertz auf. »Wir haben inzwischen weitere Informationen aus Spanien erhalten«, begann er zu berichten. »Im Hotelzimmer, das Frau Grunwald gemietet hatte, wurde die Leiche von Inspektor Icaro Batista gefunden.« Peter Hertz senkte die Stimme. »Ihm wurde die Kehle durchgeschnitten.«

Obwohl Holper bereits befürchtet hatte, dass es sich bei dem getöteten Polizisten um Icaro handelte, versetzten ihm die Informationen über die Umstände seines Todes einen Schlag in die Magengrube. »Dieses Drecksschwein«, fauchte er.

»Es tut mir leid, Frank. Ich weiß, dass du den Inspektor kanntest«, fuhr der Teamleiter fort. »Doch es gibt auch noch weitere Neuigkeiten. Frau Kohler?« Er übergab das Wort der Kollegin.

»Jonas Grunwald hat sein Konto leer geräumt. Mit seiner EC-Karte wurden am Hafen von Ibiza 3000 Euro abgehoben. Die Bank teilte uns mit, dass er kurz zuvor via Online-Banking das Auslandslimit aufgehoben hatte. Wir vermuten, dass er die Insel per Schiff verlassen hat, allerdings haben wir keine Hinweise auf seine Frau. Wir haben die Informationen bereits an die Spanier weitergeleitet. Es werden nun alle Überwachungskameras der Gegend geprüft. Allerdings braucht die Sichtung des Videomaterials Zeit. Nach dem Mord an ihrem Kollegen hat der Fall natürlich auch dort oberste Priorität.«

Holper stieß ein leises Schnauben aus. Ein schwacher Trost war das. Jonas Grunwald hatte einen ordentlichen

Vorsprung und es gab immer noch keinen Hinweis auf seine Pläne.

* * *

Kira wusste nicht, wie viel Zeit sie auf diesem verfluchten Schiff verbracht hatten, und es war ihr egal. Sie war einfach nur froh, wieder auf dem Festland zu sein, auch wenn es bedeutete, Jonas wieder auf engstem Raum ausgeliefert zu sein. Kaum hatten sie die Fähre verlassen und den Ortsausgang von Dénia erreicht, steuerte Jonas den Wagen von der Landstraße auf einen kleinen Feldweg und fesselte ihre Füße zum wiederholten Mal mit dem lästigen Klebeband.

Ihre Hände begannen bereits, sich taub anzufühlen, und die Schultern schmerzten von der stundenlang verdrehten Haltung der Arme. Doch Jonas interessierte das alles nicht. Er drohte ihr lediglich mit einem Knebel, wenn sie nicht aufhörte zu jammern.

Wehmütig fragte sich Kira, wie es so weit hatte kommen können. Sie hatte Jonas als liebevollen Mann kennengelernt. Attraktiv, charmant und zuvorkommend. Für ihn hatte sie damals sogar ihren Freund verlassen. Einige Monate später hatten sie geheiratet. Aus Liebe, wie sie zu der Zeit noch gedacht hatte. Die schleichenden Veränderungen, die nach der Hochzeit mit ihm geschahen, waren ihr zuerst nicht aufgefallen. Vielleicht hatte sie die Zeichen auch einfach nicht sehen *wollen*. Es hatte mit Lappalien begonnen. Hier ein etwas zu fester Griff an ihrem Arm, dort ein leichter Stoß, wenn sie etwas nicht nach seinem Willen tat.

Kira hatte versäumt, ihm rechtzeitig Kontra zu geben, der Sache Einhalt zu gebieten, so lange es noch möglich war, denn als sie es schließlich versuchte, war seine Hemmschwelle bereits viel zu weit gesunken.

Allzu deutlich erinnerte sie sich an den Tag, an dem er sie zum ersten Mal geschlagen hatte. Aus dem Nichts war seine flache Hand während eines unbedeutenden Streits in ihrem Gesicht gelandet. Der Schlag war so kräftig gewesen, dass die roten Abdrücke seiner Finger noch Minuten später auf ihrer Wange zu sehen gewesen waren. Doch Kira war von diesem Ausbruch so überrascht worden, dass sie nicht reagiert, noch nicht einmal geweint hatte.

Wieder und wieder hatte sie sich eingeredet, dass dieser Schlag nur ein Versehen gewesen war, aus einem Affekt heraus. Selbst dann, als es ein zweites, drittes und viertes Mal passierte.

Juliane war es schließlich gewesen, die versucht hatte, ihr die Augen zu öffnen. Doch durch diese Einmischung war alles nur noch schlimmer geworden. Jonas verfeinerte seine Methoden, um Kira zu misshandeln, ohne sichtbare Spuren zu hinterlassen. Zu den körperlichen Schikanen gesellten sich Psychospielchen, unterschwellige und offene Drohungen.

Ein einziges Mal hatte Kira es gewagt, vor ihm zu fliehen, und zwei Nächte bei ihrer Freundin übernachtet, ohne Jonas darüber zu informieren. Am dritten Tag hatte er sie abgeholt. Freundlich war er gewesen, hatte vor Juliane den besorgten und verletzten Ehemann gespielt, der nur das Beste für seine Frau wollte. Kaum waren sie wieder zu Hause angekommen, hatte sich seine ganze Wut über Kira entladen. Bei den Gedanken an die Dinge, die er ihr an jenem Vormittag angetan hatte, brach sie in Tränen aus.

* * *

Jonas musste sich sehr beherrschen, das Messer, das griffbereit in der Türablage verstaut war, nicht zu benutzen. Das ständige Wimmern und leise Schluchzen vom Beifahrersitz strapazierte seine ohnehin angespannten Nerven aufs Äußerste. Hatte er ihr nicht ausdrücklich gesagt, dass sie *lächeln* sollte? Mit einer gewissen Erleichterung nahm Jonas das Schild am Straßenrand zur Kenntnis. Noch fünfzehn Kilometer bis Valencia.

Wenige Minuten später lenkte er den Kleinwagen auf einen Supermarkt-Parkplatz am Ortsrand, löste Kiras Fußfesseln und half ihr auszusteigen, nachdem er sich vergewissert hatte, nicht beobachtet zu werden. Die hinter dem Rücken zusammengebundenen Arme verschwanden erneut unter dem Strandtuch.

Jonas hatte keine Verwendung mehr für das Fahrzeug. Er ließ den Schlüssel im Zündschloss stecken, schulterte die Reisetasche und dirigierte Kira über den Parkplatz. »Gleich kannst du dich etwas ausruhen«, raunte er ihr in beinahe fürsorglichem Ton zu und führte sie am Supermarkt vorbei zum angrenzenden kleinen Hotel.

* * *

Kira wusste nicht, was sie von Jonas' Aktion halten sollte. Ihr war nicht entgangen, dass er das Auto absichtlich unverschlossen zurückgelassen hatte. Wollte er ihr wirklich nur ein bisschen Ruhe gönnen?

Jonas schien nicht die Befürchtung zu haben, dass sie einen Fluchtversuch unternehmen oder um Hilfe rufen würde. Wahrscheinlich zu Recht. Kira wagte nicht einmal, den Gedanken an eine solche Aktion zuzulassen. Die Bilder des blutüberströmten Polizisten, die immer wieder vor ihrem inneren Auge aufflackerten, erinnerten sie daran, wie eiskalt Jonas einen Menschen getötet hatte, ohne zu zögern oder anschließend Reue zu zeigen. Sie zweifelte nicht daran, dass es ihr genauso ergehen würde, falls sie ihm einen Grund dafür gab. Sie konnte nur abwarten und hoffen, dass ein Wunder geschah.

In der Lobby des Hotels war nur wenig Betrieb. Zielstrebig steuerte Jonas die Rezeption an und mietete auf Englisch ein Doppelzimmer für zwei Nächte, das er bar im Voraus bezahlte.

Kira hörte ihn etwas von ›husbandly duties‹ sagen und lauthals lachen. Niemand konnte sehen, wie sich ihre Augen hinter den dunklen Gläsern weiteten. Er wollte doch wohl nicht … Nur mühsam konnte sie ihr statisches Lächeln aufrechterhalten.

Als sie im Zimmer ankamen, platzte es schließlich aus ihr heraus. »Sag mal, glaubst du etwa im Ernst, dass ich mit dir … Du hast sie doch nicht mehr alle, du Psychop…«

Jonas gab ihr eine schallende Ohrfeige. »Halt den Mund, klar?«, fauchte er sie an. »Du bist doch schuld an all dem!« Seine Augen funkelten vor Wut, doch sie hielt seinem Blick stand.

»Ich würde eher sterben, als dass ich noch einmal mit dir ins Bett steige.«

Ein leichtes Lächeln huschte über Jonas' Mundwinkel. »Ach, wirklich?«, fragte er und legte den Kopf schief. »Vielleicht komme ich darauf zurück.« Mit diesen Worten stieß er sie rücklings aufs Bett und wandte sich ab.

Kurz darauf kam er zurück. »Hier, trink etwas, sonst trocknest du noch aus.« Er schraubte den Deckel der Plastikflasche ab und setzte sie Kira an die Lippen.

Sie hasste Wasser mit Kohlensäure! Erst recht auf Zimmertemperatur erwärmtes. Doch unter den gegebenen Umständen war es eine Wohltat. Mit gierigen Schlucken trank sie die Flasche zur Hälfte leer und wartete anschließend darauf, dass Jonas es ihr gleichtat. Verwundert beobachtete sie, wie er den Deckel wieder zuschraubte, ohne einen einzigen Schluck genommen zu haben. Wenig später ahnte sie, weshalb. Ihr wurde übel und der Raum drehte sich vor ihren Augen.

»Du mieses Arschloch!«, brachte sie noch heraus, bevor die bleierne Müdigkeit von ihr Besitz ergriff, und sie kurz darauf in einen traumlosen Schlaf fiel.

* * *

Jonas atmete erleichtert auf. Die K.-o.-Tropfen sollten Kira eine Weile schlafen lassen. Er drehte seine Frau auf die Seite und durchtrennte das Klebeband an den Handgelenken. Erst jetzt sah er, dass Kira nicht übertrieben hatte, als sie sich über die schlechte Durchblutung ihrer Hände beklagt hatte. Das Gefühl musste unangenehm gewesen sein, doch er sah keinen Grund, Mitleid zu haben. Immerhin hatte sie sich diese Situation selbst zuzuschreiben.

Jonas legte das Küchenmesser auf den Nachttisch, setzte die Sonnenbrille wieder auf und ging für ein paar Besorgungen zum benachbarten Supermarkt.

Als er wenig später zurück ins Hotelzimmer kam, legte er sich neben Kira auf das Bett. Endlich konnte auch er sich etwas Ruhe gönnen. Die letzten Stunden waren deutlich anstrengender gewesen, als er es sich hatte anmerken lassen.

Er schloss die Augen und spielte in Gedanken noch einmal den Plan für die nächsten Stunden durch. Nicht mehr lange und Kira würde das Versprechen halten, das sie ihm bei der Trauung gegeben hatte. Mit einem Lächeln auf den Lippen schlief Jonas ein.

* * *

Am gleichen Abend

Frank Holper saß erneut mit dem Ermittlerteam im Besprechungsraum. Auf mehrfache Nachfrage hatten die spanischen Kollegen inzwischen die dortigen Ermittlungsfortschritte mitgeteilt. Die einzigen Bilder, die Jonas Grunwald im Hafenbereich zeigten, stammten von der Kamera des Bankautomaten, an dem er Geld abgehoben hatte. Sie ließen jedoch kaum Rückschlüsse auf den Verbleib von Herrn oder Frau Grunwald zu.

Peter Hertz wollte sich mit dieser Aussage nicht zufriedengeben und hatte daher das Fotomaterial angefordert und in der Forensik aufbereiten lassen. Jens Vogt schloss sein Notebook an den Beamer an und öffnete eines der Bilder.

Holper sah den Kollegen aus der IT fragend an. »Ich muss gestehen, dass ich da außer dem Gesicht von Herrn Grunwald nicht viel erkennen kann. Und dass er dort Geld geholt hat, wussten wir ja bereits.«

Der IT-Forensiker nickte. »Die Qualität ist leider nicht sonderlich gut.« Er wechselte zu einem zweiten Bild, das denselben Ausschnitt zeigte, diesmal mit mehr erkennbaren Details. »Das ist alles, was ich in der kurzen Zeit herausholen konnte. Der Blickwinkel ist auch nicht optimal, aber sehen Sie hier …« Er vergrößerte die Ansicht und zeichnete einen roten Kreis um einen Bereich am Rand des Schwarz-Weiß-Fotos. »Wenn man genau hinsieht, könnte dies Frau Grunwald sein.«

Holper ging näher an die Leinwand heran. Vogt hatte recht. Dort im Hintergrund, nur halb im Sichtfeld der Kamera, stand ein Kleinwagen. Eine Frau mit Sonnenbrille und langen dunklen Haaren saß auf dem Beifahrersitz.

»Ich bin nicht sicher«, sagte Holper nachdenklich. »Das Aussehen passt zwar, aber in dieser Bildqualität trifft das wohl auch auf Hunderte andere Frauen zu. Es könnte ein Zufall sein …«

»Es ist die beste Spur, die wir haben«, warf Peter Hertz ein.

»Warten Sie!«, meldete sich auch Jens Vogt noch einmal zu Wort. »Das ist noch nicht alles.« Er wartete, bis er wieder die ungeteilte Aufmerksamkeit der Anwesenden besaß. »Die Kamera macht alle paar Sekunden eine Aufnahme. Hier sehen Sie, wie Herr Grunwald nach rechts aus dem Bild verschwindet.« Der Forensiker klickte einige Bilder weiter. »Und kurz darauf …«

»… ist der Wagen weg«, vollendete Holper den Satz.

»So ist es.« Jens Vogt nickte und zeigte das entsprechende Foto. »Es müsste schon ein großer Zufall sein, wenn jemand anderes in das Auto gestiegen ist.«

»Kohler, geben Sie die Info bitte an die spanischen Kollegen weiter«, gab der Teamleiter Anweisung. »Vielleicht können sie den Wagen noch auf anderen Aufnahmen finden.«

Die Kommissarin nickte zustimmend und verließ den Raum.

Eine Stunde später kam die erhoffte Nachricht: Der Kleinwagen mit spanischen Nummernschildern war auf verschiedenen Überwachungsbildern gesichtet worden. Auf keiner dieser Aufnahmen waren die Insassen zu erkennen, doch für die Beamten bestand kein Zweifel, dass es sich um denselben Wagen handelte. Und es gab weiteren Grund zu vorsichtigem Optimismus: Inzwischen war bestätigt worden, dass sich Jonas Grunwald nicht mehr auf Ibiza aufhielt. Mit der Fähre hatte er gegen halb zwei die Überfahrt nach Dénia angetreten und musste demnach vor gut vier Stunden auf spanischem Festland angekommen sein. Dort verlief sich seine Spur fürs Erste.

* * *

Einige Zeit später
Es ist tiefste Nacht. Das wenige Licht, das von der Straßenbeleuchtung durch die Fenster des Hotelzimmers scheint, wirft gespenstische Schatten in den Raum. Verschlafen öffnet Kira die Augen und streckt sich. Für einen kurzen Moment hält sie inne, verwundert über die ungewohnte Bewegungsfreiheit, bis ihr klar wird, dass die Hände nicht mehr gefesselt sind. Sie setzt sich im Bett auf und sieht sich um.

Jonas liegt neben ihr und schläft. Das ist ihre Chance, zu entkommen. Leise steht sie vom Bett auf. Dabei fällt ihr Blick auf das Küchenmesser, das in Griffweite auf dem Nachttisch liegt. Kira zögert. Dann greift sie entschlossen nach der Waffe. Vorsichtig dreht sie sich zu ihrem Ehemann, umklammert mit beiden Händen fest den Griff des Messers und führt die Spitze der Klinge zu Jonas' Brust. Kira atmet tief ein, hebt die Arme und sticht zu.

Mit einem kurzen Schrei setzte sich Jonas im Bett auf und fasste sich an die Brust. Sein Herz klopfte mit ungeheurer Geschwindigkeit gegen die Rippen. Kira lag friedlich neben ihm, atmete ruhig und regelmäßig. *Nur ein Traum*, dachte er und seufzte erleichtert. *Es war nur ein Traum.*

Jonas sah auf die Uhr. Der Hotelzug fuhr in zwei Stunden ab, Zeit genug für ein paar kleine Veränderungen. Er stand auf und ging ins Bad, öffnete dort die am Abend gekaufte Packung Haarfärbemittel. Es widerstrebte Jonas, seine blonden Haare mit dem dunklen Kastanienbraun zu überdecken, doch so war es unwahrscheinlicher, auf der weiteren Reise erkannt zu werden.

Mit Kira gestaltete es sich etwas schwieriger. Jonas sah keine Möglichkeit, ihr die Haare zu färben, während sie schlief. Also griff er auf seinen ›Plan B‹ zurück, wenn auch äußerst ungern.

* * *

Kira kam langsam wieder zu sich. Sie fühlte sich matt. So kraftlos, dass sie zunächst nicht einmal in der Lage war, die Augenlider zu heben. Das erste Gefühl, das mit aller Macht in ihr Bewusstsein drängte, war Schmerz. Ein bohrender Kopfschmerz, wie sie ihn schon lange nicht mehr gefühlt hatte. Gedämpft nahm sie wahr, wie ihr Körper um die eigene Achse gedreht wurde. Eine Bewegung, die das Dröhnen im Kopf für einen kurzen Moment deutlich anschwellen ließ. Kira stöhnte auf.

Was … Wo … Sie konnte ihre Gedanken nicht ordnen. Etwas legte sich schwer auf ihren Rücken und drückte ihren Körper auf den weichen Untergrund. Ihr Kopf wurde an den Haaren zurückgezogen, sackte aber schon kurz darauf zurück ins Kissen.

Erst einige Minuten später war Kiras Bewusstsein so weit zurückgekehrt, dass sie die Augen öffnen und sich eigenständig bewegen konnte. Wer war dieser dunkelhaarige Mann, der dort an der Wand lehnte und sie mit stechendem Blick anstarrte? Er kam ihr bekannt vor.

Jonas! In der Sekunde, als sie ihn wiedererkannte, kehrten die Erinnerungen zurück.

»Morgen, Schlafmütze. Wird aber auch Zeit!«, knurrte er und kam zu ihr. »Los, aufstehen!«

Kira gehorchte, obwohl schon das Aufsetzen ein Gefühl verursachte, als müsste ihr Kopf im nächsten Moment platzen. Sie ahnte, was folgen würde: Klebeband an den Handgelenken. Doch Jonas zog sie lediglich am Arm vom Bett und zeigte in Richtung Bad.

»Du kannst dich etwas frisch machen, wenn du willst. Schweigend, versteht sich!« Sein scheinbar beiläufiges Wedeln mit dem Küchenmesser verdeutlichte die unterschwellige Botschaft.

Träge schlurfte Kira ins Badezimmer und versuchte, die hartnäckige Schläfrigkeit mit kaltem Wasser zu vertreiben. Mit mäßigem Erfolg. Als ihr Blick auf das Spiegelbild fiel, stutzte sie. *Was zum …?* Das war nicht der Anblick, den sie erwartet hatte. Die leicht gewellten dunklen Haare waren nicht einmal mehr schulterlang. *Er kann doch nicht …* Fassunglos starrte Kira die Frau im Spiegel an. Der Anblick ihrer fransig abgeschnittenen Haare versetzte ihr einen Stich, der sie für einen kurzen Moment die Umstände vergessen ließ. »Was hast du gemacht?«, schrie sie.

Jonas ignorierte die Frage und warf Kira frische Kleidung vor die Füße. »Den alten Kram in den Müll! Unnötiger Ballast bleibt hier.«

Entgeistert sah sie ihn an, doch sein Blick verriet, dass er nicht diskutieren würde, dass jede Widerrede vergeudete Mühe war. Schweren Herzens tauschte sie ihr sommerliches Kleid gegen Shorts und T-Shirt und stopfte es in den Abfalleimer unter dem Waschbecken. »Was hast du jetzt eigentlich vor?«, rief sie Jonas zu. »Willst du mich durch ganz Spanien schleifen?«

Sie bekam keine Antwort.

»Vielleicht den Rest deines Lebens weglaufen, bis sie dich doch irgendwann schnappen?«

Plötzlich stand Jonas in der Tür und sah sie mit funkelnden Augen an. »Halt den Mund!«, zischte er. »Lass das mal meine Sorge sein, klar? Du tust einfach nur, was ich dir sage. Wir werden schon bald wieder glücklich zusammen sein. Für immer.«

Hatte er gerade wirklich ›glücklich‹ gesagt? Kira musste sich beherrschen, ein verächtliches Lachen zu unterdrücken. Niemals würde sie freiwillig ihr restliches Leben mit diesem Psychopathen verbringen. Eher würde sie … Nein, sterben wollte sie ebenso wenig.

* * *

Für den Weg zum ›Valencia Joaquin Sorolla‹ hatte Jonas eine halbe Stunde einkalkuliert, mit dem Ballast an seiner Seite würden es wahrscheinlich ein paar Minuten mehr sein.

Kira ließ sich bereitwillig die Hände hinter dem Rücken zusammenbinden. Diesmal verdeckte Jonas die Fesseln mit der Reisetasche, die er seiner Frau umhängte und mit etwas Klebeband fixierte. Als er Kira nun eröffnete, dass ihr ein Fußmarsch über drei Kilometer bevorstand, protestierte sie zuerst, merkte jedoch schnell, dass es keinen Sinn hatte. Sie würde ihn begleiten, zu Fuß, mit der Tasche. Ende der Diskussion.

Die Lobby war leer, als Jonas mit seiner Frau das Hotel verließ. Den Zimmerschlüssel hatte er auf dem Nachttisch liegen lassen und das ›Bitte nicht stören‹-Schild von außen an die Tür gehängt. Da er für zwei Nächte im Voraus bezahlt hatte, sollte es etwas dauern, bis jemand vom Personal das Zimmer betrat. Bis dahin war er längst außer Landes.

Es war eine milde Mainacht. Jonas genoss den Spaziergang durch die Straßen der schlafenden Großstadt. Um diese Uhrzeit begegneten sie auf ihrem Weg nur wenigen Menschen. Kira hatte mit dem zusätzlichen Gepäck offensichtlich Mühe, Jonas' schnellen Schritten zu folgen. Ab und an musste er sie unsanft am Arm mit sich ziehen, wenn sie wieder einmal Anstalten machte, stehen zu bleiben. Für Pausen hatte er keine Zeit.

Am Bahnhof angekommen war Kiras Atmen zu einem Hecheln verkommen. Erschöpft lehnte sie sich an eine Wand. Jonas befürchtete fast, dass sie kurz davor stand zu hyperventilieren. Er gönnte ihr zwei Minuten zum Verschnaufen, dann zog er sie weiter zum Bahnsteig, wo der Zug bereits wartete.

Kurz vor der Abfahrt erreichten sie schließlich das Zweibettenabteil, das Jonas vom Hotel aus via Internet reserviert hatte. Er schloss die Tür hinter sich.

»Leg dich schlafen«, forderte er Kira auf und nahm ihr die Tasche ab. »Die Fahrt dauert über vier Stunden.«

Er selbst setzte sich auf den Boden, mit dem Rücken an die Abteiltür gelehnt. So konnte er etwas dösen, ohne dass die Gefahr bestand, dass seine Frau sich unbemerkt davonschlich.

* * *

In der Zwischenzeit

Frank Holper kam erst spät am Abend nach Hause. Peter Hertz hatte ihm eine Nacht im eigenen Bett verordnet, da es im Moment, außer warten auf Neuigkeiten von den spanischen Kollegen, nichts am Fall Grunwald zu tun gab.

Obwohl er furchtbar müde war, konnte Holper nicht gut schlafen. Unruhig wälzte er sich von einer Seite auf die andere. Was hatte Jonas Grunwald vor? Wohin war er unterwegs? Es gab so viele Fragen, auf die Holper zu gern eine Antwort gehabt hätte.

»Was ist denn los mit dir?« Roswitha drehte sich zu ihm und legte ihre Hand auf seine Schulter.

Holper strich seiner Frau über den Arm. »Nur die Arbeit, Schatz. Schlaf ruhig weiter.« Er sprach nicht gern mit ihr über den Job, wenn es um Fälle wie diesen ging. Solche Gespräche führten nur dazu, dass Roswitha sich unnötige Gedanken machte, und sie wusste das. Also gab sie ihm nur einen Kuss auf die Wange und drehte sich auf die andere Seite.

Erst in den frühen Morgenstunden fand Holper in den dringend benötigten Schlaf.

»Schatz ...« Wie aus der Ferne nahm Holper die Stimme seiner Frau wahr.

»Mmh«, grummelte er.

»Frank! Dein Handy!« Roswitha rüttelte nun etwas unsanfter an seinem Arm.

Er tastete mit geschlossenen Augen nach dem Telefon und meldete sich mit belegter Stimme. Im nächsten Augenblick war er hellwach. »Ja, ich komme sofort«, sagte er und sprang eilig aus dem Bett. »Verdammt!« Der Blick auf die Uhr verriet ihm, dass er deutlich länger geschlafen hatte als geplant.

Als er kaum zwanzig Minuten später im Besprechungsraum der Mordkommission eintraf, wartete Peter Hertz bereits auf ihn.

»Du meine Güte, Frank, du siehst aber gar nicht fit aus«, wurde er lachend begrüßt.

»Was du nicht sagst ...« Holper hatte zu Hause nur einen kurzen Blick in den Spiegel riskiert, doch das hatte gereicht, um den Eindruck des Teamleiters bestätigen zu können. Der Schlafmangel hatte zu einer ungesund blassen Hautfarbe mit deutlich sichtbaren Augenringen geführt. Zudem waren die Stoppeln in seinem Gesicht inzwischen weit über den Status eines gepflegten Dreitagebarts hinaus.

»Guten Morgen!« Michael Bohm stellte drei Tassen mit starkem Kaffee auf den Tisch. »Den können wir wohl alle gebrauchen«, sagte er mit breitem Grinsen und nahm einen ersten Schluck. Anschließend klappte er das Notebook auf und öffnete eine Landkarte. »Die Kollegen haben den Wagen gefunden.« Er markierte einen Ort etwa zwanzig Kilometer nördlich von Valencia. »Allerdings war der Fahrer nicht unser Mann. Ein Kleinganove hatte das Auto nach eigenen Angaben unverschlossen, mit steckendem Zündschlüssel auf einem Parkplatz in Valencia entdeckt und die Gelegenheit genutzt.«

»Der Flüchtige hat demnach das Fahrzeug gewechselt«, überlegte Holper laut.

»Zumindest nicht direkt«, wendete sein Kollege ein. »Zeugen wollen Herrn und Frau Grunwald in diesem Hotel«, er setzte eine weitere Markierung neben den Parkplatz, »und hier am Bahnhof gesehen haben. Das bedeutet wohl …«

»… sie sind auf den Zug umgestiegen«, beendete Peter Hertz den Satz.

Bohm nickte. »Allerdings gibt es da ein Problem. Der Zug steht seit«, er warf einen Blick auf die Armbanduhr, »einer guten halben Stunde in Barcelona. Keine Spur von Herrn Grunwald oder seiner Frau. Ein Einsatzteam hat bereits jedes Abteil durchsucht und den Bahnhof abgeriegelt. Möglicherweise sind die beiden bereits in Castello oder Tarragona ausgestiegen.«

Peter Hertz legte die Stirn in Falten. »Was hältst du für die wahrscheinlichste Möglichkeit, Frank?«

Holper dachte kurz nach. »Nun, dazu müssten wir wissen: Wo will Jonas Grunwald hin, was ist sein Ziel? Wenn ich er wäre, dann würde ich versuchen, in eine vertraute Umgebung zu kommen. Dorthin, wo ich mich auskenne, wo es leichter ist, mich zu verstecken.«

Der Teamleiter nickte zustimmend. »Was wissen wir über Herrn Grunwalds Vergangenheit, über seine Herkunft? Gibt es Verbindungen nach Spanien oder in andere Länder?«

Bohm blätterte in einer Akte. »Unseren Informationen zufolge hat er keine Verwandten im europäischen Ausland. Seine Eltern stammen aus dem Ruhrgebiet, wo er auch aufgewachsen ist. Mit sechzehn lief er von zu Hause weg. Soweit wir wissen, wurde sein Vater Friedrich Grunwald mehrfach wegen häuslicher Gewalt angezeigt, es kam jedoch nie zu einem Verfahren.«

Wie der Vater, so der Sohn, dachte Holper bei sich. »Wo leben die Eltern inzwischen?«, fragte er.

Bohm klappte die Akte zu. »Der Vater ist vor drei Jahren verstorben. Krebs. Patricia Grunwald lebt in einem Pflegeheim. Sie leidet an schwerer Demenz. Keine sonstigen Verwandten.«

In diesem Moment stürmte Jens Vogt zur Tür herein. »Chef, wir haben etwas gefunden!«, rief er erfreut und reichte Peter Hertz einen Ausdruck. »Offenbar besitzt Jonas Grunwald eine weitere Kreditkarte. Auf den Namen seiner Mutter! Hier, sehen Sie die Buchungen?«

Der Teamleiter betrachtete das Blatt Papier. »Informieren Sie die Kollegen in Spanien und Frankreich!«, wies er Holper an und reichte ihm mit einem zufriedenen Lächeln den Ausdruck. »Jetzt haben wir ihn!«

* * *

Jonas stieß Kira unsanft auf das Polster des Sitzes und sah sie wütend an. »Das war unnötig!«, fauchte er und drückte das Messer an ihre Kehle. Etwas in ihm hätte in diesem Moment liebend gern ihr Blut im Zugabteil verteilt, doch er beherrschte seinen Zorn. Ihren zitternden Körper und die nicht zu übersehende Todesangst in ihren Augen wertete Jonas zumindest als ein kleines Maß an Wiedergutmachung für den Ungehorsam seiner Frau.

Beim Umstieg in den TGV nach Paris hatte sie sich nicht besonders kooperativ verhalten. In einem kleinen, seiner Müdigkeit geschuldeten Moment der Unachtsamkeit hatte Kira versucht, ihm zu entwischen. Erfolglos zwar, doch ein paar Reisende hatten sich nach ihnen umgesehen und den vermeintlichen Ehestreit beobachtet. Unnötige Aufmerksamkeit, die Jonas gern vermieden hätte. Um mit seiner Frau allein zu sein, hatte er sich im Zug ein noch unbelegtes Familienabteil gesucht. Mit etwas Glück waren die Plätze nicht reserviert und sie konnten die Fahrt ungestört zu zweit verbringen.

* * *

Kira zitterte noch immer. Sie hatte wirklich geglaubt, dass er nun Ernst machen würde. Dieser kalte Ausdruck in seinen Augen, ohne jede Spur von Skrupel oder gar Mitgefühl, hatte nur einen Gedanken in ihr zugelassen: Das ist das Ende. Doch sie lebte. Noch.

Jonas kramte in seiner Reisetasche und förderte eine Plastikflasche zutage. »Los, trinken!«, befahl er unwirsch.

Energisch schüttelte Kira den Kopf. Sie ahnte, was er vorhatte. »Das Zeug trinke ich ganz bestimmt nicht!« Ihre Stimme klang selbstsicherer, als sie es sich zugetraut hatte.

Jonas reagierte nicht sofort. Gelassen schloss er den Reißverschluss der Tasche und stellte sie auf den Boden. Ohne Kira anzusehen, wiederholte er seine Forderung: »Trink – sofort – das Wasser!«

»Nein!« Sie presste die Lippen aufeinander. Wenn er sie bis jetzt nicht umgebracht hatte, würde er das wohl kaum tun, weil sie dieses verdammte Zeug nicht freiwillig trinken wollte.

»Du hast es noch immer nicht kapiert, oder?« Jonas schüttelte tadelnd den Kopf. Seine Stimme wurde lauter, als er weitersprach: »*Ich* bestimme, wo es langgeht!« Er nahm die Flasche, öffnete sie und kam auf Kira zu. Sie wich in ihrem Sitz zurück, so weit sie konnte, doch es gab keine Möglichkeit, sich Jonas zu entziehen. Er setzte sich mit seinem ganzen Gewicht auf sie. Während er mit der linken Hand ihren Kiefer umschloss und schmerzhaft zudrückte, presste er den Flaschenhals brutal zwischen ihre Lippen.

Kira versuchte, sich aus seinem Griff zu befreien und ihren Kopf wegzudrehen, doch er ließ nicht locker.

»Du kannst mir glauben, dass es nur noch schmerzhafter wird, je mehr du dich wehrst«, sagte er höhnisch und untermauerte seine Aussage, indem er die Flasche noch fester gegen ihre Zähne drückte. Kira schmeckte Blut. Unwillkürlich stieß sie einen kurzen Schmerzensschrei aus, doch im gleichen Moment bahnte sich das Wasser einen direkten Weg in ihre Kehle. Kira konnte den Schluckreflex nicht unterdrücken, und ein Teil des Getränks verirrte sich in die Luftröhre. Kira hustete und rang nach Luft. »Du elender Dreckskerl«, keuchte sie.

Endlich ließ Jonas von ihr ab. Mit einem breiten, selbstgefälligen Grinsen sah er auf sie herunter »Ich hab dich gewarnt, mein Schatz«, sagte er. »Vielleicht tust du ja beim nächsten Mal direkt, was ich sage. Das erspart uns unnötigen Ärger.«

Kira antwortete nicht. Sie kauerte in ihrem Sitz und weinte leise.

* * *

Dieses dumme Ding schaffte es doch immer wieder, ihn gegen sich aufzubringen. Sie lernte einfach nicht dazu, egal wie sehr sich Jonas bemühte, ihr die simplen Regeln ihres Zusammenlebens nahezubringen. Er betrachtete Kira abschätzig. Wieso nur wollte sie es nicht verstehen? Was sollte er denn noch alles tun? Mit einem tiefen Seufzer ließ sich Jonas auf den Platz gegenüber fallen.

Es dauerte nicht lange, bis die Tropfen Wirkung zeigten. Nach einigen Minuten schlief Kira tief und fest. So fest, dass Jonas im ersten Moment in Sorge war, die Dosierung könnte zu stark gewesen sein. Erst als er kontrolliert hatte, dass Puls und Atmung einigermaßen regelmäßig waren, konnte er sich ebenfalls ein wenig Schlaf gönnen.

* * *

Ein leichter Ruck ging durch den Zug. Jonas öffnete verschlafen die Augen. Es war dunkel im Abteil, allem Anschein nach durchquerten sie im Moment den Perthustunnel und würden in Kürze die Grenze zu Frankreich passieren oder diese gerade passiert haben. Ein weiterer Schritt auf der geplanten Reise war geschafft. Jonas sah nach Kira, die genauso regungslos auf ihrem Platz saß wie zuvor, den Kopf zum Fenster geneigt. Sie atmete ruhig und regelmäßig, mit Sicherheit würde sie den größten Teil der Fahrt verschlafen, und das war ganz in seinem Sinne.

Als der Zug den Tunnel verließ, blickte Jonas lächelnd aus dem Fenster in den wolkenlosen Himmel. Es würde gewiss ein schöner Tag werden, und wenn alles weiterhin so reibungslos verlief, konnten Kira und er schon am späten Abend die kleine Ferienhütte seiner Eltern in den Bergen erreichen. Dort würden sie erst einmal untertauchen, bis er sich im Klaren darüber war, wie das Zusammenleben auf Dauer problemlos und sicher, vor allem aber unauffällig organisiert werden konnte.

Jonas stutzte. War der Zug langsamer geworden? Er beobachtete die vorbeiziehenden Bäume. Tatsächlich! Die Geschwindigkeit, mit der sie den Landstrich durchquerten, verringerte sich. Mit irritierten Blicken suchte Jonas die Landschaft ab. Die Sonne stand noch tief am Himmel und blendete ihn, sie verursachte blinkende Reflexionen. Blaue Reflexionen …? Jonas kniff die Augen zusammen. *Verfluchte Scheiße!* Er beugte sich zu Kira und schüttelte sie hektisch. »Wach auf, verdammt! Na los!«

Sie reagierte nicht. Verständlich, nach der Dosis, die er ihr aufgezwungen hatte.

Unruhig raufte sich Jonas die Haare und tigerte im Abteil auf und ab. Nein, diese Blaulichter galten sicherlich nicht ihm. Vielleicht waren es nicht einmal Polizeiwagen. Doch konnte er das Risiko eingehen? Er sah noch einmal aus dem Fenster. Die Lichter waren nun besser zu erkennen. Er musste hier raus. Da das Fenster sich nicht öffnen ließ, musste er auf anderem Weg verschwinden. Er wickelte sein Küchenmesser in eines von Kiras T-Shirts und steckte es in seinen Hosenbund. Dann griff er sich das kleine Glasfläschchen mit den restlichen K.-o.-Tropfen und sein Portemonnaie, die übrigen Sachen musste er zurücklassen. Sie würden ihn zu sehr behindern. Jonas warf einen letzten missmutigen Blick auf seine Frau und verließ das Abteil. *Wir sehen uns bald wieder, mein Schatz,* dachte er und schloss die Tür hinter sich.

* * *

Etwas später

»Wie bitte?« Peter Hertz stand von seinem Schreibtisch auf. »Das ist nicht dein Ernst.«

Holper nickte seufzend. »Leider doch. Jonas Grunwald war nicht im Zug. Er muss wohl etwas geahnt haben.«

Teamleiter Hertz machte seinem Ärger mit einem kräftigen Tritt gegen den Stuhl Luft. »Das darf doch nicht wahr sein!«

»Wenigstens gibt es auch etwas Positives«, fügte Holper hinzu. »Die französischen Kollegen haben Frau Grunwald betäubt in einem Abteil gefunden. Sie liegt inzwischen im Krankenhaus, die Ärzte vermuten keine bleibenden Schäden. Offenbar war die Betäubung ihr Glück, auch wenn es im ersten Moment etwas paradox klingen mag. Im wachen Zustand hätte ihr Mann sie wohl mit sich genommen.«

»Wie konnte er überhaupt entkommen?«, wollte Hertz wissen.

»Er ist aus dem fahrenden Zug gesprungen.«

»Wie bitte?«

Holper musste kurz lachen. »Das klingt spektakulärer, als es ist. Er hat die Notverriegelung einer Tür geöffnet und ist in der Nähe eines Waldstücks abgesprungen. Vermutlich bei etwa zwanzig Stundenkilometern.«

Peter Hertz runzelte die Stirn. »Und er konnte sich einfach so in Luft auflösen?«

»Sieht so aus. Er hatte vielleicht fünf bis zehn Minuten Zeit, bis eine Einheit die Umgebung durchsuchte.« Holper atmete hörbar aus. »Scheinbar reichte das.«

»Kümmere dich bitte darum, dass Frau Grunwald so schnell wie möglich vernommen werden kann. Wir müssen in Erfahrung bringen, was sie über Herrn Grunwalds Pläne weiß. Die französischen Kollegen sollen sie bis zur Grenze begleiten, dort nehmen wir sie in Empfang. Sollte das heute nicht mehr klappen, versuchen wir, sie telefonisch zu befragen. So oder so: Ich möchte nicht ewig auf ihre Aussage warten.«

Holper nickte. »Da bist du nicht der Einzige.«

* * *

Unterdessen

Jonas lief die kleine Landstraße entlang, seine rechte Schulter schmerzte von der unsanften Landung auf dem Boden. Als sich ein Auto näherte, streckte er den Arm aus und hob den Daumen. Der Wagen fuhr ungebremst an ihm vorbei.

»Idiot!«, schimpfte Jonas und zeigte dem Fahrer den Mittelfinger.

Nach zwei weiteren Fehlversuchen hielt endlich ein Auto am Straßenrand. Jonas rümpfte die Nase. Der ältere französische Kleinwagen entsprach nicht unbedingt seiner Vorstellung von komfortablem Reisen. Doch ihm blieb keine Wahl. Er klopfte an die Scheibe der Beifahrertür und gab der jungen Frau ein Zeichen, das Fenster zu öffnen.

Sie folgte der Bitte und fragte etwas auf Französisch, das Jonas nicht verstand.

»Sprechen Sie vielleicht Englisch?«, fragte er in der einzigen Fremdsprache, die er einigermaßen fließend beherrschte.

Die Frau nickte.

»Würden Sie mich vielleicht ein Stück mitnehmen? Ich wurde überfallen und …« Er fügte eine Pause ein, als müsste er sich sammeln. »Wissen Sie, wo die nächste Polizeistation ist?« Sein Äußeres passte perfekt zu dieser Geschichte. Die Kleidung verschmutzt, Abschürfungen an den Armen und im Gesicht.

Jetzt ergriff der Fahrer, ein schmächtiger Mann Anfang dreißig, das Wort. »Steigen Sie ein«, sagte er. Sein Gesichtsausdruck verriet, dass er bestürzt war und das ihm aufgetischte Märchen glaubte. »Sollen wir Sie nicht lieber in ein Krankenhaus bringen?« Er sprach in stockendem Englisch mit unüberhörbar französischem Akzent.

Jonas lächelte und setzte sich auf die Rückbank. »Nicht nötig«, erwiderte er und warf einen unauffälligen Blick auf die Tankanzeige des Armaturenbretts. »Es ist nicht so schlimm, wie es aussieht.«

Der Wagen setzte sich in Bewegung.

»Wo kommen Sie denn her?«, fragte der Fahrer und sah Jonas im Rückspiegel an.

Auch wenn er keine Lust auf Small Talk hatte, antwortete Jonas. »Spanien«, sagte er knapp.

»Wirklich?« Der junge Mann zog die Augenbrauen hoch. »Ich dachte eher Schweiz oder Deutschland«, bemerkte er grinsend. Seine Begleiterin kicherte.

Lacht ihr nur, dachte Jonas. Er zog das Messer heimlich aus dem Hosenbund und wickelte es aus dem Shirt. Vorsichtig lehnte er sich nach vorne, bis er mit seinem Gesicht direkt an der Kopfstütze der Beifahrerin war. Langsam schob er die Hand mit dem Messer zwischen Sitz und

Fenster, obwohl seine Schulter bei der Bewegung schmerzhaft protestierte.

Die junge Frau bemerkte die scharfe Klinge erst, als es zu spät war. Ein erstickter Schrei entrann ihrer Kehle, als Jonas die Schneide gegen den Hals drückte. Irritiert sah der Fahrer zu ihr herüber und erstarrte. Beinahe verlor er die Kontrolle über das Fahrzeug.

»Augen auf die Straße!«, herrschte Jonas ihn an. »Oder wollen Sie uns alle umbringen?«

Der Mann gehorchte sofort, seine Hände schlossen sich verkrampft um das Lenkrad, die Knöchel traten weiß hervor. »Was wollen Sie von uns?«, fragte er mit bebender Stimme. »Tun Sie ihr bitte nichts!«

»Das hängt ganz von Ihnen ab«, entgegnete Jonas in kühlem Ton. »Wenn Sie genau das tun, was ich Ihnen sage, dann überleben Sie beide.« *Vielleicht aber auch nicht*, fügte er in Gedanken hinzu.

Der Fahrer schluckte hörbar, nickte jedoch. »In Ordnung. Was soll ich tun?«

»Ich sehe, wir verstehen uns.« Breit grinsend sah Jonas den Mann im Rückspiegel an. »Kommen wir also zu den Regeln in unserer kleinen Gemeinschaft. Regel eins: Sollte dieser Wagen von der Polizei angehalten werden, stirbt die junge Dame. Wie sagt man so schön: Ladies first.« Er lachte laut auf. »Okay, Spaß beiseite. Regel zwei: Sollte einer von Ihnen versuchen, aus dem Wagen zu entkommen, stirbt die junge Dame.«

Vom Beifahrersitz erklang ein leises Schluchzen. Jonas spürte das Zittern des Körpers an seinem Arm. Unbeirrt fuhr er fort: »Regel drei: Wir fahren auf direktem Weg nach Deutschland. Ich würde allerdings empfehlen, nicht die Hauptstraßen zu wählen. Das nur als kleine Erinnerung an die erste Regel, nicht wahr? Und zu guter Letzt Regel vier: Ihr werdet euch kein einziges Mal auf Französisch unterhalten! Höre ich auch nur einen Satz, der nicht englisch ist, dann … Na, ihr wisst schon.«

Für einige Momente war im Auto nur das tiefe Brummen des Motors zu hören. Dann brüllte Jonas so plötzlich, dass die beiden Franzosen zusammenzuckten: »Habt ihr verstanden?«

Der Mann nickte hektisch.

»Sehr gut. Also gehe ich davon aus, dass wir ein paar ruhige gemeinsame Stunden haben werden.« Jonas zog den Arm vorsichtig wieder zwischen Sitz und Tür hindurch, um nicht aus Versehen bei der nächsten Bodenwelle ein frühzeitiges Blutvergießen zu verursachen, und lehnte sich anschließend auf seinem Sitz zurück.

* * *

Etwas später

Die Tür zu Peter Hertz' Büro stand offen. Holper kündigte sich durch ein Klopfen an den Türrahmen an.

Der Teamleiter sah von seinem Monitor auf. »Komm rein, Frank. Wie sieht's aus?«

»Nicht optimal«, antwortete Holper. »Das Ersuchen wurde zwar bewilligt und die Franzosen bringen Frau Grunwald nach Kehl, allerdings erst morgen. Voraussichtlich treffen sie gegen vierzehn Uhr dort ein.«

Peter Hertz nickte. »In Ordnung. Dann werden wir sie also telefonisch befragen.«

»Das habe ich bereits versucht«, erwiderte Holper. »Mit mäßigem Erfolg. Sie ist noch ziemlich durch den Wind, verständlicherweise. Das Einzige, was sie mir sagen konnte, war, dass Jonas ihr gegenüber nichts von seinem Ziel erwähnt hat. Hoffen wir, dass ihr noch etwas einfällt.«

Der Teamleiter fuhr sich mit der Hand über die Glatze. »Neuigkeiten zu Herrn Grunwalds Verbleib gibt es demnach keine?«

»Nein.« Holper schüttelte den Kopf. »Der gesamte Bereich um den Ort, wo er abgesprungen ist, wird durchsucht. Bislang ohne jede Spur. Die Franzosen haben Kontrollen an den Straßen organisiert, die auf den wahrscheinlichsten Fluchtrouten liegen. Aber …«

»Ich weiß«, sagte Hertz. »Es gibt viel zu viele Straßen, als dass sie alle überwacht werden könnten.«

* * *

Am frühen Abend

Seit beinahe sieben Stunden waren sie inzwischen auf den Landstraßen Frankreichs unterwegs. Vor einigen Kilometern hatte Florent auf den fast leeren Tank hingewiesen. Jonas wusste, dass es an der Zeit war, einen Zwischenstopp einzulegen, und nahm dies zum Anlass, seinen Begleitern die aufgestellten Regeln in Erinnerung zu rufen.

»Ich bin mir sicher, dass ihr gerade darüber nachdenkt zu verschwinden«, sagte er mahnend. »Ich erinnere euch vorsichtshalber noch einmal daran, dass das eine ziemlich blöde Idee wäre. Um es euch etwas leichter zu machen, werde ich den Ablauf ganz genau erklären. Einverstanden?«

Der Fahrer – Jonas hatte inzwischen erfahren, dass er Florent hieß – grummelte etwas Unverständliches.

»Ich werte das einfach mal als ›Ja‹. Also: Wir halten direkt an der Zapfsäule und du wirst tanken, Florent. Isabelle bleibt bei mir. Du wirst mit niemandem sprechen und bar bezahlen.« Jonas reichte einen Hunderteuroschein nach vorne. »Bring noch drei Flaschen Wasser, eine Flasche Cola, einige von diesen Koffein-Bomben und ein paar Schokoriegel oder so etwas mit, okay? Wir wollen auf der Reise ja nicht verdursten oder verhungern, richtig?« Er grinste Florent an. »Denk aber bitte immer daran: Sollte ich auch nur den leisesten Verdacht haben, dass etwas nicht stimmt, wird mein kleiner Freund hier«, er fuchtelte mit dem Messer, »deiner lieben Freundin wehtun.« Jonas grinste hämisch. »Ich fürchte, dass das nicht gut für ihre Gesundheit wäre.«

Es war Florent deutlich anzusehen, dass in seinem Inneren Angst und Wut einen Kampf ausfochten. Wortlos stieg er aus und begann, den Wagen vollzutanken. Jonas ließ ihn nicht aus den Augen. Er glaubte, dass irgendwann der Moment kommen würde, in dem der Franzose etwas Dummes tat. Er hoffte, dass es bis dahin noch etwas dauerte, denn die Strecke von hier zur deutschen Grenze betrug noch etwa vierhundert Kilometer. Wenn sie weiterhin den stark befahrenen Straßen fernblieben, so gut es ging, kamen sie sicherlich erst in der Nacht am Zielort an.

»Ich müsste dringend auf Toilette.« Es war das erste Mal seit Langem, dass Isabelle sich zu Wort meldete, wenn auch äußerst zaghaft.

»Verkneif's dir!«, raunzte Jonas schroff.

Die junge Frau zögerte einen Moment, bevor sie es noch einmal versuchte. »Bitte. Es ist wirklich dringend. Ich halte es nicht mehr länger aus.«

Jonas hätte normalerweise kein Problem damit gehabt, Isabelle die Erniedrigung spüren zu lassen, wenn sie sich trotz aller Bemühungen in die Hose machte. Angesichts der langen Fahrt, die auch er noch in diesem Wagen zurücklegen musste, sorgte er sich allerdings ein wenig um die Geruchsbelästigung. »Also gut«, sagte er schließlich. »Aber nicht hier.«

Kurz darauf kehrte Florent zurück und legte die gekauften Sachen samt Wechselgeld auf den Rücksitz. Jonas musterte die Ausbeute. Mit dem Proviant und dem nun vollen Tank waren sie für den Rest der Strecke versorgt, schätzte er.

Einige Kilometer weiter wies Jonas Florent an, in einen Feldweg einzubiegen. Als der Wagen hielt, rutschte er auf der Rückbank nach links und setzte dem Fahrer das Messer an den Hals.

»Na los!«, forderte er Isabelle auf. »Da hinter den Büschen kannst du dich erleichtern.«

Zum ersten Mal sah Jonas direkt in ihr leicht aufgedunsenes Gesicht. Mit vom Weinen geröteten Augen starrte sie ihn an, als vermutete sie eine Falle.

»Jetzt geh schon!« Jonas' Stimme wurde energischer.

Mit zittrigen Fingern löste Isabelle den Gurt und stieg aus dem Wagen.

»Eine hübsche Freundin hast du«, stellte Jonas fest und fügte lachend hinzu: »Wenn ich nicht bereits verheiratet wäre …« Inzwischen hatte er Spaß daran gefunden, den Mann zu reizen, mit ihm zu spielen. Jonas kostete seine Überlegenheit bewusst aus. Obwohl er sicher war, dass Florent innerlich vor Wut kochen musste, blieb dieser stumm. *Wir werden sehen, wie lange du dich beherrschen kannst,* dachte Jonas im Stillen.

Als Isabelle wieder im Auto saß und sich angeschnallt hatte, durfte auch Florent die natürliche Toilette benutzen. Jonas hingegen wählte eine mühsamere Variante. Da er keine sichere Möglichkeit sah, den Wagen zu verlassen und gleichzeitig seine Begleiter unter Kontrolle zu behalten, erleichterte er seine Blase während der Fahrt in eine der gierig geleerten Flaschen.

* * *

Um kurz nach Mitternacht war es geschafft. Sie hatten die Grenze zu Deutschland überquert und näherten sich dem Schwarzwald. In dieser Gegend fühlte sich Jonas wohler, denn hier kannte er sich einigermaßen aus. Zielstrebig lotste er Florent in unbewohntes Gebiet und ließ ihn dort in einen Waldweg einbiegen. Mittlerweile waren sie seit über vierzehn Stunden unterwegs. Isabelle war trotz der ständigen Bedrohung auf dem Beifahrersitz eingeschlafen, sie lehnte mit dem Kopf an der Scheibe und atmete ruhig. Das Einzige, was die beiden Männer wachhielt, war die Mischung aus Adrenalin und einer kontinuierlichen Koffeinzufuhr.

Jonas wies Florent an, den Wagen zu stoppen. »Wir machen jetzt eine längere Pause«, sagte er und reichte eine geöffnete Wasserflasche nach vorne.

Florent, der sichtlich durstig war, nahm einen gierigen Schluck. Er rümpfte die Nase und betrachtete die Flasche missmutig. »Ekelhafte Sorte«, murmelte er.

»Ich habe sie nicht gekauft«, erwiderte Jonas mit einem breiten Grinsen. Er wartete geduldig, bis die ersten Symptome sichtbar wurden.

Florent verzog das Gesicht. »Ich muss an die frische Luft«, gab er zu verstehen, öffnete die Tür und stieg aus.

»Aber nicht weglaufen!«, rief Jonas ihm grinsend nach. Wohl wissend, dass diese Gefahr nicht bestand.

Taumelnd ging Florent zu einem Baum und stützte sich daran ab. Kurz darauf übergab er sich.

Das wird dir auch nicht helfen, dachte Jonas amüsiert und konzentrierte sich nun auf Isabelle. Er rüttelte sie an der Schulter wach und reichte ihr die angebrochene Wasserflasche. »Hier, trink was!«

Isabelle gähnte. »Keinen Durst«, antwortete sie knapp.

»Das war keine Bitte!«, mahnte Jonas und stach ihr mit der Messerspitze leicht in die Seite. »Du sollst trinken!«

Seine drohende Stimme vertrieb den letzten Rest Müdigkeit und Isabelle war sich auf einen Schlag ihrer Situation wieder bewusst. Sie bemerkte den leeren Fahrersitz und fragte panisch: »Wo ist Florent?«

»Er musste mal«, antwortete Jonas ungeduldig. »Wenn er zurück ist, kannst du meinetwegen auch pinkeln gehen.«

Isabelle setzte die Flasche an den Mund und trank. Bei ihr setzte die Wirkung der Tropfen schneller ein. Sicherlich ahnte sie, was geschehen war, denn sie drehte sich zu Jonas um und fragte mit aufgerissenen Augen: »Was war da drin?«

Er lächelte nur.

Kaum fünfzehn Minuten später schlief Isabelle tief und fest. Jonas stieg aus dem Auto und ging zu Florent, der ebenfalls eingeschlafen war und mit dem Kopf neben seinem Erbrochenen lag. Seufzend griff Jonas nach den Armen des schlaffen Körpers und zog ihn zurück zum Wagen. Erfreulicherweise war Florent von schmächtiger Statur, und so war es Jonas auch ohne Hilfe möglich, ihn auf die Rückbank zu hieven und dort anzuschnallen.

Schwer atmend setzte sich Jonas hinter das Lenkrad, schob den Sitz ein Stück zurück, justierte die Lehne und fuhr los. Er hätte sich gern etwas Schlaf gegönnt, doch dafür blieb später noch genügend Zeit.

Auf der Fahrt über die unbeleuchtete Landstraße begegneten ihm nur wenige Autos. Nun, da sich das Adrenalin in seinem Körper verflüchtigte, musste Jonas sich sehr zusammenreißen, nicht am Steuer einzuschlafen. Die Müdigkeit breitete sich unaufhaltsam in ihm aus, auch das Öffnen des Fensters brachte nur kurzzeitig Besserung. Auf der Hälfte der Strecke wurde ihm die Weiterfahrt zu gefährlich und er hielt in einer Parkbucht an. Es half alles nichts, er musste ein Nickerchen machen. Jetzt.

Aus dem Handschuhfach kramte Jonas eines der beiden Smartphones, die er Florent und Isabelle dort vor einigen Stunden hatte verstauen lassen, nachdem irgendjemand versucht hatte, sie zu erreichen. Mit einer Wischbewegung löste Jonas die Displaysperre und stellte den Wecker. Eine halbe Stunde Erholung sollte fürs Erste reichen.

Eine Sirene riss ihn aus dem Schlaf. Blaues Licht huschte über die Bäume. Jonas spannte alle Muskeln im Körper an und wagte nicht zu atmen. Wenn die Polizei ihn jetzt fand, war es aus und er würde Kira nicht wiedersehen. Mit festem Griff umklammerte er das Messer, wenngleich es ihm gegen bewaffnete Beamte kaum etwas nützen konnte. Sekunden später raste ein Krankenwagen vorbei, kurz darauf folgte der Notarzt.

Langsam fiel die Anspannung von Jonas ab. Erleichtert atmete er durch, sah auf die Digitaluhr am Armaturenbrett und erschrak. *Verflucht!* Es war bereits halb vier, er hatte verschlafen. Jonas griff nach dem Smartphone, das ihn hatte wecken sollen, doch der Bildschirm blieb schwarz und reagierte nicht auf seine Berührungen. Offenbar war der Akku inzwischen leer. Wütend öffnete Jonas das Fenster und schleuderte das Handy in die Nacht hinaus. Wenigstens hatte der Schreck dafür gesorgt, dass er vorübergehend wieder hellwach war. Vorsichtshalber kontrollierte er noch einmal, dass Florent und Isabelle schliefen, dann lenkte er den Wagen zurück auf die Landstraße.

Nach einer weiteren halben Stunde kam endlich das Südufer des Schluchsees in Sicht. Jonas' Vorfreude stieg. Er wusste, dass der schwierigste Teil seiner Reise in Kürze hinter ihm liegen würde. Jonas liebte diesen Ort. In seiner Erinnerung sah er alles deutlich vor sich. Grün so weit das Auge reichte, klare Luft, die noch nach Natur roch, kaum Häuser, die die Landschaft verschandelten, und das ruhige Wasser, das im Sommer zum unbeschwerten Baden einlud. Langsam fuhr Jonas die Uferstraße entlang und dachte verträumt an die schönen Tage, die er in den vergangenen Jahren hier mit Kira verbracht hatte.

Nach einigen Kilometern hielt er schließlich an, stieg aus dem Wagen und ging zum Ufer. Jonas kniete sich auf den Boden und schöpfte mit beiden Händen das klare Nass in sein Gesicht. Es tat gut, zum ersten Mal seit dem kurzen Aufenthalt in Valencia, sauberes Wasser auf der Haut zu spüren. Jonas setzte sich auf einen der größeren Steine und füllte seine Lungen mit der frischen Nachtluft. Für einen Moment vergaß er alles um sich herum und fühlte sich frei.

Es kostete Jonas einige Überwindung, die schönen Erinnerungen abzuschütteln und den Weg zurück zum Auto anzutreten. Gern wäre er dort am Ufer sitzen geblieben, bis die Sonne über den Baumwipfeln auf der anderen Seite des Sees erschien und das Wasser in ein funkelndes Lichtermeer verwandelte. Doch er hatte zu tun.

Jonas wendete das Auto und stellte den Hebel der Automatikschaltung auf ›N‹. Als er wieder ausstieg, ließ er den Motor laufen. Er öffnete die hintere Tür, schnallte Florent ab, zerrte ihn von der Rückbank und hievte den schlafenden Mann keuchend auf den Fahrersitz. Dort fixierte er ihn mit dem Sicherheitsgurt. Anschließend schleppte Jonas einen schweren Stein vom Ufer heran und legte ihn auf das Gaspedal. Der Motor heulte auf. Noch einmal sammelte Jonas all seine Konzentration, beugte sich über den Schoß des Mannes zum Schalthebel, atmete tief ein und legte den Vorwärtsgang ein. Sofort machte der Wagen einen Satz nach vorne. Jonas konnte sich nicht schnell genug zurückziehen, wurde vom Türrahmen mitgerissen, verlor den Halt und stürzte zu Boden. Um Haaresbreite rollte das Hinterrad an seiner Schulter vorbei.

Eilig rappelte er sich auf und sah dem Wagen hinterher, der schnell an Tempo zulegte, über den unebenen Boden holperte und dann mit einem lauten Platschen im See landete. Der Motor erstarb und in großen Blasen entwich die Luft aus dem Fahrzeug, die dem einströmenden Wasser Platz machte. Langsam versank das Auto im Schluchsee.

Jonas lächelte zufrieden und klopfte sich den Dreck von der Hose. Im Schutz der Dunkelheit entfernte er sich vom Seeufer.

* * *

Am nächsten Tag

Holper wartete mit Peter Hertz auf dem Parkplatz vor dem Kehler Zentrum der deutsch-französischen Polizei. Nervös wippte er mit dem Fuß.

»Mensch, Frank. Du machst mich ganz kirre!« Peter Hertz sah ihn strafend an. »Sie werden schon gleich kommen.«

Holper wusste, dass der Teamleiter recht hatte, doch diese Zeugin war im Moment die einzig vielversprechende Spur zu Jonas Grunwald. Wer kannte ihn besser als seine eigene Frau?

Es war bereits halb drei, als endlich der blau-weiße Polizeiwagen auf dem Parkplatz hielt und die französischen Kollegen Frau Grunwald zu Holper und Hertz brachten. Sie sah mitgenommen aus, die Haare strähnig und unfrisiert, ein blasses Gesicht, aus dem müde Augen den Wartenden entgegenblickten. Die Kleidung, die sie trug, war offensichtlich nicht ihre eigene, denn die graue Jogginghose und das beigefarbene Oberteil waren ihr mindestens eine Nummer zu groß.

Holper reichte ihr die Hand. »Hallo Frau Grunwald, ich bin Kommissar Holper, das ist Kommissar Hertz. Wir begleiten Sie von hier aus.«

Sie nickte stumm und erwiderte kraftlos seinen Händedruck. Während Holper sie zum Eingang führte, sah sie sich unruhig nach allen Seiten um, als könnte ihr Mann jeden Moment aus dem Nichts auftauchen und sie wieder in seine Gewalt bringen.

»Sie sind hier in Sicherheit«, sprach Holper beruhigend auf sie ein. »Er kann Ihnen nichts mehr tun. Wir passen auf Sie auf.«

Ihrem Blick konnte der Kommissar ansehen, dass sie ihm nicht glaubte.

»Sie kennen ihn nicht …«, sagte sie leise.

Holper nickte. »Das ist wahr. Aber *Sie* kennen ihn. Und mit Ihrer Hilfe werden wir ihn finden.«

»Ich kenne ihn auch nicht«, widersprach sie kopfschüttelnd. »Nicht mehr.« Dann fing sie an, bitterlich zu weinen.

Teil 2

Einige Wochen später

Auch wenn die Anwesenheit der Polizisten vor ihrem Haus Kira zumindest etwas Schutz vermittelte, fühlte sie sich nicht sicher. Jonas war noch immer auf der Flucht, und soweit sie wusste, gab es keine Hinweise auf seinen Aufenthaltsort. Immerhin bestand die Möglichkeit, dass er sich ganz in der Nähe aufhielt. Dieser Vorstellung verdankte Kira regelmäßige Albträume, aus denen sie schweißgebadet erwachte. Oft lief sie stundenlang durch die Wohnung und lugte immer wieder durch einen Spalt in der Gardine hinaus in die Dunkelheit.

In dieser Nacht war es jedoch ein anderer Grund, der Kira nicht schlafen ließ: Am Morgen sollte sie zum ersten Mal Juliane wiedersehen. Diese war in der vergangenen Woche aus dem künstlichen Koma erwacht, hatte bisher allerdings keinen Besuch empfangen wollen, nicht einmal von ihrer besten Freundin. Kira war erleichtert, dass Jonas mit seinem Mordversuch gescheitert war, doch sie befürchtete, dass Juliane ihr die Schuld an allem geben könnte. Im Grunde hatte sie damit ja auch recht. *Ich hätte nicht weglaufen dürfen!* Dieser Gedanke festigte sich mit jedem Tag mehr. Nur ihretwegen hatte Jonas diese Menschen getötet.

Auf dem Weg zum Krankenhaus war Kira mehrmals kurz davor umzukehren. Ihr Magen rebellierte vor Nervosität und in ihrem Kopf spielten sich unzählige Szenen ab, wie die Begegnung mit Juliane verlaufen konnte. Keine davon war wünschenswert.

Erst als Kira die Tür zum Krankenzimmer öffnete, dachte sie daran, dass sie überhaupt nicht wusste, in welcher Verfassung sie Juliane antreffen würde. Der Anblick der Freundin mit aschfahler Haut und eingefallenem

Gesicht war wie ein Schlag in die Magengrube. Zögerlich trat Kira ans Bett.

»Hallo Jule«, sagte sie leise. »Wie geht es dir?«

Juliane öffnete die Augen und rang sich ein gequältes Lächeln ab, als sie Kira erkannte. Ihre Stimme klang kratzig, als sie antwortete: »Den Umständen entsprechend, würde ich sagen.«

»Es tut mir so leid. Ich wollte nicht, dass so etwas passiert. Ich hätte dich da nicht mit reinziehen dürfen«, entschuldigte sich Kira mit Tränen in den Augen. Sie legte ihre Hand auf Julianes Arm.

»Du kannst doch … nichts dafür«, widersprach diese. Es war deutlich zu hören, dass ihr das Sprechen noch schwerfiel. »Ich bin froh, dass er dich nicht erwischt hat.«

Für einen Augenblick dachte Kira daran, die ganze Geschichte zu erzählen, doch sie entschied, lieber zu schweigen. Die Ereignisse der Tage in Spanien hätten ihre Freundin viel zu sehr aufgeregt. Stattdessen versuchte sie, Optimismus auszustrahlen. »Die werden ihn bestimmt kriegen und dann kann er nie wieder jemandem etwas tun.«

»Ich weiß nicht.« Julianes Blick wurde ernst, und sie starrte abwesend durch Kira hindurch. »Sieht nicht so aus, als gäbe es eine Spur von ihm. Zumindest konnten oder wollten mir die Polizisten nichts dazu sagen.« Sie deutete mit dem Kopf in Richtung Ausgang. »Und du siehst ja, dass sie wohl besorgt um meine Sicherheit sind.«

Kira hatte den Beamten vor der Tür nicht übersehen, der jeden Besucher kritisch beäugte. »Mir folgen sie auch ständig und überwachen unser Haus.« Sie stieß einen tiefen Seufzer aus. »Ich hoffe, das alles ist bald vorbei.«

Die restliche Zeit schwiegen sich die beiden Freundinnen an. Kira traute sich nicht, Juliane nach Einzelheiten über die Nacht zu fragen, in der Jonas sie gefoltert und beinahe umgebracht hatte. Sie konnte sich des Gefühls nicht erwehren, dass etwas zwischen ihnen stand, auch wenn Juliane mehrfach betonte, ihr keine Schuld zu geben. Sie selbst hingegen *gab* sich die Schuld.

* * *

Zu dieser Zeit in Bayern
Jonas konnte sich nicht so recht an den Anblick gewöhnen, den ihm der Blick in den Spiegel bot. Im noch vor wenigen Wochen stets glatt rasierten Gesicht wuchs ein Vollbart, den er lediglich alle paar Tage in Form brachte. Die Haare färbte er bereits seit einiger Zeit in einem dunklen Braunton mit leichtem Rotstich, und farbige Kontaktlinsen sorgten dafür, dass die eigentlich grünen Augen nun ebenfalls braun waren. Äußerlich war Jonas ein ganz neuer Mensch. Äußerlich. In seinem Inneren brodelte unvermindert die Wut auf seine Frau, die nicht nur ihr gemeinsames Leben zerstört, sondern auch dafür gesorgt hatte, dass er als Tim Rothstein in schäbigen Hotels wohnen musste.

Viele Stunden und Tage hatte Jonas damit verbracht, sich einen bayrischen Akzent anzutrainieren, um sich besser unter den Einheimischen verstecken zu können. Inzwischen hätte ein Außenstehender kaum noch einen Unterschied herausgehört. Die Menschen im Ort erkannten in seiner Sprache zwar weiterhin einen Auswärtigen, doch das war nicht so wichtig. Auch die skeptischen Blicke, wenn er im erlernten Dialekt mit ihnen sprach, ignorierte er weitestgehend.

Es verging kein Tag, an dem Jonas nicht darüber grübelte, wie er sich an Kira rächen konnte. Sicher, er wollte immer noch mit ihr zusammen sein, bis dass der Tod sie schied, doch diese Zeitspanne würde kurz und voll intensiver Zweisamkeit sein. Jonas war klug genug zu wissen, dass er Geduld haben musste. Im Moment war es aussichtslos, seiner Frau nahe genug zu kommen, doch mit der Zeit würde sie unvorsichtig werden. Diese Hampelmänner konnten sie nicht ewig im Auge behalten. Jonas würde warten.

Er setzte sich an den abgenutzten Schreibtisch im kleinen Hotelzimmer und klappte den Deckel des hoffnungslos veralteten Laptops auf, den er bei einem Streifzug über den monatlichen Flohmarkt günstig erstanden hatte. Jonas musste seinen Lebensstil auf ein Maß zurückfahren, das er selbst zu Studentenzeiten nicht gekannt hatte. Ein kleines Hotel, billiges Essen, keinerlei Luxus. Das Risiko, die Kreditkarte seiner Mutter zu verwenden, konnte er nach dem Fiasko mit der unfreiwillig abgebrochenen Zugfahrt in Frankreich nicht noch einmal eingehen, und seine Bargeldreserven schwanden zusehends. Es musste eine Lösung her.

Nach dem Öffnen des Internetbrowsers durchstöberte Jonas routinemäßig zuerst einige Nachrichtenseiten. Die Presse hatte bereits größtenteils das Interesse an seiner Geschichte verloren. Nur vereinzelt fand er kleinere Artikel, die sich mit der Frage beschäftigten, wo sich der ›Spanienmörder‹, wie sie ihn nannten, aufhalten könnte. Einige mutmaßten, dass er sich inzwischen wieder in Deutschland befand, andere nahmen irrtümlicherweise an, dass er sich in die Schweiz abgesetzt hatte oder weiter in den Osten gereist war. Auch das Auto mit französischen Kennzeichen ruhte anscheinend noch immer friedlich auf dem Grund des Schluchsees, mitsamt seinen Besitzern.

Bis zum Abend vertrieb sich Jonas die Zeit damit, in verschiedenen Chaträumen belanglose Unterhaltungen zu führen, denn das Fernsehprogramm bot den Tag über nur Sendungen, bei denen er fürchtete, dringend benötigte Gehirnzellen zu verlieren.

Plötzlich sprang ihm eine Chatzeile ins Auge.

›Kira983: Hallo jemand hier?‹

Jonas widmete dem Bildschirm sofort die volle Aufmerksamkeit. ›Hallo Kira‹, tippte er ein und klickte auf

›Absenden‹. Er musste sich beherrschen, keine Beschimpfung folgen zu lassen. Diese Frau war wohl kaum *seine* Kira, doch alleine ihr Name ließ die Wut in Jonas wieder aufschäumen.

›Kira983: Hi Tim32. Wie alt bist du? Wo kommst du her?‹

Jonas rollte mit den Augen. Es war nicht das erste Mal, dass eine Unterhaltung mit diesen Fragen begann, wenn es auch meist die männlichen Teilnehmer waren, die ohne Umschweife aufs Wesentliche kamen. Gerade wollte Jonas den Chat verlassen, da schoss ihm ein Gedanke durch den Kopf: Wenn er sich zum jetzigen Zeitpunkt schon nicht an seiner Frau rächen konnte, genügte vielleicht vorerst eine andere Kira. Oder auch *irgendeine* Frau. Er entschloss sich, auf die chatwillige Dame einzugehen.

›Tim32: 32 und komme aus Deutschland ;-) und du?‹

›Kira983: Ha ha :-D Woher denn genau? Ich bin aus der Nähe von Kiel.‹

Diese Auskunft disqualifizierte Jonas' Chatpartnerin bereits für sein Vorhaben und er schloss das Browserfenster, ohne sie einer weiteren Antwort zu würdigen. Trotz der kleinen Enttäuschung stand sein Entschluss fest: Eine Frau musste her. Doch zuerst galt es, einen Ort zu finden, wo er sich gefahrlos mit ihr treffen konnte, wenn möglich sogar ungestört mit ihr vergnügen.

Jonas aß etwas von den inzwischen kalten chinesischen Nudeln, die er sich am Mittag geholt hatte, und verließ dann sein Hotel. Vielleicht fiel ihm ja beim Umherstreifen durch die Straßen des kleinen Ortes eine Lösung ein.

»Hey, Tim, warte!«

Jonas blieb stehen und sah sich um. Er wartete, bis der Mann ihn eingeholt hatte. Klaus Münch war der Besitzer der kleinen Wirtschaft, in der Jonas sich an einigen der letzten Abende ein kühles Weißbier gegönnt hatte. Etwas, das bei seinem bedrohlich schrumpfenden Barvermögen nicht die vernünftigste Idee war. Unter normalen Umständen wäre die dunkle Kneipe ohnehin kein Ort gewesen, an dem sich Jonas lange aufhielt. Im Moment hatte er allerdings keine Lust, jeden Abend allein in seinem Hotelzimmer zu verbringen, wie ein Sonderling, der sich von der ganzen Welt abschottet. Außerdem konnte es nicht schaden, mit den Einheimischen in Kontakt zu kommen und Vertrauen aufzubauen.

Jonas begrüßte den Kneipenwirt per Handschlag. »Grüß Gott, Klaus. Heut Abend wieder auf eine Partie Billard?«

»Aber sicher! Wart's ab, diesmal lass ich dich alt aussehen!« Der rundliche Wirt lachte herzhaft.

»Davon träumst du«, sagte Jonas grinsend und klopfte ihm auf die Schulter. »Wäre das erste Mal.«

»Wir werden sehen. Aber eigentlich bin ich nicht deswegen hier.« Klaus kam noch etwas näher und sprach mit leiser Stimme weiter: »Was hältst du von einer Runde Poker? Texas Hold'em ohne Limit.«

Jonas sah ihn überrascht an. »Du meinst jetzt aber nicht um Geld, oder?«

»Nein, um Hosenknöpfe.« Er lachte, dass sein Bauch auf und ab wippte. »Natürlich um Geld, du Witzbold! Was denkst du denn? Wir sind doch keine Omis beim Kaffeekränzchen.«

»Wohl kaum«, schmunzelte Jonas.

»Na also. Dann bring ein paar Scheinchen mit, wenn du genug Mumm hast, mal was Richtiges zu spielen.« Mit schelmisch funkelnden Augen sah Klaus ihn an. »Ich muss dann weiter. Bis später!« Er drehte sich um und ging.

»Bis später …« Jonas blieb kopfschüttelnd zurück. Er hatte entgegen seinem Plan, sich von allen persönlichen Verbindungen fernzuhalten, Gefallen an der gemeinsamen Zeit mit Klaus gefunden. Die kratzige Stimme und herzlich grobe Art des Mannes mit der gemütlichen Figur erinnerte ihn immer wieder an seinen eigenen Großvater. Als kleiner Junge hatte Jonas die Zeit genossen, die er bei Opa Kurt verbrachte, fernab von seinem Erzeuger.

Damals hatten sich kleine Dramen abgespielt, wenn es an der Zeit war, nach Hause zurückzukehren. Zurück zu dem Mann, der Jonas und seine Mutter mit Hingabe misshandelte und die Bezeichnung ›Vater‹ nicht im Geringsten verdiente. Trotz allem hatte Jonas nie den Mut gefunden, etwas gegen den Tyrannen zu unternehmen, nicht rechtzeitig. Der Krebs war ihm schließlich zuvorgekommen.

Jonas hatte sich früher geschworen, nie so zu werden wie sein Vater, doch inzwischen hatte er etwas begriffen, das ihm damals verborgen geblieben war: Es war seine Mutter, die all das Leid zu verantworten hatte. Sie hatte seinem Vater nicht gehorcht, so wie Kira ihm heute nicht gehorchte. Und genau wie sein Vater war Jonas von Zeit zu Zeit gezwungen, hatte keine andere Wahl, als mit starker Hand durchzugreifen und seine Ehefrau in die Schranken zu weisen. Genau wie sein Vater hatte er erkannt, dass das Zusammenleben nur auf diese Weise funktionierte.

Nachdem er eine halbe Stunde ziellos durch den Ort gelaufen war, kehrte Jonas zum Hotel zurück. Klaus' Einladung hatte ihn nachdenklich gemacht. Bot sich hier die Gelegenheit, seine maroden Finanzen aufzubessern? Es war ein Risiko, keine Frage. Er kannte weder die Fähigkeiten seiner Gegner, noch hatte er in den letzten Jahren an einem Pokertisch gesessen. Mit Ausnahme einiger virtueller Partien am Computer. Und doch war es eine Chance.

* * *

Zwei Stunden später

Jonas atmete tief durch. Die Trainingssitzung auf der Pokerwebseite war nicht besonders zufriedenstellend verlaufen. Er zog einen Fünfzigeuroschein aus dem Portemonnaie und verstaute ihn unter seinen Sachen im Koffer. Wenn alle Stricke rissen, war dies sein letzter Notgroschen. Mit knapp dreihundert Euro in der Tasche, seiner Sonnenbrille und einer großen Portion Nervosität machte er sich auf den Weg zur Kneipe.

»Na, so eine Überraschung.« Klaus setzte ein breites Lächeln auf, als er Jonas hereinkommen sah. »Ich dachte ja, du kneifst. Dann komm mal mit.« Der Wirt führte Jonas durch eine Tür im hinteren Bereich und über eine Treppe in den ersten Stock, wo sich die Wohnung von Klaus Münch und seiner Frau befand. Im Esszimmer war der runde Holztisch bereits mit zwei Kartendecks, einigen Stapeln Pokerchips und Trinkgläsern vorbereitet.

»Was möchtest du trinken?«, fragte Klaus, während er im Nebenraum verschwand.

Jonas hatte schon im Vorfeld bedacht, dass seine Chancen stiegen, wenn er weniger und vor allem weniger hochprozentig trank als die übrigen Mitspieler. Also bestellte er eine ›Leichte Weiße‹ und setzte sich auf einen der gepolsterten Holzstühle.

Es dauerte nicht lange, bis die übrigen Teilnehmer der Pokerrunde eintrafen. Klaus stellte sie als seinen Schwager Pascal, Heinrich, einen Stammkunden der Kneipe, und Johann, den Bürgermeister, vor.

Jonas fühlte sich in Anwesenheit des Ortsvorstehers etwas unbehaglich, doch das mulmige Gefühl verschwand schon nach den ersten Runden, in denen er trotz meist mäßigem Blatt ein Plus von gut fünfzig Euro erbluffen konnte.

Im Allgemeinen verstand sich Jonas recht gut mit seinen Mitspielern. Für die Teile der Unterhaltungen, die tiefer in sein Privatleben eintauchten, hatte er bereits vor einiger Zeit einen Lebenslauf für Tim Rothstein einstudiert. Tim war frisch geschieden. Seine Frau hatte ihn verlassen, da er aufgrund seiner Arbeit als Personal Trainer zu häufig unterwegs war und sich, rein beruflich natürlich, mit anderen Frauen traf. Trotz aller Bemühungen, die er unternommen hatte, um sie zurückzugewinnen, war sie fort, und er konnte sich damit nicht abfinden. Daher trug er auch noch immer den Ehering am Finger.

Eigentlich hatte Jonas erwartet, dass es leichter war, sich mit den erfundenen Abschnitten seines Lebens möglichst nah an der Wirklichkeit zu bewegen, doch nun stellte sich genau dies als Problem heraus. Mehrfach entging er nur knapp einem Fauxpas, weil er im Gespräch die Übergänge zwischen Tims und Jonas' Biografien verpasste.

Im Verlauf des Abends hielt er sich bei den Getränken geschickt zurück, während der Pegel seiner Gegner zusehends stieg und ihre Konzentration in gleichem Maße abnahm. Kurz nach Mitternacht hatte Jonas' Vermögen einen ansehnlichen Zuwachs erfahren. *Noch ein paar weitere Pokerabende dieser Art und ich komme erst einmal über die Runden,* dachte er und lächelte zufrieden.

»Hör zu, Tim, ich habe eine grandiose Idee!« Johann legte die Karten vor sich auf den Tisch und lehnte sich in seinem Stuhl zurück. »Ich habe eine Nichte, die würde hervorragend zu dir passen.«

»Ach ja?« Jonas ahnte, worauf das hinauslaufen würde, und es gefiel ihm überhaupt nicht.

»Ganz bestimmt!«, mischte sich auch Klaus mit ein. »Christine würde dir sicher gefallen und vielleicht kommst du so ein bisschen auf andere Gedanken. Es ist doch nicht gesund, ständig der Verflossenen nachzutrauern.« Er ließ sein markantes Lachen ertönen.

Ein Date war zwar ganz in Jonas' Sinn, doch nicht auf diese Weise und schon gar nicht mit der Nichte des Bürgermeisters. Er versuchte das drohende Unheil abzuwenden: »Aber ich …«

»Keine Widerrede!« Johann stellte sein Glas geräuschvoll zurück auf den Tisch. »Am Wochenende stelle ich euch einander vor. Wenn es zwischen euch nicht passt, passt es nicht. Aber wer weiß …« Er zwinkerte Jonas zu.

Ja, wer weiß, dachte Jonas und seufzte. Wie sollte er jemandem etwas abschlagen, der ihm das Leben schwer machen konnte? Er hatte nicht vor, in den nächsten Wochen weiterzuziehen, solange es nicht unbedingt nötig war, also war es vermutlich klüger einzulenken. Mit einem gequälten Lächeln stimmte er zu: »Na gut. Ein Treffen wird mich schon nicht umbringen.«

Johann belohnte ihn mit einem breiten Grinsen und dazu – wenn auch unfreiwillig – mit weiteren Pokerchips während der restlichen Partie.

* * *

Am Samstagmorgen

Frank Holper saß mit Roswitha und seiner Tochter Jennifer beim Frühstück. Es kam nicht häufig vor, dass die ganze Familie um diese Zeit gemeinsam am Tisch saß. Dafür sorgten sowohl seine unregelmäßigen Arbeitszeiten als auch Jennys Vorliebe, am Wochenende bis in den frühen Mittag zu schlafen.

»Wollen wir heute nicht an den See fahren?«, fragte Roswitha in die Stille hinein. »Es soll richtig heiß werden und wir haben schon so lange nichts mehr gemeinsam unternommen.«

Jenny gab nur ein leises Murren von sich, das sich weder als ›Ja‹ noch als ›Nein‹ deuten ließ, und kaute weiter auf ihren Hafercrunchys herum. Familienausflüge standen für die Siebzehnjährige nicht besonders weit oben auf der Liste der Vergnügungen. Viel lieber traf sie sich mit Freundinnen und zog mit ihnen abends durch die Klubs der Stadt.

Roswitha wandte sich an ihren Mann. »Und was ist mit dir?«

»Was soll mit mir sein?« Holper sah von der Zeitung auf, in deren Lektüre er versunken war.

»An den See? Heute?«, wiederholte Roswitha ihr Anliegen.

»Ja, warum nicht? Ich könnte eine Luftveränderung gebrauchen.« Holper hatte in den letzten Wochen kaum Zeit gefunden, etwas zur Ruhe zu kommen. Die beiden neuen Fälle, mit denen sein Team in der Zwischenzeit betraut worden war, hatten sie einigermaßen zügig aufklären und zu den Akten legen können. Im Fall des flüchtigen Jonas Grunwald traten sie hingegen weiterhin auf der Stelle. Aus Frankreich gab es zwar eine Meldung über ein Pärchen, das etwa zur gleichen Zeit verschwunden war wie der Gesuchte. Doch auch von ihnen und ihrem Wagen fehlte jede Spur und es gab keine direkten Anzeichen für eine Verbindung zu Grunwald.

Holper hatte aufgehört zu zählen, wie vielen Hinweisen das Team bereits nachgegangen war, ohne einen entscheidenden Schritt weiterzukommen. Nachdem ein Foto von Jonas Grunwald in den Medien veröffentlicht worden war, gingen Meldungen von Personen aus ganz Deutschland und den Nachbarländern ein, die den Flüchtigen gesehen haben oder sogar kennen wollten. Keiner von ihnen führte die Polizei zu dem Gesuchten. Als Juliane Behring aus dem Koma erwacht war, regte sich bei den Ermittlern für kurze Zeit die Hoffnung auf einen möglichen Durchbruch, doch dieser blieb ebenfalls aus. Sie konnte im Grunde nur Dinge berichten, die dem Team bereits bekannt waren.

Dazu gab es noch eine weitere Sache, die Holper Unbehagen bereitete: Er wusste, dass der Personenschutz für Kira Grunwald nicht mehr allzu lange aufrecht gehalten werden konnte. Vielleicht zwei oder drei Wochen noch, dann war sie wieder auf sich gestellt. Holper graute vor dem Gedanken, ihr diese Neuigkeit überbringen zu müssen, und schob das Unausweichliche bereits einige Tage vor sich her.

»Kommst du?« Roswitha stand an der Treppe und wartete auf Holper. Mit einem Lächeln fügte sie hinzu: »Deine Sachen musst du schon selbst packen.«

»Bin sofort bei dir«, entgegnete Holper. Dann sah er seine Tochter an. »Du kommst nicht mit?«

»Hab schon was vor«, gab sie knapp zurück und stand vom Tisch auf. Ohne das Geschirr abzuräumen, verschwand sie in ihrem Zimmer.

Holper schüttelte leicht den Kopf. *Nur nicht aufregen. Es ist bestimmt nur eine Phase.* Wenigstens war Jenny im Moment nur etwas schwierig und hatte nicht wie einige ihrer gleichaltrigen Freunde mit Tattoos oder Piercings experimentiert. Zumindest soweit Holper wusste.

* * *

Am frühen Nachmittag

Jonas war ausgesprochen gut gelaunt. Klaus hatte am vergangenen Abend zu einer Revanche am Pokertisch aufgerufen, mit ähnlich positivem Verlauf für Jonas wie am Tag zuvor. An nur zwei Abenden hatte er mehr verdient als in einer Woche als Fitnesstrainer, noch dazu schwarz und steuerfrei. Zweifellos war ihm klar, dass diese Einnahmequelle keine Dauerlösung sein konnte, ohne sich den Unmut seiner Mitspieler zuzuziehen oder von weiteren Runden ausgeschlossen zu werden. Schon in der letzten Partie war er darauf bedacht gewesen, seinen Gegnern, insbesondere dem Bürgermeister, einige Erfolgserlebnisse zu gönnen.

Es war inzwischen kurz vor vier. Die Sonne schien vom wolkenlosen Himmel, und Jonas schlenderte die Straße zum kleinen Eiscafé hinunter, in dem das von Johann arrangierte Treffen mit dessen Nichte stattfinden sollte. Immerhin hatte der Bürgermeister doch noch darauf verzichtet, sie einander vorzustellen, und ihnen die Wahl von Zeit und Ort der Begegnung überlassen.

Nach Jonas' erstem Ärger über dieses unerwünschte Date, fand er die Idee mittlerweile gar nicht mehr so übel. Eine inszenierte Beziehung konnte vielleicht dabei helfen, Vertrauen aufzubauen und Tims Identität zu stärken. *Bitte lass sie nicht hässlich wie die Nacht sein*, dachte er, als er das Café betrat und nach Christine Ausschau hielt. Von Johann wusste er, dass sie rötlich-blondes Haar mit leichten Naturlocken hatte, und diese Information genügte, um sie sofort zu entdecken. Sie saß an einem der hinteren Tische und sah zum Eingang herüber. Als sie Jonas bemerkte, grüßte sie mit einem zaghaften Handzeichen in seine Richtung.

Er musterte die junge Frau unauffällig. Auch wenn Christine keine klassische Schönheit war und in Jonas' Augen etwas mehr Sport vertragen konnte, war sie nach seinen Maßstäben einigermaßen ansehnlich. Zumindest insoweit, als dass er sich bei einem Schäferstündchen nicht würde überwinden müssen.

»Christine?«

Sie nickte.

»Grüß Gott. Ich bin Tim, aber das wissen Sie ja bestimmt schon.« Er versuchte, mit einem herzlichen Lachen das Eis zu brechen, und reichte ihr den Strauß rosafarbene Gerbera, den er zuvor an der Tankstelle besorgt hatte. »Freut mich, Sie kennenzulernen.«.

Christine nahm die Blumen entgegen und lächelte verhalten. »Gleichfalls.«

Es war nicht zu übersehen, dass sie etwas schüchtern war. Ein großer Vorteil für Jonas, denn mit selbstbewussten Frauen war er zumeist überfordert. Er hatte es lieber, wenn er eine Partnerin nach seinen Vorlieben formen und leiten konnte.

Jonas hängte seine Jacke über die Stuhllehne und setzte sich. »Passiert Ihnen das öfter?«, fragte er mit schelmischem Grinsen.

Christine sah ihn irritiert an. »Wie bitte?«

»Ich meine, dass Ihr Onkel Dates für Sie arrangiert. Johann der Kuppler sozusagen.« Er schmunzelte. »Ich kann mir gar nicht vorstellen, dass Sie das nötig haben. Aber … gut für mich, würde ich sagen.«

»Na ja … eigentlich macht er das zum Glück nicht so oft«, antwortete Christine.

Aus dem leichten Erröten ihrer Wangen und dem verlegenen Nesteln in ihren Haaren schloss Jonas, dass das subtile Kompliment seine Wirkung nicht verfehlte. Sie fand ihn zumindest nicht unsympathisch.

»Hallo Christine, was möchtest du trinken?« Die Bedienung stand mit gezücktem Stift und Block am Tisch. Sie kannten sich offenbar.

Christine überlegte kurz. »Ich glaube, ich nehme einen Cappuccino.«

»Und Sie?«

Jonas musste sich beherrschen, seinen Blick nicht auf dem üppigen Dekolleté der Bedienung ruhen zu lassen, und zwang sich, ihr in die Augen zu sehen. »Ich hätte gerne einen Eiskaffee.«

»Kommt sofort.« Sie notierte die Bestellung auf ihrem Zettel und ging zurück zur Theke.

Jonas glaubte, gesehen zu haben, wie sie Christine beim Umdrehen einen vielsagenden Blick zuwarf. Während sie auf ihre Getränke warteten, versuchte er, das Gespräch in Gang zu bringen. »Was machen Sie denn beruflich?«, fragte er, auch wenn es ihn in Wirklichkeit nicht besonders interessierte.

»Ich arbeite für meinen Onkel im Rathaus. Genauer gesagt bin ich seine Sekretärin.«

Jonas zog die Augenbrauen hoch. »Ach, wirklich? Interessant.« Diesmal war die Neugier nicht gespielt. Im Gegenteil. Das neue Wissen machte Christine für ihn reizvoller. Sie hatte bestimmt Zugriff auf Informationen, die hilfreich sein konnten, und war in der Lage, Türen zu öffnen, die sonst verschlossen blieben. In seinem Kopf nahm ein neuer Plan Gestalt an.

* * *

Am gleichen Abend

Das Date war besser gelaufen, als Jonas erwartet hatte. Christine schien zumindest so viel Gefallen an ihm gefunden zu haben, dass sie ohne größeres Zögern einem zweiten Treffen zugestimmt hatte. Bereits am nächsten Wochenende wollte Jonas sie zum Abendessen in ein kleines Restaurant ausführen, um die Atmosphäre etwas intimer zu gestalten. Gleichwohl konzentrierte er sich nicht vollständig auf Christine. Sie taugte mehr zur Tarnung als zum Kira-Ersatz. Hierfür musste jemand anders her.

Für die folgenden Tage hatte Klaus keine weiteren Pokerpartien angekündigt. Jonas verbrachte die Abende dennoch meist in der Kneipe und spielte Billard, um keine unbequemen Fragen nach seinem plötzlichen Fernbleiben zu provozieren. Kaum kam er jedoch anschließend zurück ins Hotelzimmer, hielt er sich bis in die Nacht hinein in Chaträumen auf und flirtete mit fremden Frauen. Keiner von ihnen widmete er sich länger als nötig, sobald er wusste, dass sie außerhalb seiner Reichweite wohnten.

Endlich, in der vierten nächtlichen Sitzung, entwickelte sich eine vielversprechende Unterhaltung. Die flirtwillige Dame mit dem klingenden Usernamen ›MoniStern‹ war Ende zwanzig und entsprach seiner Vorstellung von einem würdigen Ersatz für Kira. Zumindest, sofern sie bei der Beschreibung nicht log, dass sich die Balken bogen. So wie er es tat. Die Kandidatin hieß mit richtigem Namen Tanja und wohnte eine knappe Autostunde entfernt in der Nähe der österreichischen Grenze. Sie war recht forsch in dem, was sie schrieb, und nutzte den Chat, wie sie offen zugab, häufig für die Suche nach zwanglosen One-Night-Stands. Als Jonas ihr sein Interesse signalisierte, schickte sie ihm bereitwillig ein Foto per E-Mail. Nahezu unbekleidet.

Jonas stellte anerkennend fest, dass sie attraktiver war, als er vermutet hatte. Er versprach, ebenfalls ein Bild von sich zu senden, sobald seine Kamera wieder funktionstüchtig war, und verabredete sich für den nächsten Abend zu einer weiteren gemeinsamen Chatsitzung. Zufrieden legte er sich schlafen.

* * *

Ein paar Hundert Kilometer nördlich
Kira saß am Küchentisch und starrte abwesend aus dem Fenster. Es waren wieder sechs Tage vergangen, ohne dass Juliane sich bei ihr gemeldet hatte. *Sie hasst mich …*, dachte sie traurig. Jonas hatte alles zerstört. Kira seufzte. *Er hätte mich lieber umbringen sollen.*

Plötzlich klingelte es an der Tür. Kiras Körper verspannte sich. Sie erwartete niemanden. War Jonas zurückgekommen? Er würde nicht so verrückt sein, am helllichten Tag … Oder etwa doch?

Ein erneutes Klingeln ließ Kira zusammenzucken. Mit weichen Knien stand sie auf, ging zögerlich zum Fenster und spähte hinaus. Vor dem Haus stand ein gelber Lieferwagen mit geöffneter Tür. Kira überlegte, konnte sich jedoch nicht erinnern, etwas bestellt zu haben. Sie schlurfte zum Eingang und sah durch den Spion. Der Paketbote hatte sich bereits abgewendet und war auf dem Weg zurück zu seinem Wagen. Schnell öffnete Kira die Tür. »Warten Sie!«, rief sie dem Mann hinterher. »Haben Sie Post für mich?«

Als er sich umdrehte und sie ansah, wirkte er überrascht, und im selben Moment wusste Kira auch, wieso. Sie stand im schlabbrigen Pyjama, ungeschminkt und mit zersausten Haaren im Vorgarten. Ohne dass sie etwas dagegen tun konnte, breitete sich die Schamesröte in ihrem Gesicht aus.

»Frau Grunwald?«, fragte der Paketbote und konnte sich ein Grinsen nicht verkneifen.

Sie nickte.

»Ich habe hier eine Sendung für Sie.« Er überreichte ihr ein Päckchen. »Einen schönen Tag wünsche ich«, sagte er mit einem freundlichen Lächeln. »Die Benachrichtigungskarte im Briefkasten werfen Sie bitte einfach in den Müll.« Dann ging er zurück zum Wagen.

»Danke«, murmelte Kira, ohne dass er es noch hören konnte. Sie lief eilig zurück ins Haus. *Oh, Mann, wie peinlich!* Hoffentlich hatte sie keiner der Nachbarn gesehen.

Kira stellte das Päckchen auf den Küchentisch und betrachtete das Etikett. Der Absender war so unleserlich geschrieben, dass kein Name zu entziffern war. Mit einer Schere durchtrennte Kira das Klebeband und öffnete den Deckel. Der Karton war fast leer, nur eine Grußkarte lag am Boden, eingebettet in etwas geknülltes Papier. Beim Herausnehmen fiel Kira auf, dass sie ungewöhnlich schwer war. Das Motiv auf der Vorderseite zeigte in schnörkeliger Schrift die Worte ›Bis bald‹, dazu eine menschliche Silhouette, die ein Taschentuch schwenkte. Kira drehte die Karte um und ließ sie mit einem Schrei des Entsetzens fallen. Ein abgetrennter, blutiger Finger landete auf dem Boden, rollte zum Tischbein und blieb dort liegen. Mit zittrigen Knien ging sie rückwärts aus der Küche, rannte zum Telefon und wählte die vereinbarte Notrufnummer.

Kurz darauf klingelten die Beamten, die vor dem Haus postiert waren. »Was ist passiert?«, fragte einer von ihnen, doch Kira stammelte nur »ein Finger« und deutete mit schreckgeweiteten Augen auf die Küchentür. Sie war kreidebleich und machte keine Anstalten, sich vom Fleck zu rühren.

Wenige Minuten später kam einer der Polizisten zurück und legte ihr beruhigend seine Hand auf die

Schulter. »Es ist alles in Ordnung«, erklärte er lächelnd. »Er ist nicht echt.«

»W-w-was meinen Sie?«

»Kommen Sie, ich zeige es Ihnen.« Er führte die leicht widerstrebende Kira in die Küche, wo sein Kollege gerade dabei war, den Karton zu untersuchen. »Ich muss zugeben, dass er gut gemacht ist. Beim ersten Blick habe sogar ich geglaubt, dass er echt ist.« Der Beamte nahm den Finger mit seinem Handschuh vom Boden auf und zeigte ihn ihr.

Es war widerlich, aber der Mann hatte recht. Beim näheren Hinsehen erkannte auch Kira, dass es sich lediglich um einen Scherzartikel handelte, der aus einer Art Gummi bestand. »Jonas!« Sie sprach seinen Namen mit einer Mischung aus Angst, Wut und Abscheu aus. Wer sonst sollte auf eine derart abartige Idee kommen? Als würde sie nicht sowieso schon jeden Tag an ihn denken …

* * *

Etwas später

Holper stand neben zwei Kollegen aus der Forensik und sah ihnen dabei zu, wie sie Spuren auf dem Pappkarton und seinem Inhalt sicherten. So lange hatte es keinen Hinweis auf Jonas Grunwald gegeben, und jetzt endlich hatte er einen Fehler gemacht! Noch war nicht offiziell bestätigt, dass das Päckchen wirklich von ihm verschickt worden war, aber Holper hatte keine Zweifel daran. Was dem Kommissar allerdings nicht einleuchten wollte, war, weshalb ein zweifacher Mörder solch ein Risiko einging. Er musste wissen, dass man auch ein Päckchen zurückverfolgen konnte.

Eine Stunde später wurde die Vermutung zur Gewissheit. Jonas Grunwald hatte sich nicht einmal die Mühe gemacht, Handschuhe zu tragen. Überall auf dem Karton, der Karte und dem Gummifinger waren seine Abdrücke zu finden. Sein Gefühl sagte Holper, dass dieses Päckchen das Team dennoch nicht so einfach zu dem Gesuchten führen würde.

* * *

An diesem Abend in Jonas' Hotelzimmer

Jonas hoffte, dass der Chat mit Tanja seine miese Laune heben würde. Soeben hatte er zum ersten Mal eine Billardpartie gegen Klaus verloren. Obwohl dieser Niederlage mindestens zehn gewonnene Durchgänge gegenüberstanden, wurmte es ihn. Vielleicht wäre es weniger frustrierend gewesen, wenn er nicht ausgerechnet diesmal, siegessicher wie er war, um fünfzig Euro gespielt und somit nun einen kompletten Tagessatz seiner Reserven verloren hätte.

Jonas zog Jeans und Pullover aus und tauschte sie gegen den weichen Frottier-Bademantel vom Discounter. Es war wieder einmal an der Zeit, in den Waschsalon zu gehen, eine Tätigkeit, der Jonas nur widerwillig nachging. Bis vor Kurzem hatte sich seine Frau um solch niedere Arbeiten gekümmert.

Seine bei diesen Gedanken aufkommende Wut auf Kira ließ er mangels Alternativen an der wehrlosen Jeanshose aus. Ruppig zog er sie auf links, knautschte sie zusammen und warf sie schließlich mit aller Kraft gegen die Wand. Dabei fiel ein Zettel aus der Hosentasche. Jonas hob ihn auf und entfaltete das zerknitterte Stück Papier. Beim Blick auf den Kassenbon huschte ein Lächeln über sein Gesicht.

Vor zwei Tagen war er mit dem Zug bis nach Freiburg gefahren und hatte dort, mit Sonnenbrille und Schirmmütze getarnt, ein Päckchen aufgegeben. Er war nicht sicher, ob es der Polizei möglich sein würde, den Ort zu ermitteln, an dem es abgeschickt wurde. Also hielt er es für die bessere Lösung, dies weit weg von seinem momentanen Aufenthaltsort zu tun, selbst wenn er dafür etliche Stunden unterwegs sein musste. *Was gäbe ich dafür, ihr*

Gesicht zu sehen, wenn sie mein Geschenk öffnet, dachte er und lachte gehässig. Hauptsache, sie dachte an ihn und wusste, dass er sie keinesfalls vergessen hatte.

* * *

Tanja kam genau zum verabredeten Zeitpunkt in den Chat und war genauso offen und flirtwillig wie am Tag zuvor. Leider erstreckte sich ihre Offenheit auch auf andere Männer, die sich im Chatraum aufhielten. Ein Umstand, der Jonas' Laune noch weiter in den Keller beförderte, denn immerhin gehörte ›MoniStern‹ jetzt ihm. Sie war *seine* neue Kira. Für den Moment zumindest.

Mit einem knappen schriftlich geflüsterten ›Sep?‹ lud er Tanja in einen privaten Raum ein, fernab von allen Nebenbuhlern. Jonas war kein passionierter Chatter, doch in den letzten Tagen hatte er häufiger beobachtet, wie virtuelle Pärchen in den sogenannten Separees verschwanden, um ungestört wer weiß was nachzugehen. Tatsächlich folgte Tanja der Einladung.

›MoniStern: Was gibts denn? Du wirst doch wohl nichts Unanständiges vorhaben? ;-)‹

Nichts, was sie im Sinn hat, dachte Jonas und musste grinsen. Er fand seine Erfüllung mehr in den realen ›Spielchen‹.

›MoniStern: Hallo? Noch da?‹

›TimTom09: Ja, bin noch hier. Sag mal …‹

›MoniStern: Ja?‹

Jonas zweifelte einen Moment, ob es nicht vielleicht zu früh war, um ein Treffen zu bitten. Andererseits war es Tanja, die schon beim ersten Chat ohne Scheu von One-Night-Stands gesprochen hatte. Schließlich entschied er, es darauf ankommen zu lassen. Entweder hatte er Erfolg oder konnte sich auf die Suche nach der nächsten Kandidatin machen.

›TimTom09: Du hast doch gesagt, dass du auf One-Night-Stands stehst, oder?‹

*›MoniStern: Klaro. Warum nur einen Typen, wenn man auch alle haben kann *lol*‹*

›TimTom09: Wenn du Interesse hast …‹

›MoniStern: Mit dir? Moment, da muss ich erst mal im Terminkalender schauen. :-D Ne, Quark. Wolltest du nicht erst mal ein Bild rüberschicken? Nicht, dass du so ein Voll-Nerd bist. Auf die steh ich mal gar nicht! :-/‹

Jonas hatte die Frage erwartet.

›TimTom09: Wer sagt dir denn, dass das Bild echt wäre, das ich dir schicke?‹

Es dauerte etwas, bis Tanja antwortete.

›MoniStern: Na gut, was solls. Ich sag dir wies läuft: Wir treffen uns in der Stadt. Wenn du mir nicht gefällst, bin ich weg. Keine Ansprüche auf irgendwas.‹

›TimTom09: Ok, geht klar.‹

*›MoniStern: Wir gehn in ein Hotel, du bezahlst. Ich hab keinen Bock, dass meine Mitbewohnerin hier Stress macht, weil es etwas lauter wird in meinem Zimmer *lol*‹*

›TimTom09: Verstehe ich. Die Gefahr besteht :-)‹

Tatsächlich konnte es etwas lauter werden, wenn alles so verlief, wie Jonas es sich vorstellte, obwohl er hierbei völlig andere Ursachen im Sinn hatte als Tanja.

Schließlich einigten sie sich auf ein Treffen in vier Tagen, an einem Sonntag, und Jonas gab ihr die Nummer seines frisch über die Kleinanzeigen gekauften Prepaid-Handys. Nur für den Fall, dass sie es sich doch noch anders überlegte. Tanja dagegen war nicht bereit, ihre Nummer preiszugeben. Sie hatte, wie sie schrieb, schlechte Erfahrungen mit Männern gemacht, die sich nach der gemeinsamen Nacht, entgegen jeder Vereinbarung, immer wieder bei ihr gemeldet hatten. Angeblich hatte Tanja aus diesen Gründen in den letzten zwei Jahren sechsmal die Nummer gewechselt. Normalerweise hätte sich Jonas mit einer Frau wie ihr nicht eingelassen, doch für dieses Vorhaben war das ohne Bedeutung.

Jonas rieb sich die Augen und streckte sich ausgiebig. Es war noch vor elf, und doch war er bereits so müde, dass er sich dazu entschloss, früh schlafen zu gehen. Er würde in den nächsten Tagen genug damit zu tun haben, sich auf seine Dates vorzubereiten. Sich dieser Aufgabe ausgeschlafen zu widmen, war sicher kein Fehler.

* * *

Zwei Tage später
Kira hielt es zu Hause nicht mehr aus. Seit dem Schock durch das geschmacklose Paket hatte sie keine ruhige Minute mehr. In den Nächten war es besonders schlimm. Bei jedem noch so leisen Geräusch schreckte sie auf und lauschte minutenlang, ob sich im Haus etwas bewegte. Bis zum Morgengrauen verbrachte sie mehr Zeit damit, zitternd in ihre Decke eingerollt, im Bett zu sitzen, als zu schlafen.

Der Rezeptionist des Hotels begrüßte sie freundlich: »Willkommen! Wie kann ich Ihnen helfen?«

Kira sah sich suchend im Foyer um. Einer der Polizisten, die für ihre Sicherheit sorgen sollten, war ihr bis hierher gefolgt und stand etwas abseits, ohne sie aus den Augen zu lassen. Mit einer großen Portion Beharrlichkeit hatte er versucht, Kira den Umzug ins Hotel auszureden. Vergeblich. Sie brauchte einen Ort, an dem sie nicht jeden Moment damit rechnete, dass ihr Mann auftauchte. Hier im Hotel gab es wenigstens nur einen Eingang, daheim hingegen waren die Möglichkeiten, ins Haus zu gelangen, vielfältig. Auch wenn das Grundstück rund um die Uhr bewacht wurde, konnte niemand garantieren, dass Jonas nicht doch einen Weg fand, unbemerkt hereinzukommen.

Der Portier räusperte sich. »Junge Frau?«

»Ja?« Kira sah ihn an.

»Kann ich Ihnen helfen?«, wiederholte der Mann seine Frage, ohne dabei etwas von seiner Höflichkeit zu verlieren.

»Ach so, Entschuldigung. Ich würde gerne ein Einzelzimmer buchen, aber ich weiß noch nicht, wie lange ich bleibe. Vielleicht eine Woche für den Anfang.«

Der Mann mit dem schief sitzenden Namensschild, das ihn als Herrn Kirchner auswies, tippte etwas in den Computer. »Kein Problem. Ich bräuchte dann einmal Ihre Daten, bitte.«

Kira schob wortlos ihren Personalausweis über den Tresen.

»Vielen Dank, Frau Grunwald.« Der Portier übertrug die Personalien in den Computer. »Zahlen Sie bar oder mit Kreditkarte?«

»Bar«, antwortete sie etwas zögerlich.

»In diesem Fall muss ich Sie um eine Vorauszahlung für drei Nächte bitten.« Der Portier warf ihr einen flüchtigen Blick zu und tippte weiter auf seiner Tastatur. »Das wären dann 189 Euro.«

Oha! Kira schluckte, versuchte aber, sich nichts anmerken zu lassen. Aus ihrem Portemonnaie zog sie zwei gefaltete Fünfziger und einen Hunderter und reichte diese über den Tresen. Für den Hotelaufenthalt hatte sie Jonas' geheime Bargeldreserve in seinem Fitnessraum geplündert. Zumindest glaubte Jonas wahrscheinlich, dass sie geheim war. Kira hatte sich aus Angst vor den Konsequenzen nie getraut, etwas herauszunehmen. Bis heute.

»Vielen Dank.« Der Portier gab ihr eine Schlüsselkarte. »Sie wohnen in Zimmer 309. Dritte Etage, linker Flügel.« Er deutete mit der Hand nach rechts. »Dort hinten befindet sich der Aufzug. Ich wünsche Ihnen einen angenehmen Aufenthalt.«

Kira bedankte sich und ging, den kleinen Trolley hinter sich herziehend, zum Fahrstuhl. Sie sah sich noch einmal nach dem Polizisten um, der sie zwar weiterhin beobachtete, doch keine Anstalten machte, ihr zu folgen. Insgeheim hatte sie gehofft, dass ihr Beschützer sie zumindest bis zu ihrem Zimmer begleiten würde. Als sich die

Aufzugtüren schlossen, stand endgültig fest, dass sie auf sich allein gestellt war.

Zögerlich ging Kira den schmalen Flur entlang. Der dunkle Teppich und die hell gestrichenen Wände hatten Ähnlichkeit mit der Optik des spanischen Hotels, auch wenn es hier sauberer war. Sofort wurden Erinnerungen wach, die Kira erfolglos versuchte zu unterdrücken. Ihr Gehirn gaukelte ihr vor, wieder dort zu sein. Dort, wo Jonas sie aufgespürt und der Horror begonnen hatte. Je näher sie ihrem Zimmer kam, desto unsicherer wurde sie. Tat sie wirklich das Richtige?

Plötzlich vernahm sie schwere Schritte, die schnell auf sie zukamen. Ohne sich umzusehen, hastete Kira zum Zimmer mit der Nummer 309, steckte mit zittrigen Fingern die Karte ins Schloss, stolperte in den Raum und warf die Tür zu. Mit klopfendem Puls lehnte sie sich an die Wand und hielt den Atem an.

Das ist nicht Jonas! Es ist nur ein Hotelgast, der zu seinem Zimmer geht!, sagte sie sich immer wieder. Gespannt lauschte sie, wie die Schritte zunächst lauter wurden, dann wieder leiser und schließlich verstummten. Kurz darauf fiel eine Tür ins Schloss. Kira bemerkte erst jetzt, wie sehr sie am ganzen Körper zitterte. Ein beklemmendes Gefühl legte sich wie ein immer enger werdender Ring um ihren Brustkorb und hinderte sie am Atmen. *Ich muss an die Luft*, dachte sie panisch und lief stolpernd zum Balkon. Sie riss die Glastür auf und sog mit tiefen Atemzügen die frische Luft in ihre Lungen. Erst nach einigen Sekunden spürte Kira, wie die Beklemmung allmählich nachließ.

* * *

Am nächsten Tag

Christine wartete bereits vor dem Restaurant, als Jonas eintraf. Sie trug ein knappes, aber nicht zu freizügiges blaues Kleid, das ihre Augen noch intensiver erscheinen ließ, und farblich dazu passende High Heels. Ihre rötlichblonden Haare hatte sie zu einem krausen Etwas hochgesteckt, das Jonas auf den ersten Blick an ein Vogelnest erinnerte.

»Schön, dass du da bist«, begrüßte sie ihn.

Er lächelte sie höflich an. »Gleichfalls. Wollen wir reingehen?« Als Christine zustimmend nickte, legte er seine Hand um ihre Taille und geleitete sie ins Restaurant.

Ein Kellner führte sie zum reservierten Tisch in der hinteren Ecke des Lokals und überreichte ihnen die Speisekarte. »Darf ich schon etwas zu trinken bringen?«

Jonas bestellte ein Weißbier, während Christine sich mit einem Glas Apfelschorle begnügte.

»Du hast mir erzählt, dass du gerne Fantasyfilme siehst?«, begann er mit etwas Small Talk.

Sie nickte.

»Was hältst du davon, wenn wir mal gemeinsam ins Kino gehen?«

Dieser Vorschlag traf Christine offensichtlich unvorbereitet. Sie zögerte. »Ich weiß nicht recht …«, antwortete sie schließlich. »Eigentlich wäre es mir lieber, wenn wir uns erst noch ein bisschen besser kennenlernen. Du weißt ja, mein Onkel ist der Bürgermeister …«

»Und die Leute fangen schnell an zu reden«, stimmte Jonas zu und gab sich verständnisvoll. Insgeheim ärgerte er sich über die Zurückweisung, denn er war es gewohnt, von einer Frau zu bekommen, was er wollte. Dennoch sagte er: »Kein Problem. Wir haben ja alle Zeit der Welt.« Nach einer kurzen Pause fügte er schmunzelnd hinzu: »Aber jetzt lass uns unbedingt etwas bestellen. Ich habe einen Riesenhunger. Nicht, dass ich noch anfange, an meinem Date herumzuknabbern.«

Christine lachte verhalten und zwinkerte ihm zu. »Vielleicht beim nächsten Mal.«

Jonas drehte sich um und winkte den Kellner herbei. In diesem Augenblick entdeckte er eine attraktive junge

Frau in Jeans und pinkfarbenem Top, die gerade das Restaurant betreten hatte. Ihre Blicke begegneten sich, und für einen Moment war er wie gefangen in den kräftig grünen Augen, die gleichzeitig etwas Vertrautes und doch Geheimnisvolles ausstrahlten.

»Tim?«

Jonas riss seinen Blick von der Fremden los. »Ja?«

»Kennst du sie?«

»Wie bitte? Wen? Äh … nein. Hab sie vorher noch nie gesehen.«

Christine sah erst ihn prüfend an, dann über seine Schulter. »Wirklich?«

»Ja, wirklich.«

Auch wenn sie sich vorerst damit zufriedengab, wusste er nicht, ob Christine ihm glaubte, und er konnte es ihr nicht einmal verübeln. In Jonas' Kopf drehte sich gerade alles um diese andere Frau, ohne dass er hätte erklären können, warum.

* * *

Marie saß an einem Tisch im Restaurant, mit dem Rücken zum Fenster. Sie hatte mit Genugtuung registriert, wie der Mann zwei Tische weiter seine Begleitung für eine Weile vergessen und stattdessen sie angesehen, fast angestarrt hatte. Auch der missbilligende Blick der Frau ihm gegenüber war ihr keineswegs entgangen, doch er störte sie nicht.

Als der Kellner zu Marie herübersah, winkte sie ihn mit einem Handzeichen zu sich und bestellte zwei Gläser Rotwein. »Eines für mich, eines für den Herrn dort drüben«, gab sie ihm zu verstehen und bekräftigte ihren Wunsch noch einmal, als die Bedienung ungläubig nachfragte.

Gespannt wartete Marie, bis ihre Bestellung zum Tisch gebracht wurde. Dem Kellner war es sichtlich unangenehm, das Glas vor dem Pärchen abzustellen. Entschuldigend zeigte er auf Marie. Sie meinte etwas gehört zu haben, das klang wie ›sie hat darauf bestanden‹.

Der Mann drehte sich zu ihr um und sah sie fragend an. Marie schenkte ihm ihr strahlendstes Lächeln und beobachtete amüsiert, wie sich die Augen seiner Begleitung zu Schlitzen verengten.

»Tim?«

Er reagierte nicht sofort.

»Tim?« Der Frau im blauen Kleid stand der Ärger ins Gesicht geschrieben. »Wer zum Geier ist das? Erzähl mir jetzt nicht, dass du sie nicht kennst, so wie sie dich ansieht.«

»Ich kenne sie wirklich nicht, das musst du mir …« Weiter kam er nicht. Entrüstet sprang die Frau auf und schüttete ihm den spendierten Wein ins Gesicht. »Lügner!«, schrie sie und eilte aus dem Lokal, nicht ohne Marie im Vorübergehen einen vernichtenden Blick zuzuwerfen.

Der Mann brauchte einen Augenblick, um sich von dem Schreck zu erholen. Dann stand er hastig auf, warf einen Geldschein auf den Tisch und lief seiner Begleitung hinterher. Der Blick, den er Marie zuwarf, war weniger verärgert als vielmehr ungläubig verwirrt.

Kaum war die Tür hinter den beiden zugefallen, lehnte sich Marie zufrieden auf ihrem Stuhl zurück. Sie hatte sich seine Aufmerksamkeit gesichert.

* * *

Was zum Teufel hatte sich diese Frau dabei gedacht, ihn so bloßzustellen? Jonas lief hinter Christine her und bemühte sich um Schadensbegrenzung. Wahrscheinlich hätte er jede andere Frau einfach sausen lassen und aus seinem Gedächtnis gestrichen, doch wer wusste, was Christine ihrem Onkel erzählen würde.

»Jetzt warte doch bitte!« Jonas versuchte, mit ihr Schritt zu halten. »Ich kenne diese Frau wirklich nicht! Warum glaubst du mir das nicht?«

Christine blieb abrupt stehen und blaffte ihn an: »Ich habe ganz genau gesehen, wie du sie angeschaut hast.«

Jonas setzte zur Verteidigung an. »Ja, aber ich …«

»Du sagst also, du hast nicht mit ihr geflirtet?«, fiel sie ihm ins Wort.

»Nein, habe ich nicht! Sie hat mit mir geflirtet. Ich habe sie nicht darum gebeten.«

»Ach, also fandest du sie nicht attraktiv?«

»Nein!«, gab Jonas ohne nachzudenken zur Antwort, korrigierte sich aber sofort, als Christine ihn mit einem unverkennbaren Blick bedachte. »Also, ich meine, natürlich ist sie nicht unattraktiv. Aber ich war mit dir dort und nicht mit ihr, okay?« Jonas legte seine Hand auf ihren Oberarm. Oh, wie er es hasste! Mühsam musste er den Impuls unterdrücken, sie zu packen und zu schütteln. »Hör zu. Ich wollte einen schönen Abend mit dir verbringen. Und ich habe tierischen Hunger. Entweder wir gehen jetzt gemeinsam etwas essen oder ich gehe alleine. Allerdings kann ich mich so nicht in einem Restaurant blicken lassen.« Jonas zupfte an seinem Hemd, auf dem überall Weinflecken waren. »Eine Pommesbude muss jetzt reichen.«

Christine hatte sich wieder etwas beruhigt. Ihr Gesicht zeigte sogar Anzeichen dafür, dass ihr die Weindusche, die sie Jonas verpasst hatte, inzwischen leidtat. »Du möchtest also wirklich mit mir den Abend verbringen? Immer noch?«

In Gedanken rollte Jonas mit den Augen. Diese Frau hatte ein Selbstvertrauen, das so labil war wie ein Gänseblümchen im Tropensturm. Wahrscheinlich war es so leichter für ihn, sie zu kontrollieren, wenn sie erst einmal ein Paar waren. Bis dahin musste er sich allerdings sehr zusammenreißen, um nicht mit einer unüberlegten Aktion alles im Keim zu ersticken.

Der weitere Abend verlief, gemessen an dem zwischenzeitlichen Tiefpunkt, sehr harmonisch. Jonas und Christine standen in der milden Abendluft vor einer unscheinbaren Imbissbude und ließen sich Currywurst mit Pommes schmecken. Sie unterhielten sich über unverfängliche Themen, bei denen Jonas fast jeden Satz sorgfältig abwog, um nicht unbeabsichtigt eine neue Krise heraufzubeschwören. Er wollte an seinem Plan festhalten. Eine Liaison mit Christine konnte von Vorteil sein. Trotzdem ging ihm die Brünette aus dem Restaurant einfach nicht mehr aus dem Kopf.

* * *

Am darauffolgenden Morgen
Das Telefon auf dem Nachttisch klingelte und holte Kira aus einem leichten Dämmerschlaf. Sie gähnte, streckte sich und griff nach dem Hörer. »Ja?«

»Guten Tag, Frau Grunwald. In der Lobby wartet eine Juliane Behring, die nach Ihnen fragt.«

Kira war mit einem Schlag hellwach. Hatte ihr der Mann gerade gesagt, dass Juliane sie sehen wollte? Sie hatte ihrer Freundin zwar eine SMS geschickt, aber bislang nicht einmal gewusst, dass diese nicht mehr im Krankenhaus lag. »Sagen Sie ihr, dass ich sofort runter komme«, trug sie dem Portier auf und konnte dabei die freudige Überraschung in ihrer Stimme nicht verbergen. Kira legte auf und sprang eilig aus dem Bett. Eine flüchtige Katzenwäsche musste reichen.

Eine Viertelstunde später stand sie in der Hotellobby. Juliane saß in der Couchecke, eine Reisetasche neben sich, und blätterte in einer Boulevardzeitschrift. Sie wirkte ausgemergelt und blass, doch der Anblick erschreckte Kira nicht mehr ganz so sehr wie bei ihrem Besuch im Krankenhaus. Zögerlich ging sie auf ihre Freundin zu und blieb vor ihr stehen.

»Hallo Jule. Schön, dass du da bist«, sagte sie leise, immer noch unsicher, was auf sie zukommen würde.

Juliane legte die Zeitschrift zurück auf den Tisch und schaute zu Kira auf. »Hallo, Kleine.« Sie lächelte verhalten. »Ich denke, wir sollten noch mal in Ruhe reden.«

Kira war erleichtert. So sehr hatte sie darauf gehofft, dass Juliane sich irgendwann melden würde, auch wenn sie inzwischen begonnen hatte, daran zu zweifeln.

Mit einem ungewissen Kribbeln im Bauch führte Kira ihre Freundin in das gemietete Zimmer und setzte sich mit ihr aufs Bett. Für eine Weile schwiegen beide, bis Juliane schließlich das Wort ergriff.

»Es tut mir leid, dass ich im Krankenhaus so abweisend war. Ich weiß ja, dass du nicht daran schuld bist, was dein Mann mir angetan hat, aber …« Sie seufzte. »… ich kann das alles nicht so einfach vergessen. Immer, wenn ich dich sehe, denke ich an Jonas und an …« Juliane brachte es nicht fertig, über die Erlebnisse in ihrem eigenen Haus zu sprechen. In ihren Augen schimmerten erste Tränen.

Kira rückte etwas näher und nahm sie tröstend in den Arm. »Ich verstehe das. Wirklich. Ich würde gern für dich da sein, so wie du immer für mich da warst.« Sie sah ihre Freundin mit fragendem Blick an und fügte leise hinzu: »Wenn ich darf.«

Juliane antwortete nicht, aber ihr leichtes Nicken und das freundliche Lächeln zeigten, dass sie einverstanden war. Sie lehnte den Kopf an die Schulter ihrer Freundin und weinte.

Zärtlich strich Kira über Julianes Kopf. »Er wird dafür bezahlen. Irgendwann.«

* * *

Später am Nachmittag

Jonas hatte sich für sein Date mit Tanja das Auto von Klaus leihen dürfen. Es handelte sich um einen mehr als zehn Jahre alten weißen Japaner, dessen Karosserie bereits von zahllosen Dellen und Kratzern gezeichnet war. Bei der Fahrt über die Landstraße spürte Jonas jede Unebenheit und machte sich zwischenzeitlich ernsthaft Sorgen, dass der Wagen jeden Moment auseinanderbrechen könnte.

Eine halbe Stunde später als geplant erreichte Jonas Irschenberg. Er konnte nur hoffen, dass Tanja noch auf ihn wartete und nicht bereits wieder verschwunden war, wenn er endlich am vereinbarten Treffpunkt ankam. Er parkte das Auto in einer Seitenstraße. Tanja sollte keinesfalls einen falschen Eindruck von ihm bekommen, falls sie ihn aussteigen sah. Diese Schrottkarre würde ihn in kein gutes Licht rücken, und sie hatte deutlich gemacht, dass der erste Eindruck zählte.

Jonas kontrollierte noch einmal den Sitz seines Sakkos, das er lässig über ein helles Shirt gezogen hatte, dann betrat er das Café und sah sich um.

Tanja saß an einem Tisch direkt am Fenster und hielt eine Tasse in der Hand, Kaffee vermutete er. Als sie Jonas entdeckte, schenkte sie ihm einen vorwurfsvollen Blick, den sie mit einem freundlichen Lächeln etwas abmilderte. »Du kommst ja doch noch«, neckte sie, warf einen Blick auf die Uhr und rümpfte die Nase. »Mein Kaffee ist schon fast kalt. Viel länger hätte ich nicht gewartet.« Tanja musterte Jonas von oben bis unten und zuckte anschließend mit den Schultern. »Wenigstens scheinst du in Form zu sein.« Mit einem großen Schluck leerte sie ihre Tasse, stellte sie geräuschvoll zurück auf den Tisch und legte ein paar Münzen daneben. »Na, dann lass uns mal gehen.«

Jonas fühlte sich etwas überrumpelt. Er hatte mit Kennenlernen und Small Talk gerechnet, bevor es zur Sache ging, doch Tanja hatte da wohl andere Pläne. Sie ging zügig an ihm vorbei in Richtung Ausgang und gab ihm mit einem beiläufigen Wink zu verstehen, ihr zu folgen. Auf dem Parkplatz führte sie Jonas zu einem gelben Käfer neuerer Bauart und ließ ihn auf dem Beifahrersitz Platz nehmen.

»Mensch, du legst ja ein Tempo an den Tag«, sagte Jonas mit breitem Grinsen, als auch sie im Wagen saß und den Motor startete.

»Wir müssen immerhin einiges an verlorener Zeit aufholen«, erwiderte Tanja und zwinkerte ihm zu. »Oder möchtest du, dass wir das im Hotel machen?«

Jonas lachte höflich, während er insgeheim dachte: *Ich denke, wir werden mehr Spaß zusammen haben, als du glaubst, meine Liebe. Ich zumindest.*

Er nutzte die kurze Fahrt zum Rasthof, um das weitere Vorgehen zu planen. Mit der Hand tastete er unauffällig nach seiner Sakkotasche, in der er das Fläschchen mit K.-o.-Tropfen verstaut hatte. »Hast du für Prickelwasser gesorgt?«, fragte er beiläufig. »Oder sollen wir kurz an der Tanke halten?«

Tanja fasste mit dem rechten Arm nach hinten, tastete einen Moment umher und legte Jonas eine Flasche Sekt auf den Schoß. »Meinst du so was?«

»Perfekt!«

»Ich bin immer vorbereitet, Tim.« Sie grinste vielsagend. »Wirf mal einen Blick auf den Rücksitz.«

Als Jonas nach hinten sah, entfuhr ihm ein unvermitteltes ›Oha‹. Tanja hatte allerlei Erwachsenenspielzeug in einer Pappkiste bei sich. Er entdeckte unter anderem zwei Paar Handschellen mit verschiedenfarbigen Plüschbezügen und eine Art Peitsche mit mehreren Lederbändern am Ende. Jonas hatte nicht vor, irgendetwas davon zum Einsatz kommen zu lassen. Trotzdem war ihm in Tanjas Gesellschaft nun etwas unbehaglich zumute.

Fünf Minuten später parkte sie den Wagen vor dem Hotelgebäude einer Autobahnraststätte. »Da sind wir«, sagte sie und stieg schwungvoll aus. Mit der Spielzeugkiste unter dem Arm ging sie zielstrebig zum Eingang des Hotels. Jonas folgte ihr.

»Hallo Tanja.« Der ältere Herr am Empfang grüßte freundlich. »Wie immer?« Er nickte Jonas zu. »Ich wünsche Ihnen einen schönen Aufenthalt.«

Jonas' Verunsicherung stieg. Das Treffen verlief nicht ansatzweise so, wie er gehofft hatte. Von Anonymität keine Spur. Tanja schien hier ein regelmäßiger Gast zu sein und offensichtlich störte sie sich kein bisschen daran, dass jeder mitbekam, mit wem sie sich vergnügte.

»Na sicher, Willi«, antwortete sie und nahm im Vorbeigehen den Schlüssel vom Tresen, der dort bereitlag. »Bis später. Grüß Helga von mir, ja?« Schon war sie durch die Zwischentür verschwunden.

Jonas holte sie ein, als sie gerade das letzte Zimmer am Ende des Flurs betrat. Unbemerkt nahm er die K.-o.-Tropfen aus dem Sakko und warf es dann über einen Stuhl. Das Fläschchen steckte er in die Hosentasche. Während er den Sekt öffnete, sah er sich suchend im Zimmer um. »Hast du zwei Gläser für uns?«

Tanja tänzelte barfuß auf ihn zu. Sie hatte sich bereits ihrer Schuhe und des größten Teils ihrer Kleidung entledigt, ohne dass er es mitbekommen hatte. Unerwartet nahm sie ihm den Sekt aus der Hand und trank einen großen Schluck direkt aus der Flasche, noch bevor Jonas etwas einwenden konnte. »Dann wollen wir dich mal ein wenig auflockern«, hauchte sie und strich langsam mit ihren Fingern über sein Shirt.

In Jonas' Kopf rasten die Gedanken wild durcheinander. Das war nicht der Verlauf, den er sich für dieses Treffen vorgestellt hatte. Andererseits spürte er beim Anblick von Tanjas kurvenreichem Körper, den sie gekonnt einzusetzen wusste, ein stärker werdendes Verlangen. *Ach, scheiß drauf!*, dachte er und nahm ebenfalls einen kräftigen Zug aus der Sektflasche. Wenn sein ursprünglicher Plan schon nicht umzusetzen war, sollte sich die Fahrt wenigstens gelohnt haben. Jonas packte Tanja und stieß sie etwas unsanft auf die Laken.

»Na also!« Ausgestreckt lag sie auf dem Rücken und sah ihn fordernd an.

Mit einer schnellen Bewegung streifte Jonas sein Shirt über den Kopf, warf es von sich und hechtete aufs Bett. Mit festem Griff packte er Tanjas Handgelenke und drückte sie in die Matratze. Für einige Sekunden sahen sie sich in die Augen, als wollten sie ohne Worte klären, wer im Bett das Sagen hatte, dann gaben sie sich gänzlich ihrer Lust hin.

* * *

Jonas zog sein T-Shirt über den verschwitzten Oberkörper. Es war lange her, dass er sich das letzte Mal derart verausgabt hatte. Bei Kira hatte er stets die Geschehnisse diktiert, doch Tanja war anders. Sie wusste, was sie wollte, und konnte diese Wünsche auch durchsetzen. Tanja und er waren sich auf eine gewisse Weise ähnlich. Tatsächlich hatte sie ihn im Verlauf der letzten Stunden dazu gebracht, sich mit Handschellen an den Bettrahmen ketten zu lassen. Eine Rolle, die in seinen Augen eher dem weiblichen Part zukam.

»Das sollten wir irgendwann wiederholen«, stellte Jonas beiläufig fest, während er nach seiner zweiten Socke suchte.

Tanja war bereits wieder vollständig bekleidet und stand vor dem Spiegel im Bad. »Ja, war ganz nett«, erwiderte sie betont gleichgültig. »Wenn ich mal wieder Bedarf habe, melde ich mich vielleicht. Ach, übrigens, sag mal … nicht, dass es wichtig wäre, aber wer ist Kira?«

Jonas erschrak. »Ich kenne keine Kira«, log er. »Wieso fragst du?«

»Ach, nur so.« Mit einem kessen Grinsen stolzierte Tanja an ihm vorbei. »Muss ein ziemlich unartiges Mädchen sein.« Sie nahm ihren Schlüsselbund vom Tisch neben dem Bett. »Du zahlst dann beim Rausgehen. Willi kann dir ein Taxi rufen. Machs gut!« Einen Augenblick später war sie fort.

Jonas saß auf der Bettkante und schüttelte den Kopf. *Hat sie mich wirklich gerade weggeworfen wie ein benutztes Taschentuch?* Er konnte es immer noch nicht recht glauben. *Was zur Hölle ist hier passiert?*

* * *

Als Jonas um kurz nach neun endlich wieder im eigenen Hotel ankam, führte ihn sein erster Weg unter die Dusche. Während er den heißen Wasserstrahl auf seine Schultern prasseln ließ, kreisten seine Gedanken immer noch um die Verabredung mit Tanja. Eines stand für ihn inzwischen fest: Er würde sie nicht noch einmal treffen. Das Gefühl, nicht die Kontrolle zu haben, konnte er nicht ausstehen, und genau in diese Situation hatte sie ihn gebracht. Nein! Er wollte eine Frau, die war wie seine Kira. Vielleicht hatte er mehr Glück mit Christine. Sie schien ihm weitaus formbarer, wenn auch etwas zu eifersüchtig für seinen Geschmack. Das würde er ihr beizeiten austreiben müssen.

* * *

Zur gleichen Zeit

Kira wusste inzwischen, dass Juliane erst heute aus dem Krankenhaus entlassen worden und direkt zum Haus der Grunwalds gefahren war. Ein Polizist hatte sie schließlich darüber informiert, dass Kira ein Zimmer im Hotel bezogen hatte.

Es war ihr nicht leicht gefallen, ihrer Freundin gegenüberzutreten, nach allem, was geschehen war. Und es hatte einige Zeit gedauert, bis es den beiden Frauen gelang, sich wieder anzunähern. Den ganzen Tag war Juliane bei Kira geblieben. Sie hatten viel geredet und das

Zimmer nur zum gemeinsamen Mittag- und Abendessen verlassen.

»Jule?« Kira saß auf der Bettkante und wickelte nervös eine Haarsträhne um ihren Finger.

»Ja?«

»Würdest du … heute Nacht hier bleiben?«

Vielleicht war es zu früh, diese Frage zu stellen, dachte Kira, als Juliane nicht sofort reagierte. Doch nach den gemeinsamen Stunden wollte sie ihre Freundin nicht schon wieder gehen lassen. Erst jetzt war ihr richtig bewusst geworden, wie schwer es ihr fiel, allein zu sein.

Juliane schien unsicher zu sein, ließ sich mit einer Antwort Zeit. Schließlich setzte sie sich neben Kira und nahm ihre Hand. »Hör zu, Kleine. Nimm es mir bitte nicht übel, aber ich möchte heute Nacht gern in meinem eigenen Bett schlafen.« Bevor Kira etwas einwenden konnte, fügte sie mit einem liebevollen Lächeln hinzu: »Allein.«

Es fiel Kira nicht leicht, ihre Enttäuschung über diese Zurückweisung zu verbergen, auch wenn sie fast damit gerechnet hatte. »Natürlich«, sagte sie leise und sah verlegen auf ihre Hände, die gefaltet auf dem Schoß lagen.

»He, nicht traurig sein.« Juliane fasste sanft Kiras Kinn und sah ihr in die Augen. »Ich brauche nur ein wenig Zeit für mich, verstehst du? Aber ich komme gern morgen wieder, wenn du magst.«

Kira nickte wortlos und rang sich ein Lächeln ab. Erst als Juliane sich verabschiedet und das Hotelzimmer verlassen hatte, konnte Kira ihre Tränen nicht mehr zurückhalten. Doch dieses Mal waren es Tränen der Erleichterung. Es würde ganz bestimmt alles wieder gut werden. So wie früher. Nur ohne Jonas. Kira stieß einen tiefen Seufzer aus. Wo er wohl gerade war …?

* * *

Als Juliane kurze Zeit später zu Hause ankam, führte sie ihr erster Gang zum Küchenschrank, in dem sie die Partygetränke aufbewahrte. Sie nahm einen großen Schluck aus der Wodkaflasche und schüttelte sich. *Verflucht ist das stark!* Juliane wusste, dass sich der Alkohol nicht mit den Schmerzmitteln vertrug, doch das war ihr im Moment vollkommen egal. In ihrem Inneren wütete ein Sturm, den sie nur auf diese Weise bändigen konnte. Sie hatte sich noch nie zuvor in der Opferrolle befunden. Damals in der Schule hatte sie sogar ein paar Dinge getan, auf die sie im Nachhinein nicht gerade stolz war. Bis heute verstand Juliane nicht genau, wie sie und Kira hatten beste Freundinnen werden können, so unterschiedlich, wie sie waren. Vielleicht hatte das zierliche Mädchen mit Brille, das sich auf dem Schulhof jede Schikane der Mitschüler ohne Gegenwehr gefallen ließ und das immer wieder Tränen vergoss, ihr Mitleid geweckt. Möglicherweise hatte Juliane die zwei Jahre jüngere Kira deshalb unter ihre Fittiche genommen. Sie hatte sie vor ihren Mitschülern beschützt, so gut es ging, und versucht, ihr das Selbstvertrauen zu vermitteln, sich zu wehren. Doch Kira war immer das schüchterne Mädchen geblieben. Bis heute.

Wahrscheinlich hatte Juliane es dem Einfluss ihrer Freundin zu verdanken, dass sie selbst ruhiger und besonnener geworden war. Aber sie war immer stark geblieben, hatte sich nie etwas gefallen lassen. Umso mehr brachte das Erlebnis mit Jonas ihre Gefühlswelt durcheinander.

Bereits im Krankenhaus, nur wenige Stunden, nachdem sie aus dem Koma erwacht war, hatte man einen Psychologen zu ihr aufs Zimmer geschickt, der meinte, alle möglichen Fragen stellen zu müssen. Juliane hatte nichts für diesen Berufsstand übrig. Sie hasste es, von einem Fremden ausgefragt, oder schlimmer noch, analysiert zu werden. Also hatte sie vorgetäuscht, sich an kaum etwas von der Tat zu erinnern, nur verschwommen würden Bruchstücke des Erlebten vor ihrem inneren Auge auftauchen.

Die Wahrheit sah jedoch vollkommen anders aus. Juliane hatte nichts vergessen, keine Sekunde, keinen Augenblick. Wenn sie die Augen schloss, spürte sie regelrecht, wie die scharfe Klinge sich in ihre Schulter bohrte, und sah Jonas vor sich, wie er sie mit irrem Blick angrinste. All dies verbarg sie vor dem Rest der Welt, und auch Kira sollte nichts davon wissen. Davon, wie es in ihr brodelte, wie sehr die letzten Wochen sie verändert hatten.

* * *

Am nächsten Tag
Jonas hatte den Vormittag mit einem Streifzug durch den Wald verbracht. Er hatte gehofft, dort eine verlassene Waldhütte zu finden, oder einen anderen Ort, an den er sich mit einer Frau zum ungestörten Beisammensein begeben konnte. Das Hotel, in dem er wohnte, bot ein gewisses Maß an Anonymität, doch inzwischen kannten ihn im Ort zu viele Leute. Er brauchte einen Rückzugsort, ein Heim für sein wahres Ich.

Unzufrieden lief Jonas den Feldweg entlang, der etwa einen Kilometer vom Waldrand zum Ort hinüber führte. Plötzlich entdeckte er zu seiner Rechten hinter den angrenzenden Feldern ein Haus, das ein gutes Stück entfernt von allen anderen stand. Er kniff die Augen zusammen und schirmte sie mit der Hand gegen die grelle Sonne ab. Ein altes Gebäude, wie es schien, und mögliche Bewohner waren nirgends zu sehen. Zügig überquerte Jonas den Acker, dessen ausgetrockneter Boden von Rissen übersät war. Seit Tagen warteten die Bauern hier sehnlichst auf den nächsten Regen, doch der Wetterbericht verhieß auch weiterhin blauen Himmel und Sonne satt.

Beim Näherkommen erkannte Jonas, dass das Gebäude größer war, als es aus der Ferne den Anschein gehabt hatte. Es musste ein altes Bauernhaus sein, das bereits seit geraumer Zeit sich selbst überlassen war. Einige Fensterscheiben waren zersplittert oder fehlten sogar vollständig. Direkt nebenan stand eine verfallene kleine Scheune.

Ein Lächeln huschte über Jonas' Gesicht. Er sah sich noch einmal nach eventuellen Beobachtern um, dann betrat er das Haus durch die nur lose in den Angeln hängende Vordertür.

Ein modriger Geruch schlug ihm entgegen. Jonas zog sein Shirt über die Nase und atmete flach durch den Mund. Das Dach schien undicht zu sein, trotz der warmen Temperaturen entdeckte er überall feuchte Stellen auf dem Boden. Er ahnte, wie es hier aussehen musste, wenn es in Strömen regnete. Eine ungemütliche Vorstellung. Trotz allem strahlte diese Ruine etwas aus, das ihn faszinierte, ihm geradezu ins Ohr flüsterte: ›Willkommen, Jonas. Ich stehe dir zur Verfügung.‹ Neugierig setzte er seinen Rundgang fort.

Am Ende des Flurs fand er schließlich, wonach er gesucht hatte. Hinter einer hellen Tür führte eine schmale Holztreppe in den Keller. Jonas machte einen Schritt auf die erste Stufe und zuckte sofort wieder zurück, als es bedrohlich unter ihm knirschte. *Ach du Sch… Das hätte ins Auge gehen können.* Er hielt sich am Türrahmen fest und versetzte der Stufe einen kräftigen Tritt, dann einen weiteren. Unter lautem Getöse brach die aus Brettern gezimmerte Kellertreppe in sich zusammen. Für einen Moment sah Jonas nachdenklich in das dunkle Loch zu seinen Füßen, dann wusste er, was zu tun war.

Auf dem Weg zurück zum Hotel kam er an dem Restaurant vorbei, in dem er sich zum ersten Date mit Christine getroffen hatte. Und dort sah er *sie* wieder. Die dunkelhaarige Frau, die sein romantisches Dinner hatte platzen lassen, saß mit einer Tasse Kaffee an einem der Außentische, vertieft in die Lektüre ihrer Zeitung. Sie trug ein rotes Top und hatte die dunkelbraunen Haare zu einem Pferdeschwanz gebunden. Selbst als Jonas beim Vorbeigehen kurz zögerte, schien sie keine Notiz von ihm zu nehmen. Er war für einen Moment in Versuchung, sie anzusprechen, entschied sich aber dagegen. Was sollte er schon sagen? ›Hallo. Was haben Sie sich eigentlich neulich dabei gedacht?‹ Nein, das Beste würde sein, es auf sich beruhen zu lassen und die Begegnung einfach zu vergessen. Entschlossenen Schrittes entfernte er sich von dem Lokal und sah sich nicht mehr um, bis er seine Unterkunft erreicht hatte.

»Hallo, Herr Rothstein.« Franz Gruber, der Besitzer des Hotels, grüßte freundlich. »Tolles Wetter für einen Spaziergang, nicht wahr?«

Jonas nickte dem alten Mann zu. »Da haben Sie recht. Aber ich hätte nichts gegen etwas Abkühlung.«

»Das trifft sich gut. Das Warmwasser im Hotel ist ausgefallen. Sie werden ein oder zwei Tage kalt duschen müssen.«

»Aha …« Jonas zog die rechte Augenbraue hoch. Er wollte gerade etwas sagen, als er bemerkte, wie die Mundwinkel des Mannes zuckten und der Hotelbesitzer kurz darauf laut loslachte.

»Sie hätten Ihr Gesicht sehen sollen, Herr Rothstein. Herrlich!« Herr Gruber klopfte seinem Gast auf die Schulter. »Nichts für ungut, nur ein kleines Späßchen.«

»Mit mir können Sie's ja machen, nicht wahr? Warten Sie nur, irgendwann zahle ich es Ihnen heim«, meinte Jonas grinsend und drehte sich um. Das leise Lachen des Mannes verfolgte ihn bis zu seiner Zimmertür. *Oh ja, mein Lieber. Warte nur …*

* * *

Am selben Morgen

Frank Holper konnte sich zum ersten Mal seit einigen Tagen wieder über Fortschritte im Fall des flüchtigen Jonas Grunwald freuen. Mithilfe des Poststempels auf dem Päckchen, das dieser an seine Frau geschickt hatte, war es den Kollegen gelungen, die Zahl der möglichen

Postfilialen deutlich einzugrenzen. Heute Morgen war schließlich die gute Nachricht von den Freiburger Kollegen gekommen: Die Postangestellte, die das Päckchen angenommen hatte, war gefunden worden. Sie erinnerte sich, dass ihr der Mann seltsam vorgekommen war, das Gesicht versteckt hinter Sonnenbrille und Vollbart, eine Schirmmütze tief in die Stirn gezogen und dunkle Kleidung, die zu warm für diese Jahreszeit erschien. Er hatte kein Wort gesprochen, lediglich das Päckchen auf den Tresen gestellt und abgewartet, bis sie es entgegennahm. Anschließend hatte er bezahlt und war eilig wieder verschwunden.

Jonas Grunwald hatte sich also vor einigen Tagen in Freiburg aufgehalten, möglicherweise war er noch immer dort. Holper fügte die neuen Daten dem Bewegungsprofil hinzu. Er sog scharf die Luft durch die Nase ein und stieß einen Seufzer aus. Um zu erkennen, was genau der Flüchtige vorhatte, fehlten einfach noch zu viele Informationen. Zumindest wollte er sich zum jetzigen Zeitpunkt offenbar nicht ins Ausland absetzen.

* * *

Am späten Nachmittag

Jonas war noch einmal zum verlassenen Bauernhaus zurückgekehrt, dieses Mal mit etwas Gepäck. Vor der eingestürzten Kellertreppe zog er eine Taschenlampe aus seinem Rucksack und leuchtete ins Dunkel hinab. Bis zum Boden mussten es etwa zwei Meter sein, schätzte er, und mit Ausnahme der verstreut umherliegenden Holzbretter, die einmal als Stufen gedient hatten, sah es im Vergleich zum restlichen Haus geradezu ordentlich aus. Im Schein der Lampe konnte Jonas eine Werkbank erkennen, etwas angerostetes Werkzeug, das der ehemalige Besitzer wohl zurückgelassen hatte, und einen schmalen Durchgang in der seitlichen Wand, der in einen Nebenraum führte.

Ich muss da runter, dachte Jonas und sah sich in den übrigen Räumen des Erdgeschosses nach etwas Stabilem um. Prüfend nahm er verschiedene Hölzer in die Hand und untersuchte sie auf ihre Stabilität, doch keines genügte seinen Anforderungen. Dann fiel ihm die eingestürzte Scheune wieder ein. Er lief nach draußen und kehrte wenig später mit einem kräftigen Holzbalken zurück. Aus seinem Rucksack zog er das Seil, das er kurz zuvor in der Nachbarstadt im Baumarkt gekauft hatte, und machte einige Knoten hinein, um besser Halt zu finden. Dreimal schlang er es um den Balken und fixierte es mit einem Seemannsknoten, so wie er es in der Anleitung aus dem Internet gesehen hatte. Anschließend legte er das Kantholz quer vor den Türrahmen und warf das freie Ende des Seils in den Keller hinunter.

Na dann … auf geht's! Jonas rieb die Hände aneinander, holte ein paar Mal tief Luft und machte sich dann an den Abstieg. Es war nicht das erste Mal, dass er an einem Seil hinauf- oder hinabkletterte, doch es strengte ihn mehr an als gedacht. Es ärgerte ihn, dass er in den letzten Wochen sein Training hatte schleifen lassen. Daran musste er dringend etwas ändern.

Am Boden angekommen schaltete Jonas die Taschenlampe wieder ein und sah sich um. Der Raum war nicht besonders groß, vielleicht drei mal drei Meter. Auf der Suche nach etwas Brauchbarem untersuchte Jonas die Werkzeuge, die auf der Werkbank lagen und an der Wand hingen. Ein Hammer, mehrere Zangen und Schraubendreher, der Rest war zu verrostet, um noch einen wirklichen Zweck zu erfüllen.

Jonas widmete seine Aufmerksamkeit dem angrenzenden Raum, der etwas größer war als der erste, länglich geschnitten und kahl. An den Wänden zeigte sich unverputzter Naturstein, am Boden unterstrichen Risse und herausgebrochene Betonstücke die trostlose Atmosphäre. Jonas hatte genug gesehen. Er kletterte am Seil zurück nach oben, nicht ohne erneut festzustellen, dass es viel mehr Anstrengung erforderte, als ihm lieb war.

* * *

Marie hörte, wie er zum Ausgang kam, und versteckte sich hinter der Hausecke. *Was wollte er hier?* Sie wartete, bis er den Weg zum Ort eingeschlagen hatte und außer Sichtweite war, dann schlüpfte sie durch die marode Tür in das verfallene Gebäude. Den unangenehmen Geruch im Inneren ignorierte sie, ging zielstrebig den Flur entlang zu der Stelle, wo *er* vor einigen Minuten gehockt und mit einem Seil hantiert hatte.

Nachdenklich sah Marie in das dunkle Loch, das vermutlich den einzigen Zugang zum Keller bot. Ohne Hilfsmittel war es kaum möglich hinunterzugelangen, geschweige denn wieder hinauf. Warum auch immer sich der Kerl für diesen Ort interessierte, es war sicher nichts Gutes.

* * *

Jonas sah auf die Uhr. *Verflixt!* Der Ausflug hatte länger gedauert als gedacht. In weniger als einer halben Stunde war er mit Christine verabredet, um das missglückte Abendessen nachzuholen, und er musste dringend vorher duschen. *Sehr* dringend, wie er beim Blick in den Spiegel feststellte.

Erst um kurz nach sieben kam Jonas beim Restaurant an und warf einen Blick durchs Fenster. Christine war nicht zu sehen. *Sie wird mich doch nicht etwa versetzen?*, schoss es ihm durch den Kopf. Noch bevor der Gedanke Gelegenheit hatte, sich festzusetzen, kam sie um die Straßenecke, sexy gekleidet wie beim letzten Mal. Jonas ertappte sich dabei, wie er bei diesem Anblick für einen kurzen Moment den eigentlichen Grund vergaß, weshalb er mit ihr ausging.

»Hallo Tim, wartest du schon lange?« Christine begrüßte ihn mit einem zuckersüßen Lächeln.

»Ne, alles gut. Bin eben erst gekommen.« Er legte sanft seinen Arm um ihre Hüfte und führte sie hinein. Obwohl es schien, dass ihr Date an diesem Abend ungestört blieb, schaute Jonas zwischendurch immer wieder zur Eingangstür hinüber.

»Sag mal, ist irgendwas?« Christine sah ihn forschend an.

»Nein, was soll sein?«

»Du wirkst etwas abwesend. Langweilt dich meine Gesellschaft?«

Der vorwurfsvolle Unterton war Jonas nicht entgangen. Er versuchte, die Situation zu retten. »Nein, ganz bestimmt nicht. Ich bin einfach ein wenig müde. War ein langer Tag.«

Christine kniff die Augen leicht zusammen und zögerte, doch schließlich entspannten sich ihre Gesichtszüge wieder. »Hast du das in den Nachrichten gesehen?«, wechselte sie abrupt das Thema.

»Nachrichten?«

»Ja, dieser Psychopath, der gesucht wird. Er soll sich irgendwo in Süddeutschland aufhalten.«

Ein erschrockenes ›Aha?‹ war im ersten Moment das Einzige, was Jonas von sich geben konnte. Nur mit Mühe konnte er die Fassade seiner Gelassenheit aufrechterhalten.

Christine deutete seine Reaktion glücklicherweise anders. »Schlimm, oder? Stell dir mal vor, du begegnest so einem …« Sie schüttelte den Kopf. »Gruselig.«

Jonas nickte.

* * *

Etwas später

Unentschlossen ging Juliane mit dem Telefon in der Hand auf und ab. In der vergangenen Nacht hatte sie kein Auge zugetan, sich ständig im Bett hin und her gewälzt und war schließlich vor den Fernseher geflüchtet, um sich abzulenken. Es gab nur noch einen Gedanken, der sich penetrant in den Vordergrund drängte: *Jonas.*

Im Krankenhaus hatte Juliane jeden Tag die Zeit damit totgeschlagen, durch die Fernsehsender zu zappen, auf der Suche nach Neuigkeiten über die Ermittlungen im Fall des ›Spanienmörders‹. Bisher sah es nicht so aus, als hätte die Polizei eine echte Spur zu ihm. Selbst wenn Jonas gefasst werden sollte, … er hatte etwas Schlimmeres verdient als das Gefängnis. Juliane wollte ihn leiden, um sein Leben betteln sehen. Ihre linke Hand ballte sich zur Faust. »Ich muss es tun«, sprach sie sich Mut zu und tippte zum wiederholten Mal die Nummer, die sie sich auf einem Zettel notiert hatte, in die Tastatur des Telefons. Einige Sekunden starrte Juliane auf das bläulich leuchtende Display mit den schwarzen Ziffern, dann schloss sie die Augen. *Es tut mir leid, meine Kleine, aber ich mache das auch für dich.* Sie drückte auf die Taste mit dem grünen Hörersymbol.

Freizeichen. Mit jedem Tuten wurde Juliane nervöser, und als sie gerade auflegen wollte, nahm jemand den Anruf entgegen.

»Bender, guten Abend.«

Stille.

»Hallo?«

»Hallo, ich …« Juliane räusperte sich. »Ist dort Lukas Bender? Privatdetektiv?«

»Ja, der bin ich. Wie kann ich Ihnen helfen?« Seine Stimme klang freundlich und angenehm.

»Können Sie jemanden für mich ausfindig machen?« Ihr Puls hatte sich inzwischen auf ein Maß beschleunigt, das sie sonst nur beim Sport kannte. »Diskret«, fügte sie schnell hinzu.

Herr Bender am anderen Ende der Leitung lachte kurz auf. »Das ist mein Job, Frau …« Er machte eine Pause.

Juliane überging die stumme Aufforderung, ihren Namen zu nennen. »Können wir uns treffen? Ich kann das nicht am Telefon besprechen.«

»Natürlich. Bitte warten Sie einen Moment.«

Im Hintergrund war leises Rascheln zu hören.

»Passt es Ihnen morgen Mittag um eins?«

»Natürlich«, antwortete Juliane, ohne zu zögern. Sie notierte die Adresse, die Herr Bender ihr für das Treffen durchgab. »Vielen Dank, ich werde pünktlich dort sein.«

* * *

Am nächsten Morgen

Das Date hatte Jonas und Christine einander tatsächlich etwas nähergebracht. Ob es nur an der Unterhaltung und dem netten Abend lag oder auch zum Teil an der Flasche Rotwein, die sie gemeinsam geleert hatten, jedenfalls hatte sie ihn überraschend zum Abschied geküsst. Auf den Mund. Es schien, als könnte Jonas seinen Plan schneller als gedacht in die Tat umsetzen.

Etwas machte ihm allerdings ein wenig Sorgen: Die Polizei suchte inzwischen über die Medien nach ihm, und das bedeutete, dass sicherlich bereits ein Foto in Fernsehen und Presse veröffentlicht worden war. Jonas musste wissen, wie ähnlich es ihm noch sah. Eilig ging er zur Rezeption und ließ sich ein Exemplar der überregionalen Tageszeitung aushändigen.

Er musste nicht lange suchen. Direkt auf der Titelseite, im unteren Drittel, lächelte ihm sein Gesicht entgegen. Blond, braun gebrannt, gut aussehend wie immer. Jonas erkannte das Foto wieder. Kira hatte es vor gut zwei Jahren an der Nordsee aufgenommen, zu einer Zeit, als alles noch in bester Ordnung gewesen war.

Zurück in seinem Zimmer stellte sich Jonas vor den Spiegel und hielt die Zeitungsseite neben seinen Kopf. Prüfend beäugte er abwechselnd sein Spiegelbild und das Foto. Erleichtert stellte er fest, dass es kaum noch Gemeinsamkeiten gab. Seine Haut war deutlich heller geworden, die Haare nun dunkel gefärbt und ein Stück länger, der Bart verdeckte einen guten Teil seines Gesichts und die braunen Kontaktlinsen taten das Übrige. Nein, es war nicht besonders wahrscheinlich, dass ihn jemand anhand dieser Fotografie erkannte. Zufrieden lächelnd warf Jonas die Zeitung in den Papierkorb.

* * *

Am frühen Mittag
Lukas saß in einem seiner Lieblingscafés und wartete auf seine potenzielle neue Kundin. Zehn Minuten vor der vereinbarten Zeit kam sie an. Unsicher sah sie sich nach allen Seiten um, als befürchte sie einen Verfolger. Lukas stand von seinem Stuhl auf und winkte dezent in ihre Richtung, um sie auf sich aufmerksam zu machen.

»Hallo, Frau Behring. Schön, dass sie hergefunden haben.« Er liebte diesen irritierten Blick, den er schon bei vielen Kunden gesehen hatte. Es war nicht seine Art, unvorbereitet zu einem Treffen zu erscheinen. Die junge Frau, die nervös mit ihrem Armband spielte, hatte ihm zwar ihren Namen am Telefon nicht verraten wollen, aber nicht daran gedacht, die Nummer zu unterdrücken. Der passende Name dazu stand im Telefonbuch, in ihrem Fall sogar mit vollständiger Adresse. Mit diesen Angaben war es eine Kleinigkeit, Fotos und persönliche Informationen in sozialen Netzwerken und auf anderen Internetseiten zu finden.

Zögerlich reichte ihm Frau Behring die Hand. »Guten Tag, Herr Bender. Woher …«

Lukas grinste nur. Er wusste, dass es mehr Eindruck machte, wenn er nichts darüber verriet, wie er an die Informationen gekommen war. Stattdessen kam er direkt auf den Grund ihres Treffens zu sprechen: »Sie sagten, dass Sie jemanden ausfindig machen möchten?«

Juliane Behring nickte. »Kann ich mich darauf verlassen, dass sie diskret arbeiten und niemandem von mir oder dem Auftrag erzählen?« Sie senkte die Stimme und beugte sich zu ihm vor, als sie weitersprach: »Es ist … sagen wir … etwas heikel.«

»Heikel also? Das wird Sie sicher einen kleinen Aufpreis kosten, Frau Behring.« Lukas schmunzelte. Wenn eine Kundin von einem ›heiklen Auftrag‹ sprach, hatte es zumeist mit einem Mann zu tun.

»Das ist kein Problem«, erwiderte sie. »Hauptsache, Sie haben Erfolg und das Ganze bleibt unter uns.«

Mit einem verständnisvollen Kopfnicken gab Lukas ihr zu verstehen, dass sie sich auf seine Verschwiegenheit verlassen konnte. Als sie ihm jedoch den Zeitungsausschnitt mit dem Foto von Jonas Grunwald über den Tisch schob, entglitten ihm für einen Moment die Gesichtszüge. Mit Interesse hatte er den Fall in den Nachrichten verfolgt, und in diesem Augenblick wurde ihm bewusst, wer die Frau war, die ihm gegenübersaß, und warum sie seine Dienste erbat. »Sie sind das gewesen«, sprach er einen Gedanken laut aus, den er eigentlich für sich behalten wollte.

»Wie bitte?« Frau Behring zuckte erschrocken zurück. »Was meinen Sie?« Ihre Stimme zitterte leicht.

Nun setzte Lukas ein breites Lächeln auf. »Es ist so offensichtlich … Aber keine Sorge, Ihr Geheimnis ist bei mir gut aufgehoben.«

»Ich verstehe nicht …«, versuchte sie, ihm Unwissenheit vorzuspielen, doch er war solche Situationen gewohnt und erkannte, dass die Frau sich ertappt fühlte.

»Nun gut, das ist allein Ihre Sache.« Lukas zuckte mit den Schultern. Er schrieb etwas auf einen kleinen Zettel und schob ihn über den Tisch. »Das ist mein Tageshonorar, wenn ich für Sie tätig werden soll.«

»Kein Problem«, antwortete Frau Behring unbeeindruckt, sodass Lukas sich fragte, ob er nicht hätte mehr verlangen sollen.

»Bevor ich den Auftrag annehme, möchte ich allerdings, dass Sie sich über die Konsequenzen klar werden – was es bedeutet, wenn ich diesen Mann finde, ihn für *Sie* finde.«

Ihre Miene verfinsterte sich. »Das ist mein Problem«, sagte sie mit leiser, aber fester Stimme. »Ausschließlich meins!«

»Okay.« Lukas erhob sich und reichte ihr die Hand. »Dann sind wir uns einig. Schicken Sie mir einfach alles, was Sie über Herrn Grunwald wissen, per E-Mail. Ich melde mich dann, sobald ich etwas für Sie habe.« Mit diesen Worten drehte er sich um und ging zu seinem Wagen. *Das dürfte interessant werden.*

* * *

Juliane blieb noch einige Zeit sitzen, nachdem der Privatdetektiv das Café verlassen hatte. Wenn sie ehrlich war, hatte sie über etwaige Konsequenzen nicht nachgedacht. Ihr ging es allein um Rache, und um diese zu bekommen, war sie bereit, weit zu gehen. Sehr weit. Sie musste die Kontrolle über ihr Leben zurückbekommen, ihre Sicherheit, ihr Selbstverständnis. Auch wenn ihr Plan Kira in ernste Gefahr bringen konnte. Juliane beruhigte sich mit dem Gedanken, dass es auch zu Kiras Bestem war, wenn Jonas keine Gefahr mehr darstellte. Bis es so weit war, durfte Kira nichts von Herrn Benders Auftrag erfahren. Sie war nicht der Typ für Rachepläne, verkroch sich stattdessen lieber in ihrem Zimmer und hoffte auf die Arbeit der Polizei. *Da kann sie lange warten,* dachte Juliane missmutig.

Lukas Bender hatte weitaus bessere Aussichten auf Erfolg, da war sie sicher. Die Empfehlung hatte sie aus einem Internetforum, in dem sein Name mehrfach erwähnt wurde. Einer der Nutzer, für den der Privatdetektiv angeblich bereits erfolgreich tätig geworden war, hatte ihr zwar Benders Kontaktdaten gegeben, wollte allerdings anonym bleiben. Juliane war zunächst unsicher gewesen, ob sie die Empfehlungen vorbehaltlos glauben sollte, doch nach dem persönlichen Treffen mit dem Ermittler hatten sich die Zweifel in Luft aufgelöst. Sie schätzte Benders Alter auf etwa vierzig Jahre, er war recht attraktiv und strahlte eine Seriosität und Selbstsicherheit aus, die keinen Zweifel an seiner Vertrauenswürdigkeit aufkommen ließen.

Er wird ihn ganz bestimmt finden, dachte Juliane und machte sich auf den Heimweg.

* * *

Einige Tage später
Jonas legte die Schlagbohrmaschine zur Seite und wischte sich den Schweiß von der Stirn. Die Natursteine waren störrischer als angenommen. Für zwei Löcher kämpfte er bereits seit einer halben Stunde gegen die massive Wand. Wahrscheinlich wäre eine leistungsstärkere Maschine die bessere Wahl gewesen, doch auch so hatte der Einkauf im Baumarkt gut die Hälfte seiner Reserven verbraucht. Außerdem gab es hier unten keinen Strom und er hatte sich für ein akkubetriebenes Gerät entscheiden müssen, nicht die optimale Lösung für einen Kraftakt dieser Art.

Entnervt schob Jonas zum wiederholten Mal den Zollstock in die Bohrung, prüfte die Tiefe und quittierte das Ergebnis schließlich mit einem zufriedenen Nicken. *Na endlich!* Nun war der Trockenmörtel an der Reihe. Während der Beratung im Baumarkt war Jonas das Produkt als besonders strapazierfähig und für seine Zwecke bestens geeignet empfohlen worden. *Offiziell* wollte er seine Doppel-Hängematte mit Eisenhaken in der Betondecke befestigen. Passende stabile Haken hatte Jonas gleich mit eingekauft.

Für das Anrühren des Mörtels hatte er ein paar Flaschen Wasser im Supermarkt besorgt, der Transport erschien ihm unauffälliger, als mit einem gefüllten Eimer die Straße entlangzulaufen.

Das Anmischen selbst klappte überraschend problemlos. Nach ein paar Minuten hatte das Gemisch so weit angezogen, dass er es in die Löcher füllen und die Haken hineindrücken konnte.

Jonas war weit davon entfernt, ein geübter Heimwerker zu sein. Er hatte es nie für nötig gehalten, diese ›niederen Arbeiten‹ selbst zu erledigen, für so etwas konnte er sich Profis leisten. Normalerweise.

Im Schein der Taschenlampe besah er prüfend sein Werk. *Na, wir werden sehen …* Jonas wickelte die Bohrmaschine in eine Plastiktüte und deponierte sie in einer Ecke. Bevor er sich auf den Weg zurück ins Erdgeschoss machte, stellte er sich in die Mitte des Raumes, holte tief Luft und stieß einen lauten Schrei aus, dann noch einen. Aufmerksam lauschte er in die Stille hinein. Nichts. Gemächlich ging Jonas zum Ausgang und schob die Wolldecken zur Seite, die den Durchgang von beiden Seiten bedeckten. Der Aufstieg über das Kletterseil bereitete ihm inzwischen kaum noch Probleme.

Im Erdgeschoss angekommen ging er zielstrebig zum Hauseingang und hob das kleine Diktiergerät auf, das er neben der Tür platziert hatte. Mit einem Tastendruck spulte er zurück und startete anschließend die Wiedergabe. Bis auf ein leises Rauschen, das nur vage an das Geräusch des Schlagbohrers erinnerte, war nichts zu hören. Jonas drehte den Lautstärkeregler auf Maximum und hielt sich das Gerät ans Ohr. Wie aus weiter Ferne hörte er seine Rufe. Sie waren so leise, dass er zufrieden lächelte. Selbst wenn jemand zufällig am Haus vorbeigehen sollte, während im Keller geschrien wurde, war es unwahrscheinlich, dass derjenige darauf aufmerksam wurde.

* * *

Zwei Stunden später
Jonas saß nachdenklich vor seinem Laptop und surfte planlos durchs Netz. Am Abend war er wieder einmal mit Christine verabredet, zum vierten Date inzwischen. Langsam begann es, langweilig zu werden. Sie machte keine Anstalten, mehr Nähe als ein paar unverfängliche Küsse zuzulassen, geschweige denn von sich aus anzubieten. Schon beim letzten Treffen war der Gesprächsverlauf geradezu einschläfernd gewesen, daher suchte Jonas nun verzweifelt nach interessanten Neuigkeiten aus aller Welt, die es wert waren, thematisiert zu werden. Ihm drängte sich die Frage auf, ob eine Nacht mit ihr wohl genauso träge und unbefriedigend verlaufen würde, ob sich der Aufwand, den er betrieb, überhaupt lohnte.

Jonas motivierte sich mit dem Gedanken, dass sein unmittelbares Vergnügen nicht das Wichtigste bei dieser Sache war.

* * *

Zur gleichen Zeit
Juliane klickte zum wiederholten Mal auf das Aktualisieren-Symbol ihres Posteingangs. Seit dem Termin mit Lukas Bender in der letzten Woche verspürte sie den ständigen Drang, ihre Nachrichten zu prüfen, obwohl der Privatdetektiv deutlich gemacht hatte, dass bis zu den ersten Neuigkeiten einige Zeit vergehen würde. Um auf keinen Fall etwas zu verpassen, während sie unterwegs war, hatte Juliane vor ein paar Tagen sogar einen Handytarif mit Internet-Flatrate abgeschlossen. Jedes Mal, wenn der Benachrichtigungston eine neue E-Mail ankündigte, beschleunigte sich ihr Puls, und es vergingen nur wenige Sekunden, bis sie das Smartphone in die Hand genommen und die Benachrichtigung gelesen hatte.

»Was hast du nur plötzlich mit deinem Handy?« Kira sah ihre Freundin mit einem strafenden Blick an. »Willst du das Teil nicht wenigstens während des Essens ausschalten?«

»Mmh«, antwortete Juliane, ohne richtig zugehört zu haben oder den Blick vom Display abzuwenden. Erst als sie die aktuelle Nachricht als belanglos eingestuft hatte, widmete sie ihre Aufmerksamkeit wieder dem gebratenen Hühnchen mit Rosmarinkartoffeln auf ihrem Teller.

»Wartest du auf einen dringenden Anruf oder so was?«

»Ne, Quatsch. Wieso?«

»Na, weil du so abwesend bist und ständig auf dieses Ding guckst, als könntest du was Superwichtiges verpassen.« Die Enttäuschung darüber, wie das gemeinsame Mittagessen verlief, war Kira deutlich anzumerken. »Du hättest auch nicht herkommen müssen, wenn du keine Lust hast.«

»Nein, nein, so ist das nicht«, wiegelte Juliane ab. »Ich warte nur ...« Sie suchte nach einer passenden Erklärung und fand keine. »Ist nicht wichtig.« Sie schaltete das Handy aus und zeigte Kira demonstrativ das dunkle Display. »So, keine weiteren Unterbrechungen.« Sie lächelte versöhnlich, konnte aber am Gesichtsausdruck ihrer Freundin erkennen, dass diese noch immer auf eine zufriedenstellende Antwort wartete.

»Hör zu«, begann sie und nahm Kiras Hand. »Ich kann dir noch nichts verraten, es ist eine Überraschung. Du kannst mir glauben, dass alles in Ordnung ist, okay?« Ausgesprochen klangen die Worte längst nicht mehr so glaubwürdig wie zuvor in ihrem Kopf. Juliane versuchte, sich die Unsicherheit nicht anmerken zu lassen, und zu ihrem Glück schien Kira die Skepsis langsam abzulegen.

»Es ist also *wirklich* alles gut?«, fragte diese noch einmal nach und forschte im Gesicht der Freundin nach Anzeichen einer Schwindelei. »Na gut, dann warte ich mal auf die Überraschung. Aber wehe, du enttäuschst mich.« Sie lachte leise.

Juliane schüttelte den Kopf. »Bestimmt nicht.« Dabei gab sie sich eine gedankliche Ohrfeige. *Verdammt, Jule! Was erzählst du nur für einen Mist. Sieh zu, wie du da wieder rauskommst.*

* * *

Irgendetwas stimmte nicht mit Juliane, das spürte Kira genau, allen gegenteiligen Beteuerungen zum Trotz. Die seltsame Ausrede mit einer vermeintlichen Überraschung glaubte sie ihr keine Sekunde lang, auch wenn sie ihre Freundin vorerst in diesem Glauben ließ. Es war nicht der richtige Zeitpunkt, jetzt wegen so etwas einen Streit anzufangen. Kira lenkte das Thema in eine andere Richtung. »Was macht eigentlich der Job? Arbeitest du schon wieder?«

Juliane kaute auf einem Stück Hühnchen und schüttelte den Kopf. »Ich bin rausgeflogen«, sagte sie in gleichgültigem Tonfall.

»Du bist was?« Kira starrte sie mit großen Augen an.

»Rausgeflogen. Aber das ist mir auch ganz recht, war eh ein Scheißjob bei diesem Ausbeuterverein.« Damit war das Thema für Juliane offenbar erledigt, denn sie widmete sich ohne weitere Erklärungen ihrem Essen.

Kira war für einen Moment sprachlos. Sie hatte die ganzen Jahre zuvor, in denen Juliane schon als Grafik-Designerin in einer größeren Werbeagentur arbeitete, nie von Problemen gehört. Im Gegenteil. Eigentlich hatte sie bis jetzt den Eindruck gehabt, dass Juliane ihren Job dort mochte.

Da ihre Freundin keine Anstalten machte, von sich aus weitere Details preiszugeben, hakte Kira noch einmal nach: »Warum das denn?«

»Warum was?«

»Mensch, Jule!« Kira rollte demonstrativ mit den Augen. »Warum haben sie dich gefeuert? Hatte das mit deinem langen Krankenhausaufenthalt zu tun?«

Juliane winkte ab. »Nee, glaub ich nicht. Irgendein Käse von wegen ›aus betrieblichen Gründen‹ und solches Blabla.«

»Und was willst du jetzt machen?«

»Mal schauen.« Juliane zuckte mit den Schultern. »Hab ich mir noch nicht überlegt. Im Moment genieße ich erst mal die freie Zeit. Kriege ja diesen Monat noch mein Gehalt, und ein paar Euro Erspartes liegen auch noch auf dem Konto rum.« Sie lächelte und schob sich ein weiteres Stück Fleisch in den Mund.

»Aha …« Mehr fiel Kira dazu nicht ein. Kaum merklich schüttelte sie den Kopf. Nein, das war nicht die Jule, die sie kannte.

* * *

Zur gleichen Zeit

Es war deutlich an Roswithas Reaktion abzulesen gewesen, dass sie mit so etwas nicht gerechnet hatte. Frank Holper vergaß mit zuverlässiger Regelmäßigkeit den gemeinsamen Hochzeitstag. Doch nicht dieses Mal. Er hatte sich extra zwei Tage freigenommen und als Überraschung einen Kurztrip über das verlängerte Wochenende organisiert. Zuerst hatte Roswitha den Vorschlag für einen Scherz gehalten, immerhin lag sie ihm schon seit Monaten damit in den Ohren, dass ein gemeinsamer Urlaub endlich wieder einmal nötig sei. Nun, nach zwei Tagen an der Ostsee, war auch sie überzeugt, dass ihr Mann sich wahrhaftig mit ihr erholen wollte. Keine Anrufe, keine Gespräche über die Arbeit, einfach nur Erholung. Sonne, Strand und Meeresrauschen.

Wie aufs gedankliche Stichwort klingelte Holpers Handy. Rosi runzelte die Stirn. »Ich dachte, du hast das Ding ausgemacht.«

»Das ist der Chef«, erklärte er, ohne auf die Frage seiner Frau einzugehen. »Tut mir leid, aber da muss ich rangehen.«

Roswitha grummelte etwas Unverständliches und zog sich den Sonnenhut tiefer ins Gesicht.

»Frank?« Teamchef Hertz meldete sich am anderen Ende der Leitung. »Es ist mir wirklich unangenehm, dich an deinem freien Tag zu stören, aber …« Er machte eine Pause. »Wir haben einen Anruf aus Freiburg bekommen. Die Kollegen vor Ort bitten uns um Unterstützung.«

Holper runzelte die Stirn. »Freiburg?«

»Ja, im Schluchsee wurde vor zwei Tagen ein Fahrzeug gefunden. Französisches Kennzeichen, eine Tasche mit zweihunderttausend Euro in bar.«

»Im Ernst?«

»Ich habe auch zweimal nachgefragt, aber es stimmt. Doch das ist leider noch nicht alles.« Erneute Pause. »Der Hobbytaucher, der auf das Wrack gestoßen ist, musste psychologisch betreut werden. Armer Kerl. Es war nicht nur Geld im Wagen …«

»Soll das bedeuten …?«

Betretenes Schweigen.

Holper stieß einen Seufzer aus. »Scheiße!« Er überlegte einen Moment lang, dann fragte er: »Aber weshalb kommen die Kollegen auf uns zu? Der Fall liegt doch überhaupt nicht in unserer Zuständigkeit?«

»Im hinteren Fußraum wurde eine Flasche mit Urin gefunden«, erklärte Hertz. »Und jetzt rate mal, zu wem die DNA passt.« Er ließ Holper keine Zeit nachzudenken, sondern antwortete selbst auf die Frage. »Jonas Grunwald.«

»Das gibt's doch nicht! In Ordnung, ich werde sehen, was ich tun kann.«

Holper wusste, dass Roswitha es ihm ewig vorhalten würde, wenn er jetzt den Urlaub abbrach, doch sie mussten diesen Psychopathen finden, bevor es noch mehr Opfer gab.

* * *

Am gleichen Abend

Jonas machte sich frisch geduscht auf den Weg zum Restaurant. Ihm war doch noch eine Idee gekommen, wie er die Annäherung zu Christine beschleunigen konnte. Sie hatte es zwar nicht direkt erwähnt, doch die Botschaft zwischen den Zeilen hatte Jonas durchaus verstanden, wenn auch bisher ignoriert. Vielleicht war die Vorstellung, dass er möglicherweise bald wieder von hier verschwand, mehr Grund für ihr zögerliches Verhalten, als er gedacht hatte. Immerhin hatte Johann beim letzten Pokerabend beiläufig erwähnt, dass seine Nichte ziemlich von Jonas angetan war.

Christine wartete bereits vor dem Lokal, als er eintraf, und begrüßte ihn mit einer Umarmung. »Schön, dass du da bist. Ich hab einen Bärenhunger, lass uns schnell reingehen, okay?«

Jonas war das nur recht. Er selbst hatte, mit Blick auf seine Finanzen, seit dem Vormittag außer ein paar Keksen nichts gegessen. Nun freute er sich auf eine warme Mahlzeit.

Beim Betreten des Lokals verging ihm die gute Laune schlagartig. Dort saß, an einem Tisch mit Blick auf den Eingang, die Unbekannte. Sie zwinkerte Jonas mit einem strahlenden Lächeln ganz unverhohlen zu. Falls Christine den Flirtversuch bemerkt hatte, und er ging fest davon aus, ließ sie sich nichts anmerken. Souverän führte sie ihn zu ihrem Tisch, ohne der vermeintlichen Rivalin die Genugtuung ihrer Aufmerksamkeit zu gönnen.

Christine setzte sich mit dem Rücken zur Unbekannten und brachte Jonas so in Versuchung, immer wieder zu ihr hinüberzuschauen. Ein Test, da war er sich sicher. Während des Essens widerstand er diesem Drang, obwohl er im Augenwinkel erkennen konnte, wie ihn die attraktive Dunkelhaarige mit den beinahe hypnotisierend grünen Augen regelmäßig ansah.

Jonas riss die Gedanken von der fremden Frau los und konzentrierte sich auf sein eigentliches Ziel. »Ich möchte dir gern etwas sagen«, begann er und legte seine Hand auf Christines.

Sie sah ihn erwartungsvoll an. »Was denn?«

Jonas glaubte, etwas Sorge in ihrer Stimme wahrzunehmen, und lächelte sie scheinbar liebevoll an, um ihr die Unsicherheit zu nehmen. »Ich habe mich umgehört und ein paar potenzielle neue Kunden in der Umgebung gefunden. Ich kann also noch etwas länger bleiben.«

Sofort spürte er, wie ein Teil der Anspannung von Christine abfiel und sie erleichtert durchatmete. Doch Jonas hatte noch einen weiteren Trumpf im Ärmel. Er beugte sich ein Stück vor und senkte die Stimme, als er weitersprach. »Vielleicht suche ich mir ja auch eine Wohnung in der Nähe …«

Die wohlüberlegte Andeutung verfehlte ihre Wirkung nicht. Christine verharrte für ein paar Sekunden ungläubig, dann hellte sich ihr Gesicht auf. »Meinetwegen?«, fragte sie mit einem letzten Rest Skepsis.

Er nickte. *Hab ich dich!*

Christine legte das Besteck auf dem Teller ab, stand auf und kam auf Jonas zu. Zärtlich schlang sie ihre Arme um seinen Oberkörper und legte ihren Kopf auf seine Schulter. Nachdem sie einen Moment in dieser Position verharrt hatte, flüsterte sie ihm ins Ohr: »Was hältst du davon, wenn wir den Nachtisch zu mir nach Hause verlegen?«

Ein süffisantes Grinsen huschte über Jonas' Gesicht. So einfach hatte er es sich nicht vorgestellt. »Hast du auch Eis zu Hause?«

»Das nicht«, hauchte Christine. »Aber Schlagsahne.« Sie richtete sich auf und strich dabei sanft über Jonas'

Wange und Nacken. Übertrieben mit den Hüften schwingend ging sie zurück zu ihrem Platz und winkte den Kellner herbei.

Jonas schlang die letzten Bissen seines Steaks hinunter. Etwas vom kostbaren Essen zu verschwenden, konnte er sich nicht leisten, solange er noch auf jeden Cent achten musste. Aber das würde bald vorbei sein, wenn alles nach Plan verlief. Mit einem übertrieben freundlichen »Stimmt so« überreichte er dem Kellner dreißig Euro und ignorierte das leichte Naserümpfen des Mannes, dem fünfzig Cent Trinkgeld offensichtlich nicht angemessen schienen.

Als Jonas mit Christine das Restaurant verließ, war es diesmal sie, die sich demonstrativ der Unbekannten am Tisch vor dem Fenster zuwandte und ihr ein siegessicheres Lächeln schenkte. Jonas glaubte, bei der jungen Frau für einen kurzen Augenblick ein Bröckeln der Fassade wahrzunehmen, doch sofort hatte sie sich wieder gefangen. Sie strich sich die braunen Haare zur Seite, entblößte dabei einen Teil ihres Nackens und zwinkerte Jonas zu, als wollte sie sagen: »Was willst du mit der? Du könntest auch mich haben.«

Vielleicht hat sie recht, dachte er, während er Arm in Arm mit Christine die Straße entlangschlenderte. Warum sollte er sich mit dem zufriedengeben, das er bereits sicher hatte?

Nach einem kurzen Fußmarsch durch die Dämmerung erreichten sie die Wiesengasse. Dort lebte Christine in einer Mietwohnung im ersten Stock eines alten Fachwerkhauses. Jonas hörte das leise Plätschern des kleinen Bachs, der sich in der Nähe durch die Wiese schlängelte. Im Erdgeschoss des Hauses brannte Licht, und hinter den Vorhängen waren sich bewegende Schatten zu sehen. Es war also noch jemand da, ein Umstand, den Jonas missmutig zur Kenntnis nahm.

Als hätte sie seine Gedanken gelesen, winkte Christine ab. »Keine Sorge, das sind nur die alten Neubolds, meine Vermieter. Die hören nicht mehr besonders gut. Ab und zu machen die ihren Fernseher so laut, dass ich nur mit Ohrstöpseln schlafen kann. Ganz schlimm ist es, wenn Herr Neubold wieder mal einen seiner geliebten Krimis schaut.« Sie grinste. »Er meckert immer, wie unrealistisch alles ist, aber trotzdem sieht er sich das Zeug an. Na ja, ich hab mir auf jeden Fall abgewöhnt, im Schlafanzug runterzulaufen und wie eine Verrückte zu klingeln. Das hören die beiden sowieso nicht.« Seufzend schüttelte sie den Kopf. »Aber sonst sind sie eigentlich ganz lieb.«

Jonas war nicht sicher, ob ihn diese Information beruhigen sollte. Er hatte weniger Sorge, dass sie jemand beim Liebesspiel hören konnte, vielmehr hoffte er auf einen Ort, an dem er auch dann für eine Weile ungestört war, wenn die ganze Sache aus dem Ruder lief. Herr Neubold indes war für ihn kein Unbekannter. Er hatte den pensionierten Polizisten schon des Öfteren in der Kneipe getroffen, wenn dieser sich zum Leidwesen seiner Frau ein abendliches Glas Bier genehmigte. Oder auch mehrere. Der frühere Beruf Neubolds hatte Jonas zu Beginn einigermaßen nervös gemacht, doch schnell hatte sich gezeigt, dass von ihm keine Gefahr drohte. Der alte Waffennarr redete viel, plauderte über dies und jenes, und über Dinge, die man wahrscheinlich besser für sich behielt. Er gehörte zu den Menschen, für die eine Waffe mehr als nur ein Gegenstand war, mit dem man tötete, und besaß wohl mehrere Pistolen und Revolver unterschiedlichen Kalibers.

Von der Wohnung bekam Jonas nicht allzu viel zu sehen. Kaum hatten sie die Eingangstür hinter sich geschlossen, begann Christine, ihn zielsicher in ihr Schlafzimmer zu lotsen. Auf dem Weg unterbrachen sie die Küsse und Umarmungen nur, um flüchtig erste Kleidungsstücke abzustreifen.

»Warte, warte!« Jonas täuschte einen Hustenanfall vor. »Hast du ein Glas Wasser?«, krächzte er und stützte sich mit den Händen auf den Knien ab.

Christine nickte und eilte aus dem Zimmer.

Sofort holte Jonas sein Smartphone aus der Tasche, zog seine Hose aus und drapierte sie möglichst unauffällig auf einem Stuhl. Das Handy verbarg er, die Kamera auf das Bett gerichtet, zwischen den Falten des Jeansstoffs, nachdem er die passende App aufgerufen und die Aufnahme gestartet hatte. Nun konnte er nur noch hoffen, dass der Bildausschnitt gut getroffen war; Christine musste zweifelsfrei und vor allem hüllenlos zu erkennen sein, sonst war die Aufzeichnung ohne Wert.

»Geht's wieder?« Christine brachte ein Glas Wasser und reichte es Jonas.

Er hustete noch einmal demonstrativ und nickte. »Wird besser«, antwortete er mit rauer Stimme und nahm einen tiefen Schluck.

Glücklicherweise schenkte Christine dem Stuhl und dem Stoffhaufen darauf keine Aufmerksamkeit. Kaum hatte Jonas das Glas zur Seite gestellt, widmete sie sich wieder seinem Körper. Es dauerte nicht lange, bis die stimmungshemmende Unterbrechung vergessen war und sie sich eng umschlungen auf dem Bett wiederfanden.

Es war, wie Jonas sich ›Matratzensport‹ grundsätzlich vorstellte: Er gab den Ton an und Christine tat, was er wollte. Und dennoch war es nicht wirklich sie, mit der er die Nacht verbrachte. Ihr Körper war zu weit entfernt von dem, was er bei einer Frau erwartete. Die Hüften etwas zu breit, die Haut zu hell, die Haare zu rötlich und eine Narbe auf der Stirn, die seine Blicke magisch auf sich zog und ihn jedes Mal aufs Neue störte. In seinen Gedanken tauchten immer wieder die strahlend grünen Augen der Unbekannten aus dem Restaurant auf, ihr verführerischer Blick, der tolle Körper. Sie hatten noch kein einziges Wort gewechselt, dennoch fühlte er sich auf gewisse Weise mit ihr verbunden, zu ihr hingezogen. Das Bild von ihr war es nun, das seine Lust anfachte. Sie ersetzte das unvollkommene Wesen, mit dem er schlief.

* * *

Währenddessen

Juliane war froh, wieder allein zu sein. Kira zuliebe war sie bis zum Abendessen bei ihr im Hotel geblieben und hatte dort keine Möglichkeit gehabt, nach ihren E-Mails zu sehen, von einem kurzen Ausflug auf die Damentoilette im Restaurant abgesehen. Noch auf dem Weg durch die Lobby schaltete sie ihr Handy wieder ein und prüfte den Posteingang. Eine Meldung mit dem Betreff ›Neuigkeiten‹ von ›L. Bender‹ ließ ihren Puls in die Höhe schnellen. Mit nervös zitternden Fingern tippte sie die Nachricht an.

›Sehr geehrte Frau Behring, ich habe Neuigkeiten für Sie. Bitte melden Sie sich wegen eines Termins für ein Treffen bei mir. Sie waren leider telefonisch nicht zu erreichen. Mit freundlichen Grüßen, Lukas Bender‹

Verflucht! Ich hätte zu Hause bleiben sollen! Juliane hastete zu ihrem Auto und wählte Herrn Benders Nummer. *Geh ran, verdammt! Los, geh schon ran!*

»Bender?«

»Guten Abend, Herr Bender. Schön, dass ich Sie noch erreiche. Ich habe gerade Ihre Nachricht bekommen …«

»Ah, schönen Abend, Frau Behring. Ja, wegen eines Treffens … Hätten Sie vielleicht am Mittwochmorgen Zeit, so gegen zehn?«

»Natürlich!« *Erst übermorgen!* Juliane unterdrückte den Drang, um einem früheren Termin zu bitten. »Aber können Sie mir das nicht auch am Telefon sagen?«

»Tut mir leid, Frau Behring.« Der Tonfall in Benders Stimme verriet, dass er sich in diesem Punkt auf keine Diskussion einließ. »Über Nachforschungsergebnisse spreche ich grundsätzlich nur persönlich mit meinen Kunden, dafür müssen Sie Verständnis haben.«

Juliane stieß einen leisen Seufzer aus. »Natürlich«, sagte sie. »Dann sehen wir uns am Mittwoch.«

»Sehr gut. Ach übrigens, es wäre schön, wenn bis zu unserem Treffen der erste Teil des vereinbarten Honorars auf meinem Konto eingetroffen wäre. Sonst müsste ich Ihnen die Informationen leider vorenthalten. Einen schönen Abend wünsche ich.«

»Äh, ja, natürlich. Danke, gleichfalls.« Juliane beendete das Gespräch und lief zu ihrem Wagen. *Verdammter Mist!* Sie hatte tatsächlich vergessen, die Überweisung an den Privatdetektiv in Auftrag zu geben.

Unter Missachtung zahlreicher Verkehrsregeln raste Juliane nach Hause. Wenn sie sofort per Online-Banking überwies, konnte das Geld noch rechtzeitig auf Herrn Benders Konto sein.

* * *

Später in der Nacht

Vorsichtig, um Christine nicht aufzuwecken, rutschte Jonas unter der Bettdecke hervor und stand auf. Er zog sich die Unterhose an, die etwas vom Bett entfernt auf dem Boden lag, und suchte sein T-Shirt. Schließlich fand er es auf dem Flur, vergraben unter Christines Kleid. Leise schlich er zurück ins Schlafzimmer, holte seine Hose und das Smartphone vom Stuhl und verschwand im Badezimmer. Dort setzte er sich auf den Rand der Wanne, öffnete die Galerie-App, schaltete den Ton auf lautlos und startete die Wiedergabe.

Erleichtert stellte Jonas fest, dass der Bildausschnitt zwar nicht ideal, aber durchaus brauchbar war. Das Handy war beim übereilten Platzieren etwas nach hinten gekippt, sodass das Bett am unteren Ende des Monitors nur noch zu erahnen war.

Jonas spulte etwas vor, betrachtete im Schnelldurchlauf noch einmal das gemeinsame Liebesspiel, den subtil von ihm initiierten Positionswechsel, dann drückte er ›Pause‹. Mit zwei Fingern strich er über den Bildschirm, um das Bild heranzuzoomen. *Perfekt!* Christine war trotz der äußerst spärlichen Beleuchtung eindeutig zu erkennen, daran änderte auch das leichte Bildrauschen nichts. Jonas ließ das Video weiterlaufen, betrachtete ein paar Sekunden, wie ihr nackter Körper sich rhythmisch auf seinem bewegte, und stellte zufrieden fest, dass sein eigenes Gesicht von den Metallstreben des Fußteils größtenteils verdeckt wurde. Er hatte, was er wollte.

* * *

Am frühen Morgen
Christine rekelte sich ausgiebig. Es war schon eine Weile her, seit sie das letzte Mal mit einem Mann die Nacht verbracht hatte. Sie tastete neben sich, in der Erwartung, Tims nackten und zugegebenermaßen gut trainierten Oberkörper zu fühlen. Verschlafen blinzelte sie. Er war fort, einfach ohne ein Wort gegangen. Sofort kamen die Zweifel zurück. Meinte Tim es überhaupt ernst mit ihr oder ließ er sie wieder fallen, jetzt, nachdem er seinen Spaß gehabt hatte? *Nein, das würde er nicht tun. Er wollte mich bestimmt nur ausschlafen lassen,* schob sie die unangenehmen Gedanken beiseite.

Ein kurzer Blick auf die Uhr verriet Christine, dass ihr noch eine gute Stunde blieb, bis sie im Rathaus sein musste. Sie genoss eine ausgiebige Dusche, zog das ungeliebte Businessoutfit an, das ihrer Meinung nach genau die falschen Stellen ihres Körpers in Szene setzte. Allerdings ließ der Bürgermeister über den Dresscode im Büro nicht mit sich reden, Christine hatte es oft genug erfolglos versucht. Heute störte sie aber auch das tristgraue Kostüm mit knielangem Rock nicht. Fröhlich vor sich hin summend ging sie zur Arbeit.

* * *

Jonas hatte das Video soeben fertig bearbeitet und den für seine Zwecke unwichtigen Beginn herausgeschnitten, als es an der Tür klopfte.

Er sah auf die Uhr. Kurz nach sieben. Jonas rieb sich die müden Augen. Wer sollte ihn um diese Zeit hier aufsuchen? »Ja, bitte?«

Als Antwort klopfte es lediglich erneut, diesmal etwas lauter.

Kurz kam Jonas in den Sinn, dass möglicherweise die Polizei vor der Tür stand. Hatte man ihn hier aufgespürt? Der Schreck vertrieb die Müdigkeit innerhalb von Sekunden. Nein, in diesem Fall hätten wohl bereits die Handschellen geklickt.

»Moment!«, rief Jonas, ohne den genervten Unterton in seiner Stimme zu verbergen. »Komme sofort!« Er lud das fertige Video auf einen passwortgeschützten Onlinespeicher, löschte es zur Sicherheit von seinem Handy und ging zur Tür. Als er öffnete, blieb ihm für einen Augenblick die Luft weg.

Dort stand die schöne Unbekannte in einem hautengen Kleid, das jeden ihrer Vorzüge erkennen ließ, und lächelte ihn verführerisch an, in der Hand hielt sie eine Flasche Sekt und zwei Gläser, die sie einladend schwenkte. Bevor Jonas etwas einwenden konnte, zwängte sie sich an ihm vorbei ins Zimmer, ihr Körper streifte dabei betont unabsichtlich seinen.

Vielleicht hätte er unter normalen Umständen anders reagiert, doch nach der vergangenen Nacht, in der Jonas schon ausführlich ihre Nähe genossen hatte, wenn auch nur in Gedanken, weckte ihre unerwartete Anwesenheit ein intensives Verlangen. *Diese Gelegenheit werde ich nicht verstreichen lassen …*

Sein Gast hatte inzwischen die Sektflasche geöffnet und beide Gläser gefüllt. Mit einem zuckersüßen Lächeln reichte sie Jonas eines davon und prostete ihm zu. Während beide einen Schluck nahmen, tauschten sie intensive Blicke aus. *Diese Augen …*, dachte Jonas. Es war etwas an ihnen, das ihm vertraut vorkam. Er machte einen Schritt auf seinen Gast zu, legte die Hand an ihre Wange und wollte sie küssen, doch sie entzog sich ihm.

»Nicht hier«, flüsterte sie, strich ihm über den Nacken und ging zur Tür. Mit einer Kopfbewegung forderte sie ihn auf, ihr zu folgen.

Erst jetzt merkte Jonas, dass sie soeben das erste Mal mit ihm gesprochen hatte. Er wusste nicht einmal ihren Namen. Aber sie hatte recht. Im Hotel kannte man ihn inzwischen gut, und weiblicher Besuch blieb sicher nicht unbemerkt. Christine sollte nichts von alldem mitbekommen. Noch nicht.

Während die unbekannte Frau schon im Flur verschwunden war, zog Jonas hektisch einen Pullover über. Geduscht hatte er glücklicherweise bereits bei seiner Rückkehr ins Hotel.

Im Erdgeschoss hatte er sie eingeholt. Die Frau ging zielstrebig zum Hinterausgang des Hotels, scheinbar wollte auch sie nicht in Begleitung von Jonas gesehen werden. Vielleicht hatte die letzte Begegnung mit Christine doch etwas Eindruck hinterlassen. Jonas war das nur recht.

Auf der Treppe stolperte er plötzlich und hatte Mühe, das Gleichgewicht zu halten. Die schlaflose Nacht bescherte ihm erste Anzeichen von Übermüdung, doch es kam nicht infrage, jetzt einen Rückzieher zu machen. Sein Körper würde ihm gehorchen, so wie er es immer tat.

Jonas legte seinen Arm um die Hüfte der Frau und ging mit ihr über eine kleine Wiese. Er fühlte sich leicht beschwipst, dazu spürte er, wie Euphorie in ihm aufstieg. *Der Sekt auf nüchternen Magen war wohl keine gute Idee*, überlegte er.

»Wie heißt du eigentlich?«, fragte er mit einem Grinsen im Gesicht.

Als Antwort bekam er lediglich ein kühles »Marie« von ihr zu hören. Sie löste sich aus seiner Umarmung. Jonas' beschwingter Laune tat die unerwartet abweisende Reaktion keinen Abbruch. Ohne nachzudenken, folgte er der Unbekannten eine schmale Landstraße entlang. Die Müdigkeit drängte immer stärker in Jonas' Kopf und Glieder, unnatürlich stark. Etwas stimmte nicht. Er versuchte, sich zu konzentrieren, doch in seinem Kopf herrschte ein heilloses Durcheinander, kein Gedanke ließ sich richtig festhalten. Er hätte noch nicht einmal sagen können, wie lange sie schon so gingen.

Jonas blieb stehen. »Mir geht es nicht gut ...« Er wusste nicht, ob er die Worte laut aussprach oder lediglich dachte; die Kontrolle über seinen Körper entglitt ihm zusehends. *Das Haus kenne ich doch ...*, ging es ihm noch durch den Kopf, dann wurde es dunkel.

Teil 3

Zwei Monate zuvor

Das dumpfe Geräusch eines laufenden Motors ließ Isabelles Kopfschmerzen stärker werden. Sie fühlte sich benebelt, konnte weder die Augen öffnen noch ihre Hände oder Füße bewegen. Was war nur geschehen? Sie erinnerte sich daran, dass sie mit Florent von zu Hause in Richtung Lyon losgefahren war. Inzwischen hätten sie bereits im Flugzeug sitzen sollen, auf dem Weg in ein neues Leben im sonnigen Rio de Janeiro.

Isabelle hörte, wie eine Tür geöffnet wurde und jemand links von ihr keuchte. Es gelang ihr, die Augen einen Spalt weit zu öffnen, nur für einen kurzen Moment. Florent saß am Steuer, die Arme schlaff herunterhängend, ein Mann beugte sich über seinen Schoß und hantierte am Schalthebel.

Der Motor heulte auf. Mit einem Ruck setzte sich der Wagen in Bewegung und rumpelte über den unebenen Untergrund. Isabelles Kopf wurde mehrfach unsanft gegen die Seitenscheibe geworfen. Dann ein weiterer Aufschlag, härter als die vorherigen, und das Geräusch von aufspritzendem Wasser.

Endlich gelang es Isabelle, die Augen zu öffnen. Ihre Glieder begannen langsam, ihr wieder zu gehorchen. Sie rüttelte kraftlos an Florents Schulter. Ihr Mann hing mit nach vorne gekipptem Kopf in seinem Gurt.

»Schatz?« Ihre Stimme versagte. »Wach auf!«

Er reagierte nicht.

Isabelle spürte etwas Kaltes, Nasses an ihren Füßen und sah nach unten. Mit Schrecken erkannte sie, dass Wasser in den Fußraum strömte, es bahnte sich unerbittlich seinen Weg ins Wageninnere. Instinktiv zog sie die

Beine nach oben, doch das Wasser stieg weiter, beängstigend schnell.

»Florent! Wir müssen hier raus!«, schrie sie panisch und tätschelte ihm kräftig die Wange, um ihn aufzuwecken. Als das nicht half, versuchte sie es mit einer Ohrfeige. Ohne Erfolg. Inzwischen stand ihr das Wasser bis zur Taille. Isabelle schaltete die Leselampe am Dachhimmel ein und löste ihren Gurt, um sich mehr Bewegungsfreiheit zu verschaffen. Ein flüchtiger Blick zur Windschutzscheibe, und sie wusste, dass der Wagen mittlerweile vollständig unter Wasser war. Kurz darauf setzten die Reifen mit einem sanften Ruck am Grund des Sees auf.

Für einen Moment verharrte Isabelle regungslos, lauschte auf die knarzenden Geräusche um sie herum, dann ergriff die Panik erneut Besitz von ihr. Hektisch rüttelte sie an der Tür, stemmte sich mit der Schulter dagegen und rief immer wieder den Namen ihres Mannes, in der verzweifelten Hoffnung, dass er endlich zu sich kommen würde. Florent rührte sich nicht, seine Hände trieben vom Wasser getragen sacht vor seinem Körper hin und her.

»Schatz?« Isabelle überkam ein furchtbarer Gedanke. Sie unterbrach den aussichtslosen Kampf mit der Tür und fasste an seinen Hals. Der Puls war kaum zu spüren, aber sie fühlte das schwache, regelmäßige Beben unter ihren Fingerkuppen. Florent lebte noch.

Die Innenbeleuchtung begann zu flackern, versagte dann ihren Dienst. Isabelle wandte sich wieder der Tür zu, hielt jedoch inne. *Verdammt! Wenn ich die Tür aufmache, ist hier sofort alles voll Wasser.* Es fiel ihr schwer, über andere Optionen nachzudenken, ihr Kopf schmerzte und fühlte sich an wie mit Watte gefüllt. Dazu kam das Zittern, das ihren Körper immer wieder durchfuhr. Die Kälte kroch unaufhaltsam in alle Glieder, und ihr lief die Zeit davon. Wenn das Wasser in dieser Geschwindigkeit weiter stieg, blieben ihnen nur noch wenige Augenblicke. So oder so:

Sie würden jämmerlich ertrinken. Isabelle begann zu resignieren.

Nein, Isabelle! Nicht so, nicht heute! Ihr Kampfgeist erwachte noch einmal und setzte letzte Energiereserven frei. Sie musste schnellstens Florents Gurt lösen, der Wasserspiegel reichte bereits bis zu seinem Hals. Isabelle holte tief Luft, tauchte unter und tastete mit den Händen suchend nach dem Verschluss neben dem Fahrersitz. Der Drang zu atmen kam schneller als gedacht, Isabelle musste auftauchen. Sie keuchte, wischte sich die nassen Haare aus dem Gesicht. *Nein, nein, nein!* Ihr lief die Zeit davon.

Sofort unternahm sie einen zweiten Versuch, glitt mit den Händen am Gurt entlang bis zu Florents Hüfte. Erleichtert spürte sie die Halterung unter ihren Fingern. Isabelle drückte die Entriegelungstaste herunter und zog an der Gurtschnalle, doch der Verschluss klemmte, bewegte sich keinen Millimeter. Sie setzte alle Kraft ein, die sie aufbringen konnte, kämpfte vergeblich, bis der Drang nach Sauerstoff sie erneut zur Aufgabe zwang. Beim Auftauchen stieß sie unsanft mit dem Kopf gegen das Dach. Nur noch wenige Zentimeter, bis auch das letzte Bisschen Luft vom Wasser verdrängt wäre. Isabelle konnte sich keine Verschnaufpause gönnen. Zwei tiefe Atemzüge, für die sie den Hals bereits deutlich strecken musste, dann ein weiterer Versuch. *Geh auf, du Scheißteil!* Der Verschluss ließ sich nicht öffnen, so sehr sich Isabelle auch anstrengte. Sie sah nach oben, erahnte nur eine dunkle Silhouette, von der sich kleine Blasen lösten. *Bitte!*, flehte sie in Gedanken.

Deutlich spürte sie das dringende Verlangen, Luft zu holen. Sie musste wieder auftauchen, vielleicht konnte sie für ihren Mann mitatmen, ihm mit Mund-zu-Mund-Beatmung etwas Zeit verschaffen. Vielleicht wachte er doch noch rechtzeitig auf. Isabelle reckte ihr Gesicht zum Dachhimmel, in der Erwartung, jeden Moment die

Wasseroberfläche zu spüren. Stattdessen stieß sie schmerzhaft mit der Nase gegen das Wagendach. Tränen stiegen ihr in die Augen. Es war keine Luft mehr übrig. Panisch und orientierungslos strampelte sie durchs Wasser, trat gegen Front- und Seitenscheibe, um sich aus dem nassen Grab zu befreien.

Das Fenster! In einem kurzen klaren Moment kam ihr die rettende Idee. Unter Wasser war das Kurbeln anstrengender und Isabelles Kräfte ließen spürbar nach, doch das Fenster öffnete sich. Sie schluckte Wasser, unterdrückte einen Hustenanfall. Dann endlich war die Öffnung groß genug, um sich hindurchzuzwängen. Isabelle schwamm an die Wasseroberfläche. Hustend und nach Luft ringend tauchte sie auf.

Die Erleichterung währte nur kurz. Mit der nachlassenden Panik drängte der Gedanke an ihren Mann zurück in Isabelles Bewusstsein. *Florent!* Sie füllte ihre Lungen mit Luft und tauchte unter. Wo war der Wagen? Sie konnte nichts erkennen, tauchte tiefer, mit den Händen um sich tastend, doch da war nichts, kein Metall, kein schlammiger Grund, sie war noch nicht tief genug. Mit kräftigen Beinschlägen und Armzügen versuchte sie, weiter hinunterzugelangen. Längst hatte sie die Orientierung verloren. Sie kämpfte gegen den Auftrieb und ihre schmerzende Lunge an, gegen die innere Stimme, die sie eindringlich ermahnte, den Tauchgang abzubrechen. Schließlich siegte der Selbsterhaltungstrieb.

Gierig sog Isabelle die Luft ein, sie zitterte vor Kälte am ganzen Körper, spürte, wie die Beweglichkeit ihrer Finger mehr und mehr eingeschränkt wurde. »Hilfe! Hallo? Ist da jemand? Ich brauche Hilfe!«, schrie sie voller Verzweiflung in die sternenklare Nacht. Niemand antwortete. »Bitte! Hilfe!« Ihre Stimme wurde leiser, die letzten Worte waren fast nur noch ein tränenersticktes Flüstern. *Ich darf nicht aufgeben!*, wiederholte sie unentwegt.

Noch einmal nahm Isabelle den aussichtslosen Kampf gegen den See auf, wollte nicht wahrhaben, dass es inzwischen zu spät war, dass Florent bereits ertrunken sein musste. Sie kämpfte, bis all ihre Reserven verbraucht waren. Mit letzter Kraft rettete sie sich ans Ufer, kroch an Land und ließ sich auf den steinigen Boden fallen. Schluchzend rollte sie sich zusammen. *Ich wünschte, ich wäre bei ihm geblieben.*

* * *

Mit glasigem Blick sah Isabelle auf den See hinaus, auf dessen Oberfläche sich nur die Lichter der Häuser vom anderen Ufer spiegelten. Das Wasser war ruhig, es herrschte eine friedliche Stille und nichts deutete darauf hin, dass an diesem Ort gerade ein geliebter Mensch sein nasses Grab gefunden hatte.

Wieso war es dazu gekommen? In Isabelles Erinnerungen klaffte ein dunkles Loch. Dieser fremde Mann hatte sie und Florent dazu gezwungen, ihn nach Deutschland zu bringen. Kurz hinter der Grenze musste er sie betäubt und anschließend in diesem See versenkt haben. Isabelle erinnerte sich nur noch daran, dass Florent aus dem Wagen gestolpert war und sich übergeben hatte. Alles danach war verschwommen, nicht greifbar. Sie hätten es wissen müssen. Dieser Typ hätte sie niemals gehen lassen, nachdem sie sein Gesicht gesehen hatten.

Die Morgendämmerung tauchte die Landschaft in ein geheimnisvolles Zwielicht. Isabelle wusste nicht, wie lange sie am Seeufer gelegen hatte, Minuten oder Stunden. Sie war innerlich vollkommen leer, spürte weder die Kälte noch den harten Untergrund, auf dem sie lag. *Er ist tot,* dachte sie immer wieder, ohne es wirklich begreifen zu können.

Sie musste zur Polizei! Isabelle mühte sich auf die Beine und stolperte durch Gras und Büsche zur schmalen Straße oberhalb des Seeufers. Wie in Trance ging sie am

Straßenrand entlang, barfuß und mit feucht am Körper klebender Kleidung. Bei den kalten nächtlichen Temperaturen zitterte sie unaufhörlich.

Lange Zeit begegnete Isabelle niemand. Gerade als sie daran zweifelte, dass es hier überhaupt Zivilisation gab, kamen ein paar einzelne Häuser in Sicht. Zielstrebig ging Isabelle auf eines der Gebäude zu, in dem bereits Fenster beleuchtet waren. Je näher sie dem Grundstück kam, desto schneller wurden ihre Schritte. Trotz ihrer Erschöpfung und zunehmenden Müdigkeit setzte die Hoffnung auf Hilfe neue Kraftreserven in ihr frei. Jemand musste die Polizei verständigen.

Kurz bevor sie das Gartentor erreichte, zögerte Isabelle. *Oh nein!* So sehr es sie schmerzte, dass ihr Mann dort auf dem Grund des Sees lag, musste der Wagen bleiben, wo er war. Im Kofferraum befand sich etwas, das keinesfalls gefunden werden durfte. Florent hatte so viel riskiert, um genügend Firmengelder für einen Neuanfang in Südamerika beiseitezuschaffen. Zweihunderttausend Euro, versteckt am Boden der großen Reisetasche, schlummerten dort im Wasser. Die Beamten würden Fragen stellen. Sie würden die One-Way-Flugtickets finden, ihr niemals glauben, dass sie von alldem nichts gewusst habe. Alles wäre umsonst gewesen. Isabelle blieb stehen. Vielleicht würde man ihr sogar unterstellen, ihren eigenen Ehemann aus Habgier ermordet zu haben. Sie wollte nicht ins Gefängnis. Hilfe zu holen war also keine Option. Aber was tun? Wie sollte sie das Geld aus dem Auto bekommen? Isabelle kam ein Gedanke. Was, wenn es gar nicht mehr dort war, wenn der Mörder es gefunden und mitgenommen hatte?

Ihr Blick fiel auf den Garten. Hinter dem Haus konnte sie eine Wäscheleine mitsamt der zum Trocknen aufgehängten Kleidung erkennen. Isabelle schlich an der Hauswand entlang und kletterte vorsichtig über das hüfthohe Gartentor, das den hinteren Bereich des Grundstücks abtrennte. Bei der Leine angekommen, griff Isabelle nach einem Pullover, zögerte dann. *Sie würden es sicher verstehen …*, beruhigte sie ihr Gewissen und zog das Oberteil sowie eine Jeans, die etwa ihre Größe zu haben schien, von der Leine.

* * *

Währenddessen
Es war alles wohlüberlegt gewesen, hatte er gedacht. Im Schutz der Dunkelheit hatte sich Jonas auf den Weg zum Bahnhof Aha gemacht, um mit der Regionalbahn nach Freiburg und von dort weiter nach Bayern zu fahren. Nun ging er auf dem verwaisten Bahnsteig auf und ab, denn eine Sache hatte er nicht bedacht: Nachts hielten hier keine Züge, und zudem war es Sonntagmorgen. Er würde warten müssen. Diese unangenehme Tatsache war ihm erst beim Blick auf den Fahrplan aufgefallen.

Die große Bahnhofsuhr zeigte Viertel vor sechs, noch fast drei Stunden bis zur Abfahrt. Jonas fühlte sich furchtbar müde und ausgelaugt, also überquerte er die Gleise, nahm auf der Holzbank im Wartehäuschen Platz und streckte sich ausgiebig. Trotz der harten Unterlage fielen ihm nach kurzer Zeit die Augen zu.

* * *

Ihre alte Kleidung lag versteckt hinter dem Busch, bei dem sie sich umgezogen hatte. Der fremde Pullover passte recht gut, verdeckte so gerade den Hosenbund und somit den offenen Knopf der etwas zu engen Jeans. Fröstelnd rieb sich Isabelle die Hände, ihre Füße schmerzten vom ungewohnten Barfußlaufen. Während sie weiterging, kreisten ihre Gedanken nur um ein Thema: Wo sollte sie nun hingehen? Wie sollte sie den Mann finden, der ihr alles genommen hatte? Inzwischen war er wahrscheinlich längst irgendwo untergetaucht.

Aus dem Augenwinkel registrierte Isabelle das Hinweisschild auf einen Bahnhof. *Natürlich!* Wie sollte man sonst um diese Zeit ohne Auto von hier verschwinden? Der kleine Bahnsteig lag verlassen und kaum beleuchtet vor ihr. Isabelle spähte durch die Büsche. Auf der Bank des Wartehäuschens auf der anderen Seite der Gleise lag ein Obdachloser und schlief. Isabelles Herz begann, schneller zu schlagen. Sie schwitzte, obwohl ihr immer noch kalt war. Ihr Körper reagierte auf etwas, noch bevor sie erkannte, worauf: Der Mann dort war keinesfalls ein Obdachloser, das war *er*. Ihr Entführer, der Mörder ihres Mannes.

Isabelle kletterte über den hüfthohen Zaun, lief über die Schienen zum Bahnsteig, fest entschlossen, ihn umzubringen, hier und jetzt. Eine Armlänge von ihm entfernt blieb sie stehen. Wie sollte sie das anstellen? Isabelle sah sich nach etwas um, das sich als Waffe eignete, konnte jedoch auf den ersten Blick nichts finden.

Sie hielt inne. Hatte sich der Mann bewegt? Wenn er jetzt aufwachte, war Isabelle geliefert. Vorsichtig tastete sie sich rückwärts, ohne den Schlafenden aus den Augen zu lassen. Hinter ihr schepperte es, als sie mit dem Fuß gegen einen Abfalleimer stieß. Ihr Puls raste. Sie hielt den Atem an, wartete darauf, in die überraschten Augen des Mörders zu schauen, auf ihr nahendes Ende. Doch er drehte nur den Kopf zur Seite, seufzte einmal auf und atmete ruhig weiter.

Isabelle konnte sich nur langsam aus der Schockstarre lösen. Sie schlich weiter rückwärts, entdeckte eine Lücke in den Büschen und versteckte sich im dichten Grün. Schwer atmend sank sie in die Knie. Nun war es nicht mehr die Kälte, die sie am ganzen Körper zittern ließ. Hatte er sie auch wirklich nicht bemerkt? Vorsichtig lehnte sie sich zur Seite und spähte zum Wartehäuschen hinüber. Der Mann war aufgestanden und zum Bahnsteigrand getreten, streckte gerade ausgiebig die Glieder und blickte sich um. Schnell zog Isabelle den Kopf zurück. Sie hörte Schritte auf sich zukommen und spannte alle Muskeln ihres Körpers an, bereit, im nächsten Moment um ihr Leben zu rennen. Die Schritte wurden langsamer, verstummten für einen Augenblick und entfernten sich dann wieder. Erleichtert atmete Isabelle auf. Offenbar wollte er sich nur die Beine vertreten.

Erst nachdem sie einige Zeit nichts mehr gehört hatte, riskierte sie einen erneuten Blick. Der Mann stand einige Meter entfernt, sah in die entgegengesetzte Richtung. Er hatte keine Tasche bei sich, also hatte er entweder das Geld nicht gefunden oder in der Zwischenzeit irgendwo deponiert. Sie beschloss, ihm unauffällig zu folgen und ihn nicht aus den Augen zu lassen, bis sie wusste, was mit ihrem Geld geschehen war.

* * *

Endlich näherte sich die Regionalbahn. Jonas streckte sich, dass seine Gelenke knackten, und schüttelte sein rechtes Bein. Das kleine Nickerchen auf der unbequemen Bank hatte ihm neben einem steifen Nacken auch ein unangenehmes Kribbeln in den Füßen beschert. Beim Einsteigen in den Wagen trat Jonas mehrmals kräftig auf, um das taube Gefühl zu vertreiben. Er mochte keine Kurzstreckenzüge. Die unbequemen Sitze in den Abteilen und die ewige Unruhe durch die zahlreichen Stopps waren nur bedingt geeignet, um während der Fahrt zu entspannen.

Jonas ging über eine kleine Treppe in den oberen Bereich des Zweite-Klasse-Wagens und setzte sich auf einen Fensterplatz. Beim Blick aus dem Fenster dachte er an Kira und die gemeinsamen Aufenthalte im Schwarzwald. Warum hatte sie ihn nur so weit gebracht? Sie wusste genau, welche Verhaltensregeln sie in ihrer Beziehung zu beachten hatte, und doch saß er nun hier, allein und auf der Flucht vor der Polizei. *Es kommt alles wieder in Ordnung,* sagte er zu sich selbst und nickte zur Bestätigung kräftig. *Sie gehört an meine Seite, und das weiß sie auch.* Ein Lächeln umspielte seine Mundwinkel. Jonas lehnte seinen Kopf gegen das Fenster, sah der vorbeiziehenden Landschaft zu und lauschte dem monotonen Rattern. Schon nach wenigen Minuten döste er ein.

* * *

Isabelle hatte einen Moment gezögert, bevor sie dem Mann in den Zug gefolgt war. Sie konnte keine Tasche entdecken, in der er das Geld transportierte, wahrscheinlich trug er die Scheine direkt am Körper unter der Kleidung. *Vielleicht sollte ich doch lieber die Polizei informieren,* hatte sie in einem Augenblick des Zweifelns gedacht, doch dieser Gedanke war schnell wieder verdrängt worden. Florent war tot, alle Brücken in die Heimat längst abgebrochen. Sie hätte keinen Vorteil davon, wenn sein Mörder im Gefängnis versauerte. Isabelle blieb nur die Hoffnung, dass er sie zu ihrem Geld führte. Anschließend würde sie selbst dafür sorgen, dass er seine gerechte Strafe bekam.

Nun saß sie auf einem Sitz direkt am Eingang des Abteils und wartete. Wartete darauf, dass Florents Mörder irgendwo ausstieg und sie ihm folgen konnte. An jeder Haltestelle sah sie vorsichtig aus dem Fenster und hielt Ausschau nach ihm.

»Nächster Halt: Freiburg Wiehre«, tönte es mit elektronisch plärrender Stimme aus den Lautsprechern.

»Ist alles in Ordnung bei Ihnen?«

Isabelle drehte sich um. Eine ältere Dame mit weißem Haar blickte sie freundlich lächelnd an. Sie saß auf der anderen Seite des Gangs, ein kleiner Trolli, auf dem sie sich abstützte, stand neben ihr. Isabelle hatte die Frau zuvor gar nicht bemerkt. Zaghaft nickte sie ihr zu und wendete den Kopf ab, in der Hoffnung, dass die ›Unterhaltung‹ damit beendet war.

»Sind Sie sicher, mein Kind?«

Seufzend nahm Isabelle zur Kenntnis, dass sich die alte Dame nicht mit einem einfachen Kopfnicken zufriedengeben würde. Wer sollte es ihr verdenken? Der Anblick der verklebten Haare, des vom Überlebenskampf gezeichneten Gesichts und der nackten, inzwischen verdammt schmutzigen Füße warf zwangsläufig Fragen auf. Doch Isabelle hatte keine Lust, mit jemandem zu sprechen, auch wenn ihre Deutschkenntnisse ausgereicht hätten, um sich zumindest mit einfachen Worten zu verständigen. Sie setzte ein fröhliches Lächeln auf und nickte der Frau noch einmal zu, diesmal selbstbewusster.

»Haben Sie Durst?« Die alte Dame kramte eine kleine Wasserflasche aus ihrem Trolli und hielt sie hoch. Als Isabelle keine Anstalten machte, das Getränk entgegenzunehmen, fügte sie lachend hinzu: »Ich bin in zwanzig Minuten wieder zu Hause und dort habe ich genügend zu trinken. Sie sehen wirklich aus, als könnten Sie es besser gebrauchen als ich. Nun nehmen sie schon!«

Beim Anblick des Wassers spürte Isabelle zum ersten Mal, wie durstig sie war. Zögerlich stand sie auf und nahm die angebotene Erfrischung entgegen. »Danke«, raunte sie kaum hörbar und schraubte den Deckel auf. Der Vorsatz, sich das Wasser gut einzuteilen, wurde schon mit dem ersten Schluck zunichtegemacht. Isabelles Körper verlangte nach mehr. Gierig leerte sie die Flasche, ohne abzusetzen.

»Du meine Güte«, sagte die alte Dame und schüttelte sichtlich amüsiert den Kopf. »Sie müssen ja völlig ausgetrocknet sein.«

Isabelle schenkte ihr ein Lächeln, und diesmal war es ernst gemeint.

Aus den Lautsprechern erklang eine weitere Ansage: »Nächster Halt: Freiburg Hauptbahnhof. Dieser Zug endet hier.«

Die Frau erhob sich von ihrem Platz und zog ihren Trolli in Richtung Ausgang. »Mein Arzt sagt mir auch immer, dass ich zu wenig trinke, wissen Sie? Meine Haut wird davon schlaff, meint er.« Sie lachte leise. »Als würde ein bisschen Wasser *daran* etwas ändern.« Demonstrativ hob sie ihre linke Hand und deutete mit der anderen auf die Falten. »Ich bin auch ohne diese Wasserfolter achtzig Jahre alt geworden. Das soll er mir erst einmal nachmachen.«

Die alte Frau sprach ununterbrochen weiter, doch Isabelle schenkte ihr nicht mehr die volle Aufmerksamkeit, sie verstand ohnehin nur einen Teil des Gesprochenen. Die Bahn hatte inzwischen am Freiburger Hauptbahnhof gehalten, und Isabelle warf einen nervösen Blick zur Tür des Abteils. Jeden Moment konnte der Mistkerl dort auftauchen.

»Pardon«, unterbrach sie den Redeschwall, hob entschuldigend die Hand und lief los. »Na so was«, hörte sie die Frau noch irritiert sagen, während sie durch das Abteil zum nächsten Ausstieg hastete. Auf dem Bahnsteig angekommen, ging Isabelle hinter einem Pfeiler in Deckung. Vorsichtig spähte sie aus ihrem Versteck und wartete, bis *er* ebenfalls den Zug verließ.

Kurze Zeit später trat er auf den Bahnsteig, setzte mit einer übertrieben lässigen Bewegung seine Sonnenbrille auf und sah sich nach allen Seiten um. Falls er nervös war, und er hatte jeden Grund dazu, sah man es ihm nicht an. Zielstrebig steuerte er eine der Abfahrtstafeln an, studierte sie kurz und eilte dann die Treppe hinab in den unterirdischen Bereich des Bahnhofs.

Isabelle folgte ihm in sicherem Abstand. Die vielen Menschen um sie herum boten einen gewissen Schutz, um nicht von ihm entdeckt zu werden. Ohne ihn aus den Augen zu lassen, huschte Isabelle von einer Deckung zur nächsten und erntete dabei missbilligende Blicke.

In aller Seelenruhe schlenderte der Mann zu einem der Bäckereistände und kaufte sich ein belegtes Baguette. Der Geruch von frischem Brot stieg Isabelle in die Nase und ließ ihr das Wasser im Mund zusammenlaufen. Bis jetzt hatte sie das Hungergefühl erfolgreich beiseitegeschoben, doch nun stürzte diese Wahrnehmungsbarriere ein. Isabelles Blicke wurden magisch von den appetitlichen Backwaren in der Auslage angezogen, eine innere Stimme flüsterte ihr zu, doch einfach eine der Brezeln vom Ständer zu nehmen, wenn gerade niemand hinsah.

Isabelle widerstand der Versuchung. Für einen Moment. Als *er* sich wieder in Bewegung setzte und auf der Treppe zu Bahnsteig 1 verschwand, folgte sie ihm. Im Vorbeigehen griff sie eine Brezel und versteckte die Hand mit der Beute unter dem Pullover. Mit schnellen Schritten überbrückte sie den Weg zur Treppe und atmete erleichtert auf, als sie um die Ecke gebogen war. Isabelle zog die Laugenbrezel hervor und biss gierig hinein. Den kleinen Snack ließ sie sich auch von ihrem schlechten Gewissen nicht verderben. Sie war keine Diebin, aber *er* zwang sie dazu. Er hatte ihr alles genommen.

»Auf Gleis 1 fährt ein: ICE 1200 nach Dortmund Hauptbahnhof, über Mannheim, Frankfurt, Köln. Vorsicht bei der Einfahrt.«

Isabelle lief die letzten Stufen der Treppe nach oben und suchte den Bahnsteig ab, immer in der Sorge, selbst entdeckt zu werden. Gerade als der ICE sich dem Bahnhof näherte, entdeckte sie den Mann. Er stand nahe der Bahnsteigkante, und Isabelle unterdrückte die aufwallende Wut. Es wäre ein Leichtes gewesen, ihm im richtigen Augenblick einen Stoß zu versetzen und dabei zuzusehen, wie der Metallkoloss seinen Körper erfassen und mit sich schleifen würde. Er würde seinen Tod nicht einmal kommen sehen.

Nein, jetzt war nicht der richtige Zeitpunkt für ihre Rache. Zu öffentlich, zu kurz, zu wenig Leiden. Er hatte mehr Aufmerksamkeit verdient. *Sehr* viel mehr.

Mit unangenehm lautem Quietschen hielt der ICE und öffnete die Türen. Der Mann stieg in einen der hinteren

Wagen ein, Isabelle beobachtete durch die Seitenfenster, wie er durch das Abteil ging und sich schließlich auf einem Fensterplatz niederließ. Kurz bevor die Türen schlossen, schlüpfte Isabelle einen Wagen weiter vorn hinein.

Erst als sich der Zug bereits in Bewegung gesetzt hatte, fiel ihr ein, dass sie keine Fahrkarte besaß. Das Risiko, hier kontrolliert zu werden, war ungleich höher als in der Regionalbahn. Langsam ging sie durch das Abteil und ließ den Blick über die Mitreisenden schweifen.

Eine ältere Dame erregte ihre Aufmerksamkeit. Sie saß am Fenster, ihr Gesicht mit geschlossenen Augen der Scheibe zugewandt, die Handtasche auf dem freien Platz neben ihr lächelte Isabelle geradezu an. Mit etwas Glück war in dieser Tasche das rettende Stückchen Papier, altmodisch am Schalter gekauft und ohne aufgedruckten Namen, der es wertlos machen würde. Isabelles Puls beschleunigte sich. Ihr ramponiertes Äußeres war nicht besonders gut geeignet, um sich heimlich fremden Besitz anzueignen. Beim Betreten des Abteils war sie von gefühlt einem Dutzend Augenpaaren angestarrt worden, inzwischen warfen ihr die Menschen nur noch vereinzelt verstohlene Blicke zu.

So unauffällig wie möglich ging Isabelle auf den Platz der alten Frau zu, wollte nach der Tasche greifen, zog die Hand jedoch im letzten Moment zurück, als sie bemerkte, dass ein Mitreisender sie argwöhnisch ansah. *Verdammt!* Isabelle verließ zügig das Abteil und schloss sich in der Toilette ein. Dort wartete sie.

Erst nach einigen Minuten trat sie scheinbar zielstrebig den Rückweg an, als wollte sie zu ihrem Platz zurückkehren. Die meisten Mitreisenden waren inzwischen in eine Lektüre vertieft, blickten konzentriert auf den Bildschirm ihres Laptops oder sahen aus dem Fenster. *Schau nicht zur Seite, geh einfach weiter,* ermahnte sie sich. Isabelle versuchte, das nervöse Zittern ihrer Hände zu unterdrücken, während sie sich der Sitzreihe näherte, in der die alte Dame saß. Ohne ihre Schritte zu verlangsamen, griff Isabelle nach links, spürte das Leder unter ihren Fingern, hielt den Atem an und packte zu. Für einen Augenblick fürchtete sie, dass etwas im Inneren sie durch ein Geräusch verraten könnte, doch es blieb still. Mit dem Diebesgut unter dem Arm setzte sie ihren Weg fort, wagte erst wieder auszuatmen, als sich die automatische Glastür hinter ihr geräuschvoll schloss.

Mit schnellen Schritten hastete Isabelle durch ein weiteres Abteil bis zur nächsten Bordtoilette, verriegelte die Tür und leerte den Inhalt der kleinen Handtasche auf den Fußboden. Tatsächlich. Neben Geldbeutel, Schlüssel, Taschentüchern und einem Tablettendöschen kam auch eine Fahrkarte für die Strecke Freiburg-Mannheim zum Vorschein. Isabelle steckte das Papier in den Bund ihrer Hose und verdeckte es mit dem Pulli.

Was tue ich hier nur …? Durch Isabelles Gedanken huschte ein kurzer Anflug von Schuldgefühlen, die sie jedoch sofort wieder verdrängte. Nein, sie musste ihr Ziel im Auge behalten, durfte sich nicht von Zweifeln oder Reue behindern lassen. *Er* war verantwortlich, nicht sie. Hastig nahm sie einen Zwanzigeuroschein aus dem Portemonnaie, räumte die am Boden verstreuten Sachen zurück in die Handtasche, öffnete die Toilettentür einen Spalt und spähte hinaus. Niemand war zu sehen. Isabelle deponierte die Tasche neben der Schiebetür zum Abteil, schloss sich wieder im WC ein und blickte in den Spiegel – zum ersten Mal, seit sie dem nassen Grab entkommen war.

Der Anblick war grauenvoll. Kein Wunder, dass sie alle so abfällig angesehen hatten. Isabelle wusch sich sorgfältig das Gesicht und versuchte, ihre strähnigen Haare mit den Fingern zumindest etwas zu ordnen.

Der Zug wurde langsamer. »Sehr geehrte Fahrgäste, in Kürze erreichen wir Offenburg …« Isabelle hörte der Durchsage nicht weiter zu. Sie musste nachschauen, ob der Mann hier ausstieg, auch wenn sie nicht damit rechnete. Beim Verlassen der Toilette sah Isabelle kurz durch die Glastür in das Abteil, in dem die ältere Dame das Verschwinden ihrer Tasche offenbar noch nicht bemerkt hatte, stellte sich dann an die Außentür und wartete. Kaum hatte der Zug am Bahnhof gehalten, steckte sie den Kopf hinaus und beobachtete die aussteigenden Menschen. *Er* war nicht darunter. Isabelle blieb an ihrem Platz, bis die Türen schlossen und der ICE sich wieder in Bewegung setzte, suchte sich anschließend einen freien Sitz im nächsten Abteil und atmete durch.

Der nächste Halt verlief in derselben Weise. Isabelle schlich nach der Durchsage zur Tür, spähte vorsichtig in das angrenzende Abteil, um nicht versehentlich *ihm* in die Arme zu laufen, und beobachtete die Aussteigenden, bis die Fahrt fortgesetzt wurde.

Kaum hatte sie sich wieder gesetzt, betrat eine Zugbegleiterin den Wagen. »Hier noch jemand zugestiegen?«, rief sie in gemäßigter Lautstärke.

Isabelle regte sich nicht, versteckte die nackten und immer noch furchtbar dreckigen Füße unter dem Sitz. Sie saß mit dem Rücken zu der Kontrolleurin und wagte nicht, sich umzudrehen, aus Angst, sie könnte sich irgendwie verraten. Mit klopfendem Herzen hörte sie, wie die Frau einen Fahrgast nach dem anderen ansprach und langsam näher kam.

»Ihren Fahrschein, bitte!« Mit einem leicht gelangweilten Gesichtsausdruck stand eine korpulente Uniformierte neben ihr im Gang.

Isabelle reichte ihr das Ticket der alten Dame und zwang sich zu einem freundlichen Lächeln. Sie hoffte, dass die Frau das Zittern ihrer Hand und den vor Angst rasenden Puls nicht bemerkte. Die Sekunden, in denen die Kontrolleurin den Fahrschein begutachtete, kamen ihr vor wie eine Ewigkeit. Ein letzter prüfender Blick in ihr Gesicht, dann das von einem erlösenden Klicken begleitete Geräusch der Stempelzange und ein monotones »Danke sehr«, mit dem die Zugbegleiterin ihr das entwertete Papier zurückreichte. Isabelles Körper entspannte sich. Während ihre Blicke der Frau folgten, die ihre Kontrolle im nächsten Abteil fortsetzte, schweiften die Gedanken zur alten Dame, die in Kürze vergeblich nach ihrem Fahrschein suchen würde. *Au, verdammt!* Was, wenn jemand darauf kam, dass Isabelle die Tasche gestohlen hatte? Es erinnerten sich bestimmt einige Fahrgäste an sie.

Eilig stand sie auf, sah kurz durch die Scheibe in das Nachbarabteil, wo die alte Dame aufgeregt mit der Schaffnerin diskutierte, und hastete zum nächsten Ausgang. Der kleine Monitor neben der Tür zeigte die erwartete Ankunftszeit in Mannheim an: noch knapp neun Minuten. Isabelle trat nervös von einem Bein aufs andere, sah unentwegt auf die Anzeige, als könnte sie mit ihren Gedanken die Zeit schneller vergehen lassen.

Noch zwei Minuten. Isabelle überlegte. Sie würde den Zug verlassen, so unauffällig wie möglich über den Bahnsteig laufen und drei Wagen weiter vorn wieder einsteigen. So konnte sie sich ein wenig aus der Gefahrenzone bringen und gleichzeitig *ihn* im Auge behalten.

Es kam völlig anders. Isabelle hatte kaum einen Fuß auf den Boden gesetzt, als sie ihn entdeckte. Er stand auf dem Bahnsteig, setzte seine Sonnenbrille auf und sah nach links, dann drehte er den Kopf in Isabelles Richtung. *Scheiße!* Mit einem Satz rettete sie sich in den nächsten Wagen, drückte sich rücklings gegen die Trennwand des Abteils. Sie wagte einen kurzen Blick nach draußen, sah, wie er auf sie zukam, zuckte zurück und hielt den Atem an. *Bitte, lass ihn vorbeigehen,* dachte sie.

Die Sekunden vergingen unerträglich langsam, bis der dunkelhaarige Mann für einen kurzen Moment in der Tür zu sehen war und sich dann auf die Rolltreppe zubewegte, ohne sich noch einmal umzudrehen. Isabelle ging in sicherem Abstand hinterher, folgte ihm durch die Unterführung zum nächsten Gleis, warf einen Blick auf die Anzeigetafel, die den ICE 515 nach München ankündigte. *So ein Mist!* Sie würde kaum noch einmal das Glück haben, kurzfristig an eine kostenlose Fahrkarte zu kommen, und zwanzig Euro reichten nicht annähernd dafür. Trotzdem hatte sie keine Wahl: Sie musste wissen, wohin er wollte und ob er ihr Geld gestohlen hatte.

* * *

Etwa fünf Stunden später
Jonas streckte sich ausgiebig. Er war froh, endlich am Ziel angekommen zu sein. Die Bahnverbindung nach Bayern war deutlich umständlicher, als er erwartet hatte, und er hatte das Gefühl, dass jeder Muskel seines Körpers ihm die lange Zugfahrt übel nahm.

Das Hotel im kleinen Örtchen unweit des Starnberger Sees machte einen ordentlichen Eindruck, soweit er es auf den ersten Blick beurteilen konnte. Ein älterer Herr am Empfang begrüßte ihn freundlich. Jonas hielt ihm das Smartphone mit der Online-Buchungsbestätigung auf den Namen Tim Rothstein entgegen. »Grüß Gott, ich habe ein Zimmer reserviert.«

Der Portier setzte seine Lesebrille auf und kontrollierte das Display. »Ah, Herr Rothstein. Ich habe Zimmer 119 für Sie vorbereiten lassen. Ich sehe, Sie wollten bei Ankunft zahlen?«

Jonas nickte und schob drei Hunderteuroscheine über den Tresen. »Das ist richtig. Der Rest ist für Sie.«

»Herzlichen Dank.« Herr Kurzmann, dessen Körpergröße seinem Namen alle Ehre machte, ließ eine angedeutete Verbeugung erkennen und reichte Jonas mit einer ausladenden Handbewegung die Schlüssel. »Ich wünsche Ihnen einen schönen Aufenthalt.«

Das Hotelzimmer war nicht sehr geräumig, musste aber für die nächste Zeit genügen. Das Wichtigste im

Moment war, mit dem Kapital Haus zu halten, für Komfort war dabei kein Platz. Nach einer kurzen Erholungspause machte sich Jonas am Abend zu Fuß auf den Weg zum zwei Kilometer entfernten Discounter, um etwas Wäsche, Hygieneartikel und alles Notwendige für die nächsten Tage zu kaufen.

* * *

Die meiste Zeit der Fahrt hatte sich Isabelle auf der Toilette versteckt. Nur wenn der Zug hielt, hatte sie sich vorgewagt, um *ihn* nicht zu verpassen. An jedem Bahnhof hatte sie gehofft, dass er endlich seinen Zielort erreichte und sie dem unbequemen Sitzplatz auf der Metalltoilette Adieu sagen konnte, doch es dauerte über drei Stunden, bis der ICE am Münchener Hauptbahnhof hielt und *er* in aller Seelenruhe zur S-Bahn schlenderte, die sie beide – nach den letzten Stunden empfand Isabelle den Plastiksitz mit dünnem Stoffpolster geradezu als Wohltat – in einen Ort namens Wolfratshausen brachte. Und dort verlor sie ihn. Er stieg in einen Bus, in den Isabelle ihm nicht folgen konnte, ohne entdeckt zu werden. Sie merkte sich Linie und Richtung, um ihm mit einem der nächsten Busse zu folgen. Allzu viele Orte würde es auf der Strecke hoffentlich nicht geben.

Ihr Vorhaben gestaltete sich schwieriger als erwartet. Ein kurzes Studieren des Haltestellenfahrplans offenbarte Isabelle, dass die Strecke nur fünfmal am Tag bedient wurde, zudem zählte sie siebenunddreißig Stationen. Es würde Tage dauern, alle Orte nach ihm abzusuchen. So hatte sie sich das nicht vorgestellt. Isabelle sah erneut auf den Fahrplan. Bis zur nächsten Abfahrt blieb genügend Zeit, um drohendem Ärger wegen Schwarzfahrens zu entgehen. Sie brauchte eine Fahrkarte, etwas zu essen und dringend ein Paar Schuhe. Also brauchte sie Geld.

Langsam ging Isabelle zurück zum Bahnhof. Er war nicht besonders groß, und doch waren zahlreiche Menschen dort, gemütlich auf und ab schlendernd oder auch eilig über den Bahnsteig hastend. Isabelle sah dem Treiben eine Weile zu, hielt nach Videokameras Ausschau, die den Bereich überwachten, kalkulierte das Risiko, bei einem Diebstahl erwischt zu werden. Aber welche Wahl hatte sie schon? Sie brauchte nicht viel, ein halbwegs gut gefülltes Portemonnaie würde ausreichen. Vorerst.

An einen Betonpfeiler gelehnt beobachtete Isabelle den Ticket-Automaten und versuchte, den besten Moment herauszufinden, um zuzuschlagen. Eine Stunde und ungefähr zwanzig gezogene Fahrscheine später ging ein alter Mann, gestützt auf einen Gehstock, auf den Automaten zu, kramte mit zittriger Hand seinen Geldbeutel aus der Jackentasche und suchte die passenden Münzen.

»Warten Sie, ich helfe Ihnen.« Isabelle ging zu dem alten Herrn hinüber und streckte ihre Hand aus. Sie hoffte, dass der deutliche französische Akzent ihm nicht allzu sehr auffiel und dass er die nackten Füße nicht bemerkte.

»Danke sehr, junge Dame.« Der Mann lächelte sie freundlich an und reichte ihr das lederne Portemonnaie. »Die Augen wollen einfach nicht mehr so richtig mitspielen«, erklärte er und lachte leise. »Man wird einfach nicht jünger.« Er sprach weiter, doch Isabelle hörte ihm nicht wirklich zu, sie rang mit ihrem Gewissen. Einem Rentner Geld zu stehlen, war das in Ordnung? Ja, sie brauchte es definitiv nötiger als er. Während sie die passenden Münzen für den Automaten abzählte, sah Isabelle unauffällig in das hintere Fach, entdeckte ein paar Scheine und zog unbemerkt drei von ihnen heraus, zwei grüne und einen orangefarbenen. Genügend Geld für billige Schuhe, etwas zu essen und ein Dach über dem Kopf für die nächsten Nächte. Anschließend fütterte sie den Automaten mit Münzen, bis dieser den passenden Betrag durch ein mehrfaches Klicken quittierte und den Fahrschein ausdruckte. Isabelle reichte dem alten Herrn das Stück Papier zusammen mit seinem Portemonnaie zurück.

Der Mann lächelte dankbar, verabschiedete sich und schlurfte zur nächsten Bank. Isabelle sah ihm hinterher. Vielleicht war er gerade auf dem Weg zu seinen Enkeln, wollte ihnen etwas schenken. Isabelle unterdrückte das aufkommende schlechte Gewissen. *Ich bin nicht schuld,* wiederholte sie ihr Mantra in Gedanken. *Schuld ist er.* Eilig verließ sie den Bahnhof.

Ihr erster Weg führte sie zu einer Bäckerei, die auch am Sonntag geöffnet hatte. Auf einer Treppe in der Nähe setzte sich Isabelle in die Nachmittagssonne und genoss die spärliche Mahlzeit: ein belegtes Brötchen, eine recht trockene Käsestange und zum Durstlöschen eine Dose Limonade. Für den Moment konnte sie fast vergessen, in was für einer Situation sie sich befand.

Nachdem auch der letzte Schluck getrunken war, machte sich Isabelle auf den Weg eine Unterkunft für die Nacht zu suchen. Es wäre ihr lieber gewesen, vorher noch etwas für ihre Erscheinung zu tun, allerdings hatten die Geschäfte heute geschlossen. Sie entschied daher, ihre Suche nach Florents Mörder auf den nächsten Tag zu verschieben. Sie brauchte etwas Schlaf, neue Klamotten und eine Dusche. Ganz besonders eine Dusche. Der Geruch des getrockneten Seewassers hing ihr noch immer in der Nase. Nein, heute konnte sie ihre Suche nicht mehr beginnen. Wahrscheinlich war es sowieso klüger, nicht ohne jegliche Planung aufzubrechen.

In einem einfachen, etwas heruntergekommenen Hotel mietete sie ein günstiges Zimmer für die Nacht, duschte ausgiebig und ließ sich anschließend ohne Kleidung auf das weiche Bett fallen. An Einschlafen war trotz der Müdigkeit nicht zu denken. Mit der Ruhe kamen die Bilder vom Todeskampf im versinkenden Wagen zurück. Tränen liefen über ihre Wangen, Tränen der Verzweiflung über den Tod ihres Mannes, Tränen der unbändigen Wut auf den Unbekannten, der, ohne mit der Wimper zu zucken, ein Leben ausgelöscht und auch sie zu ermorden versucht hatte. Erst weit nach Mitternacht fand Isabelle in einen unruhigen Schlaf.

* * *

Am nächsten Morgen

Seit einer Viertelstunde stand Isabelle unter der Dusche, genoss das heiß auf ihre Schultern prasselnde Wasser und dachte über ihre weiteren Schritte nach. Anschließend machte sie sich auf den Weg in die Fußgängerzone, um endlich vernünftige Kleidung und vor allem Schuhe für die geschundenen Füße zu kaufen. Auch wenn sich der Hunger wieder deutlich bemerkbar machte, musste sie sich erst einmal um ihr Äußeres kümmern.

Ein Stück weit vom Hotel entfernt fand Isabelle ein Schuhgeschäft, opferte einen Teil ihres Budgets für ein Paar helle Sneakers und die dazu passenden Socken. Im Laden gegenüber erstand sie zwei günstige Shirts und einige Slips zum Wechseln. Nach einem Abstecher in den Drogeriemarkt und einem längeren Aufenthalt im Toilettenraum eines Fast-Food-Restaurants konnte sich Isabelle wieder ohne das Gefühl in der Öffentlichkeit bewegen, von den Blicken ihrer Mitmenschen herabgewürdigt zu werden.

Kurze Zeit später saß Isabelle im Bus auf dem Weg zu ihrer ersten Station. Für den Anfang wollte sie die Suche auf die größten Orte entlang der Route beschränken. Hatte sie dort keinen Erfolg, musste sie alle anderen Haltestellen nacheinander abklappern. Sie hoffte, dass es nicht so weit kommen würde.

Ihre Suche begann nicht besonders vielversprechend. Im ersten Ort gab es kein einziges Hotel, in dem *er* abgestiegen sein konnte. Isabelle ging die Straßen auf und ab und erkundigte sie sich bei Anwohnern und Passanten nach ihm, doch niemand wusste etwas von einem Mann, der ihrer Beschreibung entsprach.

Vier Stunden später kehrte sie schließlich unverrichteter Dinge nach Wolfratshausen zurück. Allerdings war sie nun froh, ihm nicht begegnet zu sein. Sie durfte nicht blindlings die Orte absuchen und ihm dabei zufällig in die Arme laufen. Nein, sie musste zuerst ihr Äußeres verändern.

Im Drogeriemarkt besorgte sich Isabelle eine neue Haarfarbe – der Ton trug die Bezeichnung ›dunkle Kastanie‹ –, etwas zusätzliches Make-up und eine modische Sonnenbrille, um das Gesamtbild abzurunden. Den restlichen Abend verbrachte sie damit, sich im winzigen Bad des Hotelzimmers ihre Haare zu schneiden und zu färben. Es dauerte eine ganze Weile, doch schließlich war sie mit dem Ergebnis zufrieden, auch wenn die Haare nun ein paar Zentimeter kürzer geraten waren als geplant.

Als sich Isabelle am späten Abend im Spiegel betrachtete, war sie sicher, dass *er* sie nicht wiedererkennen würde. Sie erkannte sich selbst kaum wieder. Vielleicht könnte er glauben, das Gesicht schon einmal irgendwo gesehen zu haben, doch der Groschen würde nicht fallen. Oder doch? »Nein, wird er nicht!«, sprach sie ihrem Spiegelbild Mut zu. »Für ihn bist du im See ertrunken.«

* * *

Am nächsten Tag
Seit dem frühen Morgen war Isabelle wieder auf den Beinen und hatte inzwischen die Suche im zweiten Ort auf ihrer Liste ergebnislos hinter sich gebracht. Eine ältere Dame hatte zwar geglaubt, jemanden zu kennen, auf den die Beschreibung passte, doch in Wirklichkeit hatte dieser Mann nicht viel mit Florents Mörder gemein. Außer vielleicht seine dunklen Haare und die schlanke Statur.

In Gedanken versunken schlenderte Isabelle durch den nächsten Ort. Plötzlich hielt sie inne. Sie sah ein zweites Mal hin. Sollte sie ihn wirklich gerade gefunden haben? Er saß allein an einem der Tische vor einem kleinen Café und schien die letzten Sonnenstrahlen des Tages zu genießen. Auch wenn er inzwischen andere Kleidung trug, die er wahrscheinlich von ihrem Geld gekauft hatte, bestand kein Zweifel. Er war es. Wie konnte dieser Mann so unbeschwert weiterleben, es sich gut gehen lassen, nachdem er – wie er denken musste – zwei Leben ausgelöscht hatte? Im Vorbeigehen sah Isabelle ihn an, doch er beachtete sie nicht, starrte auf die vollbusige Bedienung des Cafés, die soeben den Nachbartisch abwischte und ihm dabei einen ungehinderten Blick auf ihr Dekolleté ermöglichte. Isabelle setzte sich an einen der Tische schräg hinter ihm und winkte die Kellnerin mit einem Handzeichen herbei. Bei der Bestellung ihres Milchkaffees sprach Isabelle besonders leise, sodass *er* sie nicht hören konnte. Optisch hatte sie sich zwar verändert, doch ihre Stimme und den französischen Akzent würde er vielleicht wiedererkennen. Isabelle bezahlte sofort, als die Bedienung den Kaffee servierte, so konnte sie jederzeit aufbrechen, um ihm zu folgen.

Nach einer Viertelstunde, in der Isabelle nur gelegentlich an ihrem Kaffee nippte, zahlte der Mann schließlich, nahm seine Jacke von der Stuhllehne und ging. Isabelle wartete, bis er um die nächste Straßenecke verschwunden war, dann ging sie ihm nach. Etwa vierhundert Meter vom Café entfernt beobachtete sie, wie er ein Hotel betrat. Sie zögerte kurz, folgte ihm dann jedoch. Sie musste wissen, welches Zimmer ihm gehörte. Beim Durchqueren der Lobby nickte sie dem Portier zu, so selbstverständlich, als ob sie ebenfalls ein Zimmer in diesem Haus bewohnte.

Nun kam der heikle Teil. Der Mann war kurz zuvor im Treppenhaus verschwunden, einen Aufzug entdeckte sie nicht. Isabelle hörte Schritte auf der Steintreppe, dann eine Tür, die geöffnet wurde. Sie lief leise nach oben und erreichte den ersten Stock gerade in dem Moment, als die

Glastür zum Flur wieder zufiel. Sie wartete, bis sie hörte, wie in der Nähe ein Schlüssel ins Schloss gesteckt wurde, und öffnete vorsichtig die Tür, spähte in den halbdunklen Gang hinein. Zu ihrer Rechten verschwand ein Schatten in einem Zimmer, wenige Sekunden später ertönte das dumpfe Geräusch der zuschlagenden Tür. Isabelle ging auf Zehenspitzen weiter bis zur Stelle, wo *er* eben noch gestanden hatte, und betrachtete die Ziffern an der Zimmertür. ›119‹, das war alles, was sie im Moment wissen musste. Leise trat sie den Rückzug an und verließ das Hotel ungesehen.

Später am Abend, nach einem Zwischenstopp im Supermarkt, um sich etwas Proviant für den nächsten Tag zu kaufen, saß Isabelle auf der Bettkante in ihrem Zimmer. Das Telefon vom Nachttisch hatte sie auf den Schoß genommen und wählte die Nummer des Hotels, in dem er sich einquartiert hatte.

»Hotel zum Postillon, grüß Gott, was kann ich für Sie tun?«

»Guten Abend, mein Name ist I…« Isabelle verbesserte sich. »… Marie Demers.« Ihr war bewusst, dass sie ihren Akzent nicht verbergen konnte, sie versuchte es daher erst gar nicht. Sie hatte sich ein Wörterbuch gekauft und die letzte Stunde damit verbracht, sich die Fragen zurechtzulegen. »Ich möchte fragen, ob ihr Zimmer 119 frei ist. Wir haben dort die Flitterwochen verbracht. Sie verstehen? Mein Mann ist sehr romantisch …«

»Einen Moment, bitte. Ich sehe für Sie nach.«

Isabelle hörte das leise Klacken der Tastatur. Es dauerte nur wenige Sekunden, bis der Portier ihr genau die Antwort gab, mit der sie gerechnet hatte.

»Es tut mir leid, Frau Demers, dieses Zimmer ist leider zurzeit belegt. Wir haben aber noch andere Zimmer frei.«

»Mmh …« Isabelle tat, als würde sie überlegen. Dann setzte sie zur Frage an, die ihr hoffentlich die Information bringen sollte, die sie brauchte. »Nein, mein Mann möchte leider nur Zimmer 119. Wann ist es denn wieder frei? Es wäre uns sehr wichtig.«

Erneutes Klacken der Tastatur.

»Ich muss Sie enttäuschen. Dieses Zimmer kann ich Ihnen frühestens in zwei Wochen wieder anbieten. Und sie möchten wirklich kein anderes?« In seiner Stimme klang etwas Ungläubigkeit mit.

»Nein, wirklich nicht.« Isabelle gab sich enttäuscht. »Vielen Dank trotzdem, auf Wiederhören.«

»Dann vielleicht ein andermal, Frau Demers. Servus.«

Isabelle lächelte.

* * *

Von nun an fuhr sie jeden Vormittag mit dem Bus in den Ort, suchte sich dort ein ruhiges, geschütztes Fleckchen mit Blick auf den Hoteleingang und wartete. In einem kleinen Notizbuch notierte sie alles, was er tat: wann er das Hotel verließ, wohin er ging, mit wem er sich traf, wann er zurückkehrte. Sie suchte nach Regelmäßigkeiten in seinem Tagesablauf und versuchte herauszufinden, wo er das Geld versteckt haben könnte. Mittlerweile wusste sie auch, wer er war: Jonas Grunwald, ein gesuchter Mörder auf der Flucht. Auch wenn er sich offenbar überall als Tim Rothstein vorstellte, seinen Bart wachsen ließ und seine Haare im Gegensatz zum Foto in der Zeitung schwarz statt blond waren – Isabelle begleitete seine Veränderung, beobachtete, wie er sich täglich ein wenig mehr von diesem Foto unterschied.

Am fünften Tag hatte sie genug Informationen gesammelt, um einen Schritt weiterzugehen. Sie wollte unbedingt wissen, ob er ihr Geld in seinem Zimmer versteckte. Also verschaffte sie sich Zutritt zu seinem Hotelzimmer, während er, wie auch die Tage zuvor, zum Mittagessen an die ein paar Hundert Meter entfernte Imbissbude ging. Als das Zimmermädchen mit dem Zurechtmachen des Bettes beschäftigt war, schlich sich Isabelle herein und schloss sich unbemerkt im Bad ein. Die Frau klopfte wenig später zwar kurz an die Tür, zog sich aber entschuldigend zurück, nachdem Isabelle ihr ein betont unfreundliches »fünfzehn Minuten« zurief. Kaum war die Tür ins Schloss gefallen, begann Isabelle damit, das Zimmer zu durchsuchen. Sie sah unter die Matratze des französischen Doppelbettes, knautschte die Kissen zusammen, schaute in die Nachttische, Schränke, Lampenschirme, tastete die Unterseite des Schreibtisches und der Schubladen ab, prüfte die Nähte der Matratze. Nichts. Sie ging zurück ins Bad, hob die Abdeckung des Spülkastens an, schaute in den Spiegelschrank, sprang ein paar Mal hoch, um zu sehen, ob etwas darauf lag, doch von ihrem Geld fehlte jede Spur. Wahrscheinlich hatte er es direkt bei seiner Ankunft irgendwo außerhalb des Hotels versteckt, bevor sie ihn gefunden hatte. Oder … es lag tatsächlich noch auf dem Grund des Sees. Isabelle war nicht sicher, welche der Möglichkeiten ihr weniger Sorgen bereiten sollte.

Leise verließ sie Jonas' Hotelzimmer und schlich an der geöffneten Tür des Raums vorbei, in dem das Zimmermädchen gerade mit Saubermachen beschäftigt war. Irgendwann brauchte er Geld und war gezwungen, zu seinem Versteck zu gehen. Dann würde Isabelle sich zurückholen, was ihr gehörte. Bis dahin musste sie sich in Geduld üben, auch wenn das nicht zu ihren Tugenden zählte.

* * *

Die folgenden Tage und Wochen geschah nicht viel, Isabelle kam ihrem Ziel keinen Schritt näher. Jonas Grunwald begann, sich in die Ortsgemeinschaft einzufügen, traf sich an vielen Abenden mit anderen Männern zum Billardspiel in einer verrauchten Kneipe im Ortszentrum. Er schien nicht im Geringsten beunruhigt zu sein, dass ihn jemand erkennen könnte. Zudem machte es nicht den Anschein, als drohte ihm, das Geld auszugehen.

Isabelles größte Sorge hingegen war finanzieller Natur. Das Geld des Rentners war bereits nach drei Tagen aufgebraucht gewesen, und sie traute sich nicht, denselben Trick noch einmal anzuwenden. Stattdessen versuchte sie es auf andere Art. Vor dem Supermarkt wartete sie auf ältere Damen, die aussahen, als hätten sie Mühe mit ihren Einkaufstaschen. Isabelle bot ihre Hilfe an und trug ihnen die Lebensmittel nach Hause, brachte die Tüten bis in die Küche, um sich dann unauffällig etwas aus dem Geldbeutel zu nehmen, den die Seniorinnen meist achtlos auf den Küchentisch oder die Kommode im Flur legten. Sie nahm gerade so viel, dass es – so hoffte sie – nicht auffiel, genug, um ein bis zwei Tage über die Runden zu kommen. Der Plan funktionierte nicht bei jedem Versuch. Einige Damen behielten ihr Geld auch in der Wohnung bei sich, sodass Isabelle keine Möglichkeit bekam, sich zu bedienen.

Die alte Frau Steiglhuber war besonders vertrauensselig und freundlich. Beim ersten Mal hatte sie Isabelle freudig die Einkaufstaschen überreicht und auf dem gesamten Weg geredet ohne Unterbrechung. Sie hatte von ihrem einzigen Sohn erzählt, der nach Amerika ausgewandert war, und von anderen Dingen, von denen Isabelle nur einen Teil verstanden hatte. Die Einundachtzigjährige wohnte im zweiten Stock eines Mehrfamilienhauses ohne Aufzug. Ihr Mann war bereits vor einigen Jahren verstorben, und offenbar hatte sie niemanden, der ihr die Einkäufe abnahm. Regelmäßig quälte sie sich schwer bepackt die achtunddreißig Stufen hinauf. Für ihre Hilfe hatte sie Isabelle einen Zehneuroschein in die Hand gedrückt und ihr so herzlich gedankt, dass Isabelle der alten Dame, die sie ein wenig an ihre eigene Großmutter erinnerte, kein Geld stehlen konnte.

Inzwischen traf sie Frau Steiglhuber häufiger, die alte Frau hatte Vertrauen zu ihr geschöpft, obwohl die Verständigung nicht immer einfach war. Meist besuchte Isabelle sie abends, wenn sie von ihrer Überwachungsmission zurückkehrte. Dann saßen die beiden zusammen am Küchentisch und spielten Karten oder unterhielten sich. Isabelle nutzte die Zeit bei Theresia Steiglhuber – die darauf bestanden hatte, von ihr Resi genannt zu werden – ihr Deutsch zu verbessern, hörte dabei mehr zu, als dass sie selbst etwas von sich preisgab. Sie mochte die alte Dame und war sogar ein wenig traurig darüber, dass sie ihr niemals die Wahrheit über sich und ihren Aufenthalt erzählen, nicht einmal ihren richtigen Namen nennen konnte. Aus der lebensfrohen blonden Isabelle Savoie war innerhalb kürzester Zeit die dunkelhaarige Marie Demers geworden, Diebin und Hochstaplerin. Es war erschreckend, wie leicht es der Gedanke an *ihn* machte, diese Rolle zu spielen.

Auch wenn Isabelle bei der Verabschiedung von Resi regelmäßig einen Zehner zugesteckt bekam, musste sie weiterhin stehlen, um ihre Kosten für Hotel, Lebensmittel und Bustickets zu decken. Und das wurde von Tag zu Tag gefährlicher, je mehr Senioren sie bereits um ein paar Scheine erleichtert hatte. Falls einer von ihnen den Diebstahl trotz aller Vorsicht bemerken sollte und die Polizei informierte, konnte dies das Ende des gesamten Plans bedeuten. Sie brauchte dringend einen Platz, wo sie kostenfrei übernachten durfte.

Am nächsten Abend, nach einem weiteren Tag ohne besondere Vorkommnisse während der Überwachung, kaufte Isabelle Zwiebeln und ein billiges Küchenmesser. Sie hatte eine Idee. Im Hotelzimmer angekommen, packte sie all ihre Sachen in eine Tasche, schnitt die Knollen in mehrere Teile und hielt sich die Schnittflächen unter Nase und Augen, bis diese anfingen zu tränen und zu brennen. Beim Blick in den Spiegel war Isabelle nicht zufrieden. *Das reicht noch nicht,* stellte sie fest, zerdrückte ein größeres Stück Zwiebel und atmete die Dämpfe tief ein. Eilig wusch sie sich die Hände mit parfümierter Handseife, um den Zwiebelgeruch loszuwerden, und rieb sich anschließend mit den seifigen Fingern über die Augen. Am liebsten hätte sie laut aufgeschrien, so sehr brannte es, doch sie zwang sich weiterzumachen. Es musste echt wirken.

Isabelle konnte kaum noch etwas sehen. Tränen liefen ihr unentwegt über das Gesicht und ihre Augen brannten, als stünden sie in Flammen. Schnell lief Isabelle hinunter in die Lobby, ging zügig zum Tresen, legte wortlos den Zimmerschlüssel dort ab und verließ das Hotel. Auf dem Weg zu Resis Wohnung wäre sie beinahe von einem Auto angefahren worden, als sie bei Rot über die Ampel lief. Gerade noch rechtzeitig hielt der Wagen mit quietschenden Reifen, und der Fahrer brüllte ihr etwas hinterher, doch Isabelle hörte nicht hin. Sie rannte weiter, kam schließlich völlig außer Atem bei Resi an, verstrubbelte ihre Haare und klingelte.

»Du meine Güte, Kind! Wie siehst du denn aus?« Resi hielt erschrocken die Hand vor den Mund. Sie war adrett gekleidet wie immer, die weißen Haare zu einem Dutt gedreht.

Isabelle schluchzte, blinzelte mit den Augen, um ein paar weitere Tränen herauszudrücken. »Mein Freund hat mich rausgeworfen«, flüsterte sie. »Wir haben gestritten …« Diese Lüge sollte gleich zwei Probleme auf einmal lösen. Isabelle hatte Resi erzählt, dass sie vor einiger Zeit mit ihrem deutschen Freund zusammengezogen und deshalb nach Deutschland gekommen war, sich wegen seiner häufigen Spätschichten jedoch abends zunehmend einsam fühlte. Die alte Dame hatte in den letzten Tagen bereits mehrfach gefragt, ob sie den jungen Mann nicht auch einmal kennenlernen durfte. Das Thema hatte sich nun zum Glück erübrigt. Jetzt hoffte Isabelle, dass sie Resi richtig einschätzte. Es fiel ihr nicht besonders schwer, wie auf Kommando echte Tränen zu vergießen, sie musste nur an ihren Mann denken, an das steigende

Wasser und ihre Hilflosigkeit, an die letzten Momente seines Lebens.

Resi nahm sie in den Arm und strich ihr mitfühlend über den Rücken. »Oh, du armes Ding. Das tut mir leid.«

Isabelle stieg der blumige Geruch des Parfums in die Nase, der ihr inzwischen so vertraut war. Für eine Weile standen die beiden im Hausflur und schwiegen. Resi unterbrach schließlich als Erste die Stille.

»Komm erst mal rein, Liebes. Ich mache dir jetzt einen schönen heißen Tee und dann erzählst du mir alles, ja?«

Isabelle nickte stumm.

Es war nicht schwierig, Resi von der Geschichte zu überzeugen. Geduldig hörte die alte Dame zu und schüttelte immer wieder den Kopf. Isabelle schloss ihre Erzählungen mit einem weiteren Tränenausbruch. »Und für ihn habe ich meinen Beruf als Lehrerin aufgegeben. Wo soll ich denn jetzt hin? Ich kann doch nicht einfach wieder nach Hause.«

Resi reichte ihr ein Taschentuch. »Wenn du möchtest, kannst du für ein paar Tage bei mir übernachten, Marie. Vielleicht renkt sich ja alles wieder ein.«

Isabelle schnäuzte sich geräuschvoll und tat freudig überrascht. »Wirklich?«

»Natürlich.« Resi nickte lächelnd. »Du müsstest allerdings auf dem Sofa schlafen.«

»Danke!« Isabelle drückte Resi an sich und gab ihr einen Kuss auf die Wange. »Das ist furchtbar lieb von dir.«

* * *

Bereits nach den ersten Tagen zeigte sich, dass Resis Angebot nicht vollkommen uneigennützig gewesen war. Isabelle erledigte kleinere Arbeiten im Haushalt, räumte die Spülmaschine aus oder half beim Kochen. Sie ließ es sich aber nicht nehmen, jeden Vormittag die Wohnung zu verlassen und erst am späten Abend zurückzukehren.

»Sonst fällt mir die Decke auf den Kopf«, erklärte sie, und Resi gab sich damit zufrieden. Offensichtlich war sie einfach dankbar, jemanden zu haben, mit dem sie abends reden, dem sie von ihrer Familie und ihrer Vergangenheit erzählen konnte.

Auch Isabelle war froh, nicht jeden Abend allein in einem Hotelzimmer zu sitzen, ihren düsteren Gedanken und der Trauer um ihren Mann nachzuhängen. Gleichzeitig bedeutete das Zusammenleben mit der alten Frau ein vorläufiges Ende der finanziellen Probleme. Ihre täglichen Busfahrten konnte Isabelle von den paar Euro bezahlen, die sie noch besaß oder abzweigte, wenn sie für Resi einkaufen ging. Der Geldbeutel war stets gut genug gefüllt, dass ein fehlender Schein nicht weiter auffiel. Trotz allem war sie sehr darum bemüht, nicht den Anschein zu erwecken, als wollte sie die Gutmütigkeit der alten Dame ausnutzen. An manchen Tagen hörte sie Resi geduldig zu, bis diese endlich so müde war, dass sie ins Bett ging. Isabelle heuchelte Interesse an den sich mit der Zeit wiederholenden Geschichten, obwohl sie sich in diesen Momenten ganz weit weg wünschte.

* * *

Drei Wochen später

Der Tag hatte begonnen wie viele andere: eine morgendliche Busfahrt und stundenlanges Warten vor dem Hotel, das der angebliche Tim Rothstein erst zum Mittagessen verließ. Isabelle begann, sich zu fragen, ob sich der ganze Aufwand überhaupt lohnte. Sie hatte noch immer keinen Hinweis darauf, ob er ihr Geld hatte, und wenn, wo er es versteckt hielt. Ihr Zorn war während der ganzen Zeit nicht weniger geworden, im Gegenteil. Vielleicht war es irgendwann an der Zeit, ihm einfach ein Messer in den Rücken zu rammen, ihn auf der Straße elendig verrecken zu lassen. Sie würde der Welt einen echten Gefallen tun.

Als Jonas Grunwald am Nachmittag vom Hotel in Richtung seines Stammcafés aufbrach, kam er Isabelle irgendwie verändert vor. Sein Bart wirkte gepflegter, die Haare gestylt, die Kleidung weniger lässig als sonst. Ungläubig beobachtete Isabelle, wie er sich im Café mit einer jungen Frau traf. So, wie sich beide begrüßten, sahen sie sich zum ersten Mal. *Er hat ein Date?* Isabelle überlegte, ob sie irgendeinen Hinweis darauf übersehen hatte, doch ihr fiel nichts ein. Es gab nur zwei Orte, an denen sie ihn nicht beobachten konnte: die Kneipe, in der er fast jeden Abend auf ein Bier vorbeischaute, und sein Hotelzimmer. Seit ein paar Tagen war Jonas Grunwald in Besitz eines Laptops, also konnte er sicherlich auf das Internet zugreifen, und das machte alles sehr viel schwieriger.

Das Date schien etwas zäh zu verlaufen und dauerte nicht besonders lange. Die junge Frau, mit der er sich traf, wirkte schüchtern, sah während der Unterhaltung immer wieder verlegen auf ihre Hände und sprach, im Gegensatz zu ihm, mit leiser Stimme. Isabell entschied, die Unbekannte eine Weile zu beobachten. Das arme Ding ahnte nicht, mit welchem Monster sie sich dort einließ und in welche Gefahr sie sich begab. Isabelle musste sie warnen. Aber wie? *Ich kann nicht riskieren, dass er verschwindet, und sie würde mir sowieso nicht glauben. Ich würde mir ja selbst nicht glauben.* Isabelle entschied, vorerst nur abzuwarten. Vielleicht löste sich das Problem von ganz allein.

* * *

In den ersten Tagen nach dem Date war alles wie immer gewesen. Jonas Grunwald war seinem gewohnten Tagesablauf gefolgt und Isabelle hatte gewartet, beobachtet und sich Notizen gemacht.

Es war bereits kurz nach halb zwei, als er an diesem Mittag das Hotel verließ und sich auf den Weg zum Imbiss machte. Isabelle notierte die Uhrzeit, kramte eine überbackene Laugenstange aus dem Leinenbeutel und biss hinein. Plötzlich stutzte sie. Er hatte ein Paket in der Hand. *Was soll das denn jetzt werden?* Eilig steckte sie ihr Mittagessen zurück in den Beutel und schlich ihm nach.

Isabelle wurde unruhig. Jonas Grunwald steuerte die Haltestelle im Ortszentrum an und bestieg kurz darauf den Bus nach Wolfratshausen. *Oh nein!* Hatte er etwa vor zu verschwinden? Sie versuchte, sich zu beruhigen. Er wollte sicher nur etwas verschicken, und hier im Ort gab es keine Postfiliale, ganz bestimmt war das der Grund. Außerdem hatte er weder Gepäck noch den Laptop bei sich. Sie musste also nur warten, bis er am Nachmittag zurückkam.

Aber er kam nicht. Am frühen Abend blieb Isabelle nichts anderes übrig, als mit einem flauen Gefühl in der Magengegend zurückzufahren, um nicht bis zum nächsten Morgen hier im Ort festzusitzen.

Es wurde eine unruhige Nacht. Isabelle träumte davon, dass Jonas Grunwald ihr lachend gegenüberstand, beide Hände voller Fünfhunderteuroscheine. Er lachte sie aus, warf die Scheine in die Luft und sah zu, wie sie panisch umherlaufend versuchte, das Geld aufzufangen, und kläglich scheiterte. Schweißgebadet und noch immer sein höhnisches Lachen in den Ohren, schreckte Isabelle schon vor Sonnenaufgang aus dem Schlaf und fand danach keine Ruhe mehr. Leise, um Resi nicht zu wecken, zog sie sich an und schlich aus der Wohnung.

Sechs Stunden musste Isabelle vor dem Hotel warten, dann endlich löste sich ihre Nervosität. Jonas Grunwald war noch hier.

* * *

Einige Tage später

Isabelle streckte sich und gähnte. Sie hatte einen langen, ereignislosen Tag hinter sich, und nun war es Zeit aufzubrechen, in zwanzig Minuten fuhr der letzte Bus nach

Wolfratshausen. Gerade wollte sie sich auf den Weg machen, da verließ Jonas Grunwald das Hotel, schicker gekleidet als sonst. Das konnte nur eines bedeuten: Er war verabredet. Isabelle sah auf die Uhr. Wenn sie ihm jetzt folgte, musste sie für den Heimweg ein Taxi nehmen. Sie warf einen Blick ins Portemonnaie, zögerte kurz, dann ging sie ihm hinterher.

Nach seinem Date mit der jungen Frau hatte es tatsächlich den Anschein gehabt, als würde das erste Treffen zwischen den beiden auch das einzige bleiben. Ein Irrtum. Dort stand sie, und ihr Outfit spiegelte ganz deutlich ihr Interesse an diesem Mann wider. Isabelle musste etwas tun. Das Herz schlug ihr bis zum Hals, als sie das Restaurant betrat, doch sie versuchte, ihre Anspannung zu verbergen. Es war an der Zeit, seine Aufmerksamkeit zu gewinnen, zu prüfen, ob er sie erkannte, und ganz nebenbei diese Frau zu retten.

* * *

Seine Reaktion war himmlisch gewesen. Der irritierte Gesichtsausdruck, als sie ihm zugezwinkert hatte, und die noch größere Verwunderung über das spendierte Glas Rotwein. Isabelle musste jetzt, Tage später, immer noch schadenfroh lachen, wenn sie daran dachte, wie Jonas Grunwalds Begleitung die Fassung verloren und ihm den Wein über das Hemd geschüttet hatte.

Und doch war der erwünschte Erfolg ausgeblieben. Das rotblonde Dummchen hatte sich tatsächlich von ihm einlullen lassen und sich nicht nur auf ein weiteres Date mit ihm eingelassen, sondern ihn über Nacht mit zu sich nach Hause genommen.

Wenn es nach Isabelle ging, sollte es das letzte Mal gewesen sein, dass er seinen Spaß auf Kosten anderer hatte. Bei ihren Beobachtungen hatte sie eine Entdeckung gemacht, die gleichermaßen seltsam und für ihre Zwecke ideal zu sein schien. Jonas Grunwald war im Begriff, einen

Kellerraum in einem verlassenen Bauernhaus außerhalb des Orts herzurichten. Erst gestern Morgen hatte er schwere Eisenhaken in die Wand zementiert, die – daran hatte Isabelle keine Zweifel – nicht für harmlose Fesselspiele gedacht waren.

Nachdem sie erst spät in der Nacht wieder in der Wohnung angekommen war, hatte Isabelle nur Zeit für ein kurzes Nickerchen gehabt. Frühmorgens um halb sechs musste sie bereits wieder aufstehen, damit sie eine Stunde später fertig gestylt in den ersten Bus steigen konnte.

Es war kurz nach sieben, als Isabelle an die Tür von Zimmer 119 klopfte. Sie wartete einen Moment, um ihm etwas Zeit zu geben, dann klopfte sie erneut, diesmal kräftiger.

Sein Gesichtsausdruck, als er die Tür öffnete und Isabelle gegenüberstand, war unbezahlbar. Sie konnte geradezu seine Gedanken lesen, ein unausgesprochenes »Wow!« deutete sich auf seinen Lippen an. Und es war gerechtfertigt, fand sie. Ihr Make-up fiel an diesem Morgen ein wenig intensiver aus als sonst, das hautenge dunkelblaue Kleid hatte sie am gestrigen Abend extra für diesen Anlass gekauft, dazu eine Flasche Sekt und zwei billige Sektgläser. Keinen Moment lang hatte Isabelle daran gedacht, dass er sie abweisen könnte, und sie behielt recht. Er unternahm nicht einmal den Versuch, sie am Betreten des Zimmers zu hindern, ließ die keinesfalls zufällige Berührung ihrer Körper gern zu. *Du elender Drecksack!*

Isabelle öffnete die Sektflasche und füllte die Gläser. Unbemerkt zog sie ein kleines Fläschchen aus ihrem BH und träufelte so viel Flüssigkeit, wie in der Eile möglich war, in eines davon. Sie ließ die K.-o.-Tropfen wieder in ihrem Ausschnitt verschwinden und reichte Jonas das Glas. Es geschah ihm nur recht, mit seinem eigenen Gift außer Gefecht gesetzt zu werden. Vor einigen Tagen, während einer erneut erfolglosen Suche nach ihrem Geld, hatte Isabelle das Fläschchen zwischen seinen Sachen gefunden und sofort geahnt, was sie dort in den Händen hielt. Gewissheit hatte jedoch erst ein heimlicher Test mit einigen Tropfen im allabendlichen Tee der alten Frau Steiglhuber gebracht.

Während sie beide von ihrem Sekt tranken, schenkte Isabelle Jonas einen intensiven Blick, forderte ihn ohne Worte auf, ihr näherzukommen.

Er reagierte genau wie erwartet, legte sanft seine Hand an ihre Wange – eine Berührung, bei der Isabelle einen Würgereiz unterdrücken musste – und wollte sie küssen. Doch sie entzog sich und raunte ihm zu: »Nicht hier.« Dann drehte sie sich um und verließ das Zimmer, ging langsam den Flur entlang, in dem Wissen, dass er ihr folgen würde. Kurz darauf hörte sie seine Schritte hinter sich und beschleunigte ihren Gang. Im Erdgeschoss holte er sie vor dem Hinterausgang ein, stolperte neben ihr die Außentreppe hinunter. Isabelle unterdrückte ein Lachen. Die Tropfen zeigten erste Wirkung.

Jonas legte seinen Arm um sie, wollte wissen, wie sie hieß. Mit einem unterkühlten »Marie« löste sie sich aus seiner Umarmung, zog die High Heels aus, deren Absätze sich immer wieder in die Wiese bohrten, und ging zügig zur Landstraße. Sie wollte ihn schnell zum Haus führen, ehe er durch die Wirkung der Tropfen ohnmächtig auf der Erde lag und sie ihn den Rest des Weges über die Straße schleifen musste. Zu anstrengend, zu auffällig.

Kurz bevor sie den verlassenen Hof erreichten, wurden seine Schritte unkoordinierter, er ging langsamer, fasste sich an den Kopf und sank zu Boden. Isabelle seufzte. »Ein paar Meter hättest du schon noch laufen können«, raunte sie vorwurfsvoll, packte ihn an den Armen und zog ihn über die staubige Straße, Stück für Stück bis zum Hauseingang, dann durch den Flur zur ehemaligen Kellertreppe.

»Verdammt, bist du schwer!« Keuchend setzte sie sich auf den Boden. Der schwierigste Teil war geschafft, jetzt musste sie den schlaffen Körper nur noch in den Keller verfrachten, dann hatte sie alle Zeit der Welt.

Teil 4

Etwas später

Das Erste, das Jonas beim Aufwachen spürte, war ein pochender Schmerz im rechten Fuß. Es roch nach kalter, feuchter Kellerluft. Jonas schlug die Augen auf. Dunkelheit.

»Guten Morgen, Sonnenschein. Gut geschlafen?«, erkundigte sich eine weibliche Stimme aus dem Nichts. Eine Taschenlampe leuchtete auf, der Lichtstrahl wanderte zu ihm herüber, strahlte ihm direkt ins Gesicht und blendete ihn.

»He, was soll das?« Jonas wollte seine Augen abschirmen, doch etwas hielt seine Arme zurück. Er spürte kaltes Metall um seine Handgelenke und versuchte energisch, sich loszureißen. Ohne Erfolg. »Wer ist da? Was ist hier los?«, fragte er mit rauer Stimme, begleitet vom metallischen Rasseln der Handfesseln. Jonas konnte sich nicht erklären, wie er in diese Situation gelangt war. In seiner Erinnerung klaffte eine Lücke und nur in kleinen Fetzen flackerten Bilder in seinem Kopf auf. Das Hotelzimmer, Christines nackter Körper auf dem Handybildschirm, der Geruch eines Parfums, ein Gesicht. *Ihr* Gesicht.

»Hallo? Wer ist da?«, rief er noch einmal. »Machen Sie mich los!«

Der Lichtstrahl huschte über den Boden, strahlte dann die Person an, die die Taschenlampe hielt. »Erkennst du mich nicht?«, fragte die Unbekannte und grinste breit. Die harten Schatten verliehen ihrer Miene etwas Unheimliches.

Jonas überlegte. Natürlich erkannte er die Frau aus dem Restaurant, und das musste sie eigentlich wissen. Wieso stellte sie solch eine unsinnige Frage? Und was war das für ein Akzent? Jonas' Kopf schmerzte. Es fiel ihm schwer, konzentriert nachzudenken, doch er bemühte sich, die Puzzleteile zu einem Bild zusammenzufügen, das Sinn ergab.

»Ich muss dir wohl auf die Sprünge helfen.« Ihre Gesichtszüge versteinerten von einem Moment auf den anderen, sie trat zwei Schritte näher und sah ihm direkt in die Augen. »Du verfluchtes Arschloch! Erinnerst dich nicht einmal an die Menschen, die du umgebracht hast!«

Umgebracht? Was zum Teufel meint diese Irre? Sie hat ein bisschen Ähnlichkeit mit … Und der Akzent, das ist … Nein, das kann nicht sein, das ist vollkommen unmöglich!

Sie musste seine Gedanken erahnen, denn auf ihrem Gesicht breitete sich ein Grinsen aus. »Ganz recht, du Mistkerl.«

»A-aber das … wie …?« Jonas stotterte, konnte seine Überraschung nicht verbergen.

Sie zuckte mit den Schultern, antwortete nicht, sondern fragte mit leiser, aber fester Stimme: »Wo hast du mein Geld? Ich will es wiederhaben!«

Er verstand nicht, was sie von ihm wollte, zweifelte noch immer daran, dass sie wirklich die sein konnte, für die sie sich ausgab. Die Französin lag gemeinsam mit ihrem Mann am Grund des Schluchsees, das hier war eine Schwindlerin, ganz sicher. Sie hatte ihn beobachtet und versuchte nun, Profit aus der Situation zu schlagen. So musste es sein.

»Wo – ist – mein – Geld?« Sie gab ihm eine kräftige Ohrfeige. »Ich will nicht noch einmal fragen, okay?«

»Ich weiß nicht, wovon Sie sprechen!«, schrie Jonas sie wütend an, wohl wissend, dass er sich in seiner Lage Wut nicht leisten konnte.

»Lügner!« Sie holte zu einem erneuten Schlag aus, bremste sich jedoch und atmete tief durch. »Du wirst mir sagen, wo es ist. Verlass dich drauf.« Mit diesen Worten drehte sie sich um und verließ den Raum.

* * *

Isabelle stützte sich auf der Werkbank im Vorraum ab und fluchte leise. Es bestand die realistische Möglichkeit, dass Jonas Grunwald die Wahrheit sagte und keine Ahnung von der Existenz des Geldes hatte. Doch das änderte nicht viel. Er sollte leiden.

Sie griff nach dem Cuttermesser, nickte entschlossen und ging durch die provisorischen Schallschutzvorhänge zurück in den Raum. Jonas Grunwald hatte sich sichtlich Mühe gegeben, diesen Ort zurechtzumachen. Isabelle konnte nur raten, für wen er solchen Aufwand betrieben hatte, aber es spielte auch keine Rolle mehr. Nun kam er selbst in den Genuss der kaltfeuchten, von der Außenwelt abgeschotteten Unterkunft.

Isabelle leuchtete zu ihm hinüber, warf einen Blick auf die Handschellen und die Eisenhaken. *Gute Arbeit, Monsieur Grunwald.* Er blinzelte und drehte den Kopf zur Seite, als der Lichtstrahl sein Gesicht traf.

»Hören Sie, wer immer Sie auch sind, ich habe Schmerzen. Ich brauche einen Arzt.« Er musste wissen, dass diese Bitte völlig aussichtslos war, und fügte schnell hinzu: »Oder wenigstens etwas gegen die Schmerzen.«

Isabelle beleuchtete das geschwollene Fußgelenk. Sie hatte sich ein wenig überschätzt, als sie das Seil um seinen Körper geschlungen und ihn Stück für Stück die Kelleröffnung hinuntergelassen hatte. Jonas Grunwald war einfach zu schwer, also war er den letzten Meter nicht sanft in die Tiefe geglitten, sondern etwas härter als geplant auf dem Boden aufgekommen. *Na, und wenn schon.* Sie zuckte beim Gedanken daran mit den Schultern. Ein verstauchter Knöchel war jetzt sein geringstes Problem.

Als sie nahe genug an ihn herangetreten war, ließ sie das Licht der Taschenlampe kurz zu ihrer Hand schweifen, verharrte gerade so lange, dass er das Messer sehen konnte, und schob die Klinge ein paar Millimeter heraus.

»Tun Sie das nicht!«, flehte er. Von der überheblichen Selbstsicherheit war nichts mehr in seiner Stimme zu hören.

Isabelle setzte mit zitternder Hand das Messer am Brustkorb an. *Das ist für Florent, du verfluchter Bastard!* Seine Schmerzensschreie ließen ihr einen Schauer über den Rücken laufen. Dieses Gefühl war wie eine Erlösung.

* * *

Jonas' Brust brannte, als hätte sich eine Horde Feuerameisen durch seine Haut gefressen. Kleine warme Rinnsale liefen über seinen nackten Oberkörper, einzelne Tropfen fielen auf seine Jeans. Er hatte dem Miststück nicht zugetraut, dass sie ernst machen würde, eine grobe Fehleinschätzung. Die Schnitte waren nicht so tief, dass er befürchten musste zu verbluten, aber tief genug, um Schmerzen zu verursachen, die ihn sogar kurzzeitig in die Ohnmacht getrieben hatten.

Nach einer schier endlosen Quälerei hatte sie schließlich von ihm abgelassen und war ohne ein weiteres Wort gegangen. Entkräftet ließ sich Jonas in seinen Fesseln hängen. Für einen Moment wünschte er sich, sie würde es einfach zu Ende bringen. Kurz und vor allem schmerzlos.

Jonas erwachte aus einem leichten Dämmerschlaf. Er wusste nicht, wie lange er bereits wieder allein war, das Zeitgefühl hatte ihn längst im Stich gelassen. Aus dem Nebenraum waren leise Geräusche zu hören. Jonas' Atem ging schneller. Es war noch nicht vorbei, das hatte ihm diese Irre sehr deutlich mitgeteilt. Mit steigender Beunruhigung sah er in die Dunkelheit, dorthin, wo der Durchgang war, und wartete auf seine Peinigerin.

Die Geräusche verstummten. Kurz darauf wurden die Vorhänge etwas zur Seite geschoben und Jonas wandte den Kopf vom hellen Licht der Taschenlampe ab. Er hörte die näher kommenden Schritte, biss die Zähne zusammen und wartete auf den süßlichen Duft ihres Parfums, das die Folter begleiten würde.

»Du meine Güte!«

Jonas zuckte zusammen. War das gerade eine männliche Stimme gewesen oder spielte ihm seine Wahrnehmung einen Streich? Er sah blinzelnd in das Licht und versuchte, eine Person in der dunklen Silhouette zu erkennen. »Helfen Sie mir, bitte!«, flehte er matt.

Der Mann ließ den Lichtstrahl über Jonas' Körper streifen und stieß einen leisen Pfiff durch die Zähne aus. »Sie hat es ja ganz schön erwischt«, sagte er mit einem Unterton, der verriet, dass er grinste. »Ich sollte wohl lieber die Polizei rufen. Und einen Krankenwagen natürlich.«

Polizei? Verflucht! »Könnten Sie mich zuerst von den Handschellen befreien?«, bat er.

Der Mann antwortete nicht sofort, er stand regungslos da, ließ den Lichtstrahl auf Jonas' Gesicht ruhen.

»Wieso sollte ich das tun? Nennen Sie mir einen vernünftigen Grund«, entgegnete der Fremde trocken und fügte in einem vielsagenden Ton hinzu: »Herr Grunwald.«

»Wie bitte?« Jonas bemühte sich, ruhig zu bleiben. »Sie verwechseln mich. Mein Name ist Rothstein. Tim Rothstein.«

»Aber natürlich.« Der Mann lachte lauthals. »Und wahrscheinlich ist Ihre Situation das Ergebnis eines aus dem Ufer gelaufenen Sadomaso Spielchens, nicht wahr?«

»Sie finden das witzig? Hören Sie! Ich bin das Opfer einer vollkommen durchgeknallten Irren und ganz bestimmt nicht freiwillig hier.«

»Herr Grunwald, Herr Grunwald …«

»Rothstein!«

»Meinetwegen. Herr Rothstein, Herr Rothstein. Ich denke, Sie sind sich Ihrer Lage noch nicht vollends bewusst, aber ich wiederhole es gern noch einmal für Sie:

Nennen Sie mir einen triftigen Grund, nur einen einzigen, weshalb ich Sie befreien sollte.«

Was zum Teufel …? Jonas versuchte, das Verhalten des Mannes einzuordnen. Hatte ihn diese Irre geschickt? Er wusste in jedem Fall mehr, als Jonas lieb sein konnte. »Wer sind Sie?«, fragte er vorsichtig.

»Das tut nichts zur Sache. Möchten Sie wirklich weiter Spielchen mit mir treiben?« Er leuchtete zum Ausgang hinüber. »Oder möchten Sie vielleicht doch lieber hier raus?«

»Ich weiß nicht, was Sie meinen«, gab sich Jonas ahnungslos. »Ich habe Ihnen doch schon gesagt …«

Der Mann unterbrach ihn: »In Ordnung. Sie haben es nicht anders gewollt.« Er ging zum Durchgang und schob die Vorhänge etwas zur Seite.

»Warten Sie!«

Jonas seufzte. »Also schön, Sie haben recht. Ich bin Jonas Grunwald.«

»Ach, wirklich …« Der Fremde kam zurück und blieb einen Schritt entfernt stehen. »Das ist noch kein Grund, Sie zu befreien.«

»Was wollen Sie denn von mir?«

Der Mann schwieg einen Augenblick. »Für den Anfang wäre die Wahrheit nicht schlecht. Wieso haben Sie es getan?«

»Was getan?«

»Stellen Sie sich nicht dumm, verdammt!«, fuhr der Fremde ihn so unvermittelt an, dass er zusammenzuckte. »Und vor allem: Halten Sie *mich* nicht für dumm.«

»Sie verstehen das nicht.« Jonas' Stimme zitterte, als er weitersprach: »Es ging nicht anders, ich wollte das so nicht. Sie hatten mich gesehen, da war ich dazu gezwungen.«

»Eigentlich meinte ich weniger das versenkte Auto, das übrigens in der Zwischenzeit von der Polizei gefunden wurde, falls es Sie interessiert. Vielmehr dachte ich an Ihre Frau.«

Jonas' Blick wurde starr, dann verengten sich seine Augen. »Sie gehört mir«, sagte er knapp.

Der Fremde klopfte ihm auf die Schulter. »Sehen Sie, Herr Grunwald? Wir kommen der Sache näher.«

Jonas hörte das Geräusch eines Schraubverschlusses, dann ein Zischen. Der Fremde hielt ihm eine Wasserflasche an den Mund. »Hier, bitte sehr. Ich möchte ja nicht, dass Sie verdursten«, sagte er.

Gierig trank Jonas das kühle Wasser.

»Ach, übrigens«, setzte der Fremde erneut an und schraubte die Flasche wieder zu. »Wenn wir uns das nächste Mal sehen, sollten Sie nicht so viel Zeit damit vergeuden, mich anzulügen.« Er drehte sich um. »Sie sollten Ihrer französischen Freundin vielleicht geben, was sie möchte. Es wäre doch schade, wenn Sie vor unserem Wiedersehen versterben, oder?« Gemächlichen Schrittes ging er zum Ausgang und verschwand durch den Vorhang, noch bevor sich Jonas von der Bedeutung der Worte erholt hatte.

»Das können Sie nicht machen!«, schrie er dem Fremden nach. »Holen Sie mich hier raus! Hallo? Kommen Sie zurück!« Doch es kam keine Reaktion. Er war wieder allein. Allein in der Dunkelheit.

* * *

Lukas Bender steuerte den dunkelblauen Phaeton über die nächtliche Landstraße. Ein langer, aber überaus erfolgreicher Tag neigte sich dem Ende zu. Beim Gespräch mit Juliane Behring am kommenden Vormittag würde es einiges zu berichten geben.

Wieder einmal hatten sich Lukas' gute Kontakte bezahlt gemacht. In den letzten achtzehn Jahren, die er bereits als privater Ermittler arbeitete, hatte er sich ein umfangreiches Netzwerk von Informanten aufbauen können, das sich inzwischen über ganz Deutschland erstreckte und ihm Möglichkeiten eröffnete, die selbst die Polizei nicht besaß. Natürlich bewegte er sich dabei oft am Rande der Legalität, wenn nötig auch ein Stück weit darüber hinaus.

Ein Kontakt bei der Polizei hatte ihm inoffiziell Einblick in die Akten gegeben, dennoch war es auch mit diesen Daten und den Hinweisen seiner Informanten nicht leicht gewesen, Jonas Grunwald aufzuspüren. Lukas musste grinsen. Er dachte an den ängstlichen Gesichtsausdruck des Mannes und dessen klägliche Versuche, seine Identität zu leugnen. Es war eine ziemlich blöde Idee, unter dem Mädchennamen der Mutter abtauchen zu wollen, und noch viel ungeschickter, sich von einer Frau im eigenen Gefängnis einsperren zu lassen.

Auch die Polizei würde sehr bald darauf kommen, wo der Gesuchte zu finden war, es war also Eile geboten, auch wenn Lukas noch im Vorteil war: Er wusste genau, wo sich Herr Grunwald befand, und so wie er die Situation einschätzte, war die junge Französin nicht daran interessiert, ihr Wissen mit den Beamten zu teilen – falls die Ermittler sie überhaupt zu fassen kriegen sollten. Das dürfte ihm ein oder zwei zusätzliche Tage Zeit verschaffen.

Nach einer langen Fahrt parkte Lukas den Wagen in der Garage und ließ das automatische Tor mit der Fernbedienung zuschwingen. Er rieb sich mit der Hand über die Augen. Die Digitaluhr auf dem Armaturenbrett zeigte drei Uhr nachts und er hatte noch eine Weile zu tun.

Im Hausflur angekommen legte Lukas den Schlüssel an seinen Platz und ging auf direktem Weg in den Keller. Er schaltete das Licht ein, blieb einen Moment vor dem Weinregal stehen und griff hinter die Flaschen, wo er einen versteckten Riegel löste. Die Wand öffnete sich und gab den Weg in einen verborgenen Raum frei.

Lukas schloss den Zugang hinter sich und betrachtete die massive Holzkammer an der Wand zu seiner Rechten. Nach wochenlanger Schufterei war sie endlich beinahe fertig. In wenigen Tagen würde er sie einweihen können. Die passende Kandidatin für dieses Vorhaben hatte er schon gefunden, beobachtete sie gelegentlich und notierte akribisch alles, was er über sie herausfand.

Mit einem Cuttermesser öffnete Lukas die beiden Pakete, die am Vormittag angekommen waren, entfernte die Verpackung vom bestellten PC und dem dazugehörigen Monitor, stellte den Minitower unter den Schreibtisch und verband ihn mit dem Bildschirm. Nachdem er auch die Kabel für Strom, Internet, Maus, Tastatur und das Videosignal aus der Kammer angeschlossen hatte, startete er den Computer und begann mit der Installation der notwendigen Software.

* * *

Der Handywecker ließ Lukas hochschrecken. Er musste irgendwann mit dem Kopf auf der Tischplatte eingeschlafen sein, streckte die müden Glieder und warf einen Blick auf die Uhr. Noch zwei Stunden.

Lukas fuhr den Rechner herunter und verließ den versteckten Kellerraum. In der Küche aß er eilig drei Scheiben getoastetes Weißbrot mit Butter, duschte anschließend und bereitete sich für das Treffen mit Juliane Behring vor.

Pünktlich auf die Minute erreichte Lukas das Café, begrüßte seine bereits dort wartende Klientin mit einem kräftigen Händedruck und setzte sich zu ihr an den Tisch. Er konnte ihr ansehen, dass sie nervös war. Furchtbar nervös. Unentwegt wippte sie mit dem Fuß, traute sich jedoch offensichtlich nicht, das Gespräch zu eröffnen.

»Also, Frau Behring«, erlöste Lukas sie. »Wie ich bereits am Telefon angedeutet habe, gibt es Neuigkeiten.« Er machte eine Pause, beobachtete, wie ihre Augen sich leicht weiteten, das Wippen des rechten Fußes plötzlich aufhörte, und fuhr schließlich fort: »Ich kann Ihnen sagen, wo Herr Grunwald sich aufhält.«

»Echt?«

Lukas nickte.

»Wo ist er? Wie finde ich ihn?« Ihre Körpersprache verriet ihm, dass sie am liebsten aufgesprungen und sofort losgefahren wäre.

»Langsam, langsam, Frau Behring.« Lukas hob beschwichtigend die Hände und lächelte sie freundlich an. »Es gibt da leider ein kleines Problem. Sie müssen damit rechnen, dass ihn die Polizei in den kommenden Tagen festnehmen wird.«

»Dann sagen Sie mir doch bitte endlich, wo er ist. Noch haben die ihn ja nicht, oder?«

»Nein, bislang nicht«, antwortete Lukas lachend. »Also gut.« Er legte zwei ausgedruckte Landkartenausschnitte in unterschiedlichen Vergrößerungsstufen auf den Tisch. »Herr Grunwald befindet sich hier.« Er zeichnete mit rotem Filzstift einen Kreis um einen Ort nicht weit vom Starnberger See. »Er versteckt sich dort in einem unbewohnten Haus. Genau hier.« Lukas malte ein rotes X auf die zweite Karte.

»Ich danke Ihnen. Darf ich die Ausdrucke mitnehmen?«, fragte Juliane Behring, und als Lukas nickte, nahm sie die Blätter, faltete sie und steckte sie ein, wollte dann eilig das Café verlassen.

»Frau Behring, warten Sie.« Lukas sprach ruhig, aber bestimmt. »Sie sollten sich wirklich überlegen, was Sie tun wollen. Dieser Mann ist auf der Flucht, und glauben Sie mir: Er wird vorsichtig und vor allem vorbereitet sein, denn er weiß, dass er gesucht wird. Nach allem, was ich über ihn gelesen habe, könnte es gut sein, dass er bewaffnet ist.«

»Das wird mich nicht davon abhalten«, entgegnete sie trotzig.

Lukas lachte leise. »Das hatte ich auch nicht erwartet. Ich wollte nur sagen: Sie sollten nicht überstürzt handeln, auch wenn Sie das Gefühl haben, dass Ihnen die Zeit davonläuft.«

Juliane Behring nickte stumm, drehte sich um und ging. Lukas sah ihr nachdenklich hinterher. Diese Frau hatte nur noch ihre Rache im Sinn. Ihm blieb nicht allzu viel Zeit.

* * *

Am späten Abend
Lukas schaltete die Taschenlampe ein und trat durch die Vorhänge in den düsteren Kellerraum.

»Guten Abend, Herr Grunwald.« Er leuchtete zu ihm hinüber und betrachtete mit gewisser Genugtuung den geschundenen Körper. An vielen Stellen klebte getrocknetes Blut, dazu waren einige frische Wunden zu sehen, die auf den kürzlichen Besuch der jungen Französin hindeuteten. Aber er war am Leben. »Ich sehe, Sie haben den Tag in Gesellschaft verbracht.« Lukas konnte sich ein Lachen nicht verkneifen.

»Verdammt, was wollen Sie?«, zischte der Gefangene und hob den Kopf. Er atmete schwer und seine Augen wirkten matter als am Vortag, die Stimme kraftloser.

»Ich möchte mich mit Ihnen unterhalten, so von Mann zu Mann.« Lukas konnte die Verwirrung im Blick seines Gegenübers erkennen. Er liebte es, mit den Menschen zu spielen, sie zu manipulieren, nach seinem Willen handeln zu lassen. Für einen kurzen Moment überließ er Jonas Grunwald seinen Gedanken, dann fuhr er fort: »Ich hatte heute ein interessantes Gespräch mit einer guten Bekannten von Ihnen.

Auf der Stirn seines Gegenübers bildeten sich Falten, und Lukas ließ ihn zappeln wie einen Fisch am Haken. »Ihre französische Freundin ist nicht Ihr einziges Problem, wissen Sie? Ich vermute, dass just in diesem Moment eine

Frau namens Juliane Behring auf dem Weg hierher ist. Soweit ich es verstanden habe, hat die Dame wohl eine Rechnung mit Ihnen offen, nicht wahr?«

Der nachdenkliche Gesichtsausdruck wich einem ängstlichen.

»Sie fragen sich jetzt bestimmt, ob ich ihr verraten habe, wo Sie sind. Die Antwort ist ›ja‹. Und die Frage nach dem Warum kann ich Ihnen ebenfalls beantworten.« Es folgte eine rhetorische Pause. »Es macht die Sache interessanter.«

»Sie wird mich umbringen«, stieß Jonas Grunwald hervor.

Lukas wiegte den Kopf hin und her, auch wenn sein Gegenüber es nicht sehen konnte. »Mag sein«, sagte er lächelnd. »Ich denke, das kommt ganz auf Sie an.«

»Wie meinen Sie das?«

»Überzeugen Sie mich.«

»Ich verstehe nicht …«

Lukas rollte mit den Augen. *Du meine Güte, wie schwer von Begriff ist dieser Kerl?* »Überzeugen Sie mich«, wiederholte er. »Erzählen Sie mir Ihre Version.«

»Was sollte das bringen?«, fragte Jonas Grunwald bitter.

»Tun Sie's oder lassen Sie's«, erwiderte Lukas gleichgültig. »Ihre Entscheidung.«

Für einige Sekunden schwiegen beide, dann begann Jonas Grunwald zu erzählen. Lukas hörte ihm zu, erfuhr aber nicht viel Neues. Ihm war bereits bei der Lektüre der Zeitungsberichte und Polizeiakten – die er eigentlich nicht besitzen durfte – klar gewesen, dass dieser Mann und er sich nicht unähnlich waren. Er verstand ihn, teilte seine Sicht der Dinge. Im Grunde war Jonas Grunwald eine chaotische, unorganisierte und weitaus weniger intelligente Version seiner selbst.

Während Jonas Grunwald beinahe emotionslos davon berichtete, wie er den Wagen mitsamt seinen Insassen im

See versenkt hatte, trat Lukas an ihn heran, nahm die Taschenlampe zwischen die Zähne, zückte den Bolzenschneider, den er aus seinem heimischen Keller mitgebracht hatte, und durchtrennte die dünnen Eisenketten der Handschellen.

Jonas Grunwald hielt mitten im Satz inne und sah Lukas verständnislos an. »Warum tun sie das? Und wer sind Sie überhaupt?«

»Das tut immer noch nichts zur Sache«, gab Lukas zurück. »Sagen wir einfach, ich bin jemand, der Ihre Lage versteht und Ihre Ansicht teilt, dass gewisse Dinge notwendig sind, um das wiederzubekommen, was einem zusteht.« Mit einem verbitterten Unterton fügte er hinzu: »Oder diejenigen zu maßregeln, die sich einem hierbei in den Weg stellen.« Er durchschnitt die Kabelbinder, mit denen Jonas Grunwalds Fußgelenke gefesselt waren, und reichte ihm die Hand. »Na los, hoch mit Ihnen!«, forderte er ihn auf. »Ich denke, Sie sollten vorbereitet sein.«

* * *

Es war kurz nach Mitternacht, als Juliane den türkisblauen Twingo am Waldrand parkte. Sie kontrollierte ihre Position auf der Navigationskarte des Smartphones, holte das frisch geschärfte Küchenmesser aus dem Handschuhfach und stieg aus.

Die Stille der Nacht wurde nur von einzelnen Tierrufen durchbrochen, die zusammen mit den im schwachen Lichtschein der Taschenlampe tanzenden Schatten eine unheimliche Atmosphäre schufen.

Juliane fröstelte, sah sich immer wieder um. Sie hatte das Gefühl, aus der Dunkelheit beobachtet zu werden. Mit zügigen Schritten ging sie die Straße entlang, dem verlassenen Haus entgegen, in dem Jonas sich versteckt halten sollte. Vorsichtig betrat sie das Gebäude, zögerte dann. Im Inneren wirkten die Schatten noch unheimlicher. Überall lagen Steine und Holzbalken herum, es roch nach

Staub und modrigem Holz. Julianes Herz hämmerte gegen ihre Brust. Alles in ihr sträubte sich dagegen, weiter in die düstere Ruine vorzudringen, doch sie riss sich zusammen, kämpfte gegen die Angst an und tastete sich langsam vorwärts, immer bemüht, keine lauten Geräusche zu verursachen. Raum für Raum durchsuchte sie das Erdgeschoss, die Taschenlampe in ihrer linken, das lange Küchenmesser stichbereit in der rechten Hand. Von Jonas keine Spur.

Juliane ging zurück in den Flur und zur Treppe am anderen Ende des Gangs, wollte ins Obergeschoss, doch schon beim ersten Schritt krachte es unheilvoll im Holz. Erschrocken zuckte sie zurück. Oben würde sie ihn kaum finden. Wie sollte dieses Gebilde einen Mann von Jonas' Statur tragen? Doch wo war er?

Langsam ließ Juliane den Lichtkegel durch den Flur schweifen. Zu ihrer Rechten entdeckte sie einen Holzbalken, der aussah, als läge er nicht zufällig an dieser Stelle. Sie ging näher heran, hockte sich vor die Wandöffnung und betrachtete das Objekt. Das Holz war an den Türzargen verkeilt und mehrfach mit einem Seil umschlungen, dessen anderes Ende sich in der Dunkelheit verlor. Juliane leuchtete hinab in den Keller, sah die an der Wand befestigten Decken und hielt inne. Das musste sein Unterschlupf sein. Doch sie wagte sich nicht an den Abstieg. Dort unten saß sie in der Falle, dieses Seil war der einzige Weg wieder hinaufzugelangen. Was, wenn er nicht dort unten war, sondern …

Plötzlich spürte Juliane einen Stoß. Sie verlor das Gleichgewicht, kippte nach vorne und stürzte. Verzweifelt ruderte sie mit den Armen, suchte Halt, wo es keinen gab, fiel in das dunkle Loch und kam hart am Boden auf, blieb dort für einen Augenblick vom Schmerz übermannt liegen. Juliane presste die Zähne aufeinander, um nicht laut zu schreien, und versuchte durchzuatmen. Nach einer

Weile setzte sie sich langsam auf und tastete mit den Händen ihren Körper ab. Es schien alles in Ordnung.

Juliane sah sich um. Die Taschenlampe lag ein Stück weit entfernt und strahlte die Wand an. Und ein Paar Schuhe. *Scheiße! Wo ist das Messer?* Sie hatte es beim Sturz fallen lassen. Nur einen Augenblick später spürte sie eine kräftige Hand auf ihrem Mund und wurde ruppig auf die Beine gezerrt. Warmer Atem streifte ihr Ohr.

»Hast du mich vermisst?«

Jonas' Stimme ließ Juliane erzittern. Mit einem Schlag war die Überzeugung verschwunden, dass sie ihn für seine Taten büßen lassen konnte. Doch viel schlimmer war, dass sie keinem etwas von ihrem Vorhaben gesagt hatte. Mit Ausnahme von Lukas Bender. Niemand sonst wusste, wo sie war. Nicht einmal Kira. Nun wünschte sich Juliane, sie hätte ihrer Freundin von dem Plan erzählt. Diesem idiotischen, verflucht dummen Plan. Doch es war zu spät. Jonas würde das zu Ende bringen, was er beim letzten Mal begonnen hatte.

* * *

In derselben Nacht

Im Halbschlaf nahm Kira das Klingeln eines Telefons wahr. Sie drückte das Kissen gegen ihre Ohren und versuchte, das störende Geräusch zu ignorieren. Endlich verstummte der Ton, setzte kurz darauf jedoch erneut ein und riss Kira vollends aus dem Schlaf. Jetzt realisierte sie auch, dass es das Telefon auf ihrem Nachttisch war, das sie geweckt hatte. Genervt nahm sie den Hörer ab und raunzte ein missmutiges »Ja?« hinein.

»Entschuldigen Sie bitte vielmals die nächtliche Störung«, meldete sich der Portier des Hotels. »Es ist mir sehr unangenehm, aber hier ist eine Dame in der Leitung, die Sie dringend sprechen möchte. Sie hat darauf bestanden, dass es so wichtig ist, dass Sie es sicherlich verstehen würden, deshalb geweckt zu werden. Ihr Name ist Juliane Behring.«

Bei den letzten Worten war Kira endgültig hellwach. »Danke, das ist in Ordnung«, sagte sie und bat darum, den Anruf durchzustellen. Es klickte in der Leitung.

»Jule? Was ist passiert?«

Kira konnte hören, dass Juliane weinte. »Es tut mir so leid, Kira. Ich wollte nicht …«

»Was ist denn los? Geht es dir gut?«

Stille.

»Jule? Ist alles okay?« Kira wurde unruhig.

»Nichts ist okay, mein Schatz«, antwortete eine ihr wohlvertraute männliche Stimme. »Du vergnügst dich in einem Hotel, während ich in diesem Loch festsitze.«

Déjà-vu. *Nein, bitte nicht!*

»Jetzt pass mal gut auf«, setzte er drohend fort. »Diesmal wird es anders laufen. Du hast bis heute neun Uhr Zeit, zu mir zu kommen. Es sei denn, du möchtest schuld daran sein, wenn deine beste Freundin stirbt.«

Wieso war Juliane bei ihm? War er etwa bei ihr zu Hause? Oder hatte er es irgendwie geschafft, sie zu entführen? Kira schluchzte. »Tu ihr bitte nichts«, bat sie. »Sie hat doch nichts damit zu tun.«

Jonas lachte gehässig. »Das sehe ich anders. Sie hat dich zu all dem angestiftet, sie wollte unsere Ehe zerstören.«

»Das ist nicht wahr, sie hat mir nur …«

»Halt den Mund!«, schrie er zornig. »Entweder du bist pünktlich hier oder es wird dieses Mal ein Leichenwagen sein, der sie abholt. Und glaub nicht, dass du mich verarschen und die Bullen schicken kannst. Wenn irgendjemand außer dir hier aufkreuzt, schlitze ich ihr die Kehle auf, klar?«

Kira zweifelte keine Sekunde daran, dass Jonas es ernst meinte. Wie eine leere, allem Willen beraubte Hülle, folgte sie seinen Anweisungen, notierte die Wegbeschreibung auf einem mit dem Hotel-Logo bedruckten Block und flehte Jonas noch einmal an, Juliane nichts anzutun. Doch er hatte bereits aufgelegt.

* * *

»Ja bitte?«, meldete sich Holper und gähnte herzhaft. Er hatte sein Diensthandy immer griffbereit neben dem Bett liegen, eine Tatsache, die seiner Frau nicht gefiel und die des Öfteren für Diskussionen sorgte. Doch nicht heute. Holper lag allein im Hotelbett des Freiburger 3-Sterne-Hotels, in dem Peter Hertz und er vor wenigen Stunden eingecheckt hatten. Roswitha hingegen setzte den Ostseeurlaub ohne ihn fort.

»Guten Morgen, Frank.« Peter Hertz klang kein bisschen verschlafen. »Ich hatte soeben einen Anruf unserer Kollegen. Kira Grunwald ist überstürzt aus dem Hotel verschwunden.«

Holper sah auf die Uhr. »Mitten in der Nacht?«

»Exakt. Vom Nachtportier haben wir erfahren, dass es kurz zuvor einen Anruf von Juliane Behring gegeben hat. Sie wissen schon, die Frau, die wir halb tot im Keller gefunden haben. Jedenfalls schien Frau Grunwald irgendwie verstört zu sein, als sie das Hotel verließ, meinte der Portier.«

»Vielleicht wollte sie zu Frau Behring?«, überlegte Holper.

»Das war unser erster Gedanke, allerdings …«, Peter Hertz atmete tief ein, »… ist sie gerade mit dem Auto auf der A3 Richtung Nürnberg unterwegs. Seit einer halben Stunde.«

»Da stimmt etwas nicht, Peter. Frau Grunwald fährt allein irgendwohin, mitten in der Nacht, nachdem sie in der letzten Zeit keinen Schritt ohne Begleitschutz machen wollte?« Er seufzte. »Ich habe kein gutes Gefühl bei der Sache.«

»Das sehe ich genauso«, stimmte ihm Peter Hertz zu. »Eine Zivilstreife folgt ihr und hält uns auf dem Laufenden.«

»In Ordnung. Gib mir Bescheid.«

Holper legte das Mobiltelefon zur Seite und dachte nach. Was hatte Kira Grunwald vor? Wusste sie etwas über ihren Mann, das der Polizei bisher nicht bekannt war? War es wirklich Juliane Behring, die im Hotel angerufen hatte? Und wenn sie es war, wo befand sie sich dann? Holpers letztem Wissensstand zufolge hatte eine Streife Frau Behring noch am Nachmittag in ihr Haus gehen sehen.

Er nahm das Smartphone erneut zur Hand, rief die digitale Deutschlandkarte auf, zoomte den Süden heran und betrachtete den Verlauf der Autobahnen. *Wo wollen Sie hin, Frau Grunwald?*

* * *

Lukas' Augen hatten sich inzwischen so weit an die schwache Beleuchtung gewöhnt, dass er zumindest schemenhaft etwas im Raum erkennen konnte. Jonas Grunwald hatte Frau Behring mit Kabelbindern an den Metallringen in der Wand fixiert und wusch sich mit etwas Wasser das Blut vom Körper, versorgte anschließend die zahlreichen Wunden mit Material aus dem Verbandskasten, den Lukas ihm mitgebracht hatte.

»Danke nochmals für Ihre Hilfe«, wandte sich Jonas an ihn.

Doch Lukas antwortete nicht, klopfte Jonas Grunwald lediglich kurz auf die Schulter, dann ging er zum Ausgang. Er konnte nicht riskieren, dass Juliane seine Stimme erkannte, nachdem er die ganze Zeit genau darauf geachtet hatte, sein Gesicht immer im Dunkeln zu halten. Auch wenn er nicht davon ausging, dass Herr Grunwald die Frau am Leben ließ – die Möglichkeit bestand, und er wollte sich keinesfalls selbst die Hände schmutzig machen müssen. Nicht bei ihr. Die Verbindung zu ihm herzustellen, wäre viel zu einfach.

Der Wind hatte aufgefrischt, aus der Ferne klang bedrohliches Donnergrollen und kündigte ein nahendes Unwetter an. Lukas setzte sich im Erdgeschoss auf einen Fenstersims, sah in die Nacht hinaus und füllte seine Lungen mit der frischen Luft.

Nach einigen Minuten trat Jonas Grunwald zu ihm.

»Und? Was ist mit ihr?«, fragte Lukas, ohne sich ihm zuzuwenden.

»Sie lebt noch, falls Sie das meinen.«

Lukas nickte bestätigend. »Was haben Sie nun vor?«, fragte er. »Sie haben ja gesehen, wie leicht es für mich war, Sie zu finden, also wird es nicht lange dauern, bis die Polizei denselben Spuren folgt.«

Jonas Grunwald schwieg zunächst, schien kurz zu überlegen. »Sie werden zu spät kommen«, stellte er dann fest. »Sobald meine Frau hier ist, werde ich mit ihr verschwinden. Also in spätestens … fünf Stunden. Und in der Zwischenzeit werde ich mich ein wenig mit meinem Gast vergnügen.« Er lachte dreckig. »Kommen Sie mit? Sie bekommen einen Ehrenplatz.«

»Nicht nötig. Danke.« Lukas empfand den Gedanken durchaus reizvoll, dem Todeskampf zuzusehen – und das würde es für Frau Behring werden, da war er sicher –, allerdings sollte sein erstes Mal nicht in einem dunklen Kellerloch stattfinden.

Langsam dämmerte der Morgen, doch die dichte Wolkendecke hing wie ein düsterer Schleier über allem und ließ kaum Sonnenstrahlen hindurch. Die ganze Gegend wirkte trist und grau. Im Augenwinkel nahm Lukas eine Bewegung wahr, ging hinter dem Mauervorsprung in Deckung und spähte in die Dämmerung. Er beobachtete den langsam größer werdenden Punkt, bis er erkennen konnte, dass sich eine dunkelhaarige Frau vom

Ort her auf das verfallene Haus zubewegte. Lukas lächelte. *Wir bekommen Besuch.*

* * *

Inzwischen hatte Isabelle keine Zweifel mehr, dass Jonas Grunwald nichts von dem Geld wusste. Es ärgerte sie, dass das notwendige Kapital für einen Neuanfang offenbar auf dem Grund des Sees verloren war. Andererseits bedeutete die Erkenntnis ebenso, dass sie keine Verwendung mehr für dieses Stück menschlichen Abschaum hatte. Endlich konnte sie ihm den Rest geben und dabei zusehen, wie er elendig in seinem eigenen Blut verreckte.

Isabelle erreichte das Haus, gerade als der Regen einsetzte. Sie eilte durch den Flur, warf die kleine Plastikflasche hinunter, in der das letzte Wasser war, das Jonas Grunwald in seinem Leben trinken sollte, und kletterte hinterher. Ihre Hände zitterten vor Nervosität.

Im Vorraum schaltete sie die Taschenlampe ein, hob die Vorhänge an und schlüpfte hindurch. »Hallo, Jo…« Sie sah wie erstarrt auf die mit Klebeband über dem Mund im Lichtkegel sitzende Frau, die ihr mit weit aufgerissenen Augen entgegenstarrte und hektisch den Kopf bewegte.

Viel zu spät realisierte Isabelle die Gefahr, hörte das Ratschen des Cutters, spürte gleichzeitig den festen Griff um ihren Oberkörper, einen Wimpernschlag später den brennenden Schmerz am Hals. Reflexartig fasste sie an ihre Kehle, fühlte das warme Blut durch ihre Finger strömen, bekam keine Luft mehr und wusste in diesem Moment, dass sie sterben würde. Mit dem letzten Gedanken an Florent verlor sie das Bewusstsein.

* * *

»War das nötig?« Lukas stand mit Jonas Grunwald im Vorraum des Kellers und versuchte, seinen Ärger zu kontrollieren. Er wischte sich mit dem Handrücken über das Gesicht. Als Jonas Grunwald der jungen Frau die

Kehle durchgeschnitten hatte, war Lukas nicht weit genug entfernt gewesen und hatte einige Spritzer abbekommen. Das Letzte, das er im Moment gebrauchen konnte, waren Blutspuren einer toten Frau an sich und seiner Kleidung. Er ließ Jonas Grunwald stehen und kletterte nach oben. Dort zog er das Prepaidhandy aus der Tasche, das sie bereits für den Anruf im Hotel benutzt hatten, kontrollierte, dass die Rufnummernübermittlung ausgeschaltet war, und wählte den Notruf. *Zeit, den letzten Teil des Spiels einzuleiten.*

»Polizeinotruf, bitte legen Sie nicht auf«, tönte eine elektronische Ansage, wenige Augenblicke später meldete sich eine Frauenstimme.

Lukas ging einige Meter durch den einsetzenden Regen, berichtete der Dame am anderen Ende der Leitung, dass er den gesuchten Mörder Jonas Grunwald gesehen habe, und gab ihr dessen Aufenthaltsort durch. Er sprach mit etwas tieferer, leicht näselnder Stimme und hielt die Hand über den Lautsprecher des Telefons, um den Klang zu verfremden, ohne ihn unnatürlich wirken zu lassen.

Kaum hatte er das Gespräch beendet, öffnete er das Handy, nahm SIM-Karte und Akku heraus, legte das Telefon auf den Asphalt und trat immer wieder zu, bis das Plastik splitterte und in mehrere Einzelteile zerlegt war. Lukas schlug den direkten Weg über die Felder ein, verstreute die Reste des Handys unterwegs und behielt nur die SIM-Karte bei sich, um sie später weiter entfernt zu entsorgen.

Bei seinem Wagen angekommen, holte Lukas die Wechselkleidung aus dem Kofferraum, die er ständig im Auto hatte, um für längere Observierungen gewappnet zu sein, und zog sich um. Seiner Einschätzung nach würde das mobile Einsatzkommando der Polizei in weniger als einer Stunde hier sein. Zufrieden nahm er ein belegtes Brötchen aus der Kühltasche im Fußraum und beobachtete Jonas Grunwalds Unterschlupf aus sicherer Entfernung mit dem Feldstecher. Sollte der Idiot sehen, wie er aus dieser Situation wieder herauskam.

* * *

Im verlassenen Haus

Jonas prüfte das Prepaid-Guthaben seines Smartphones und wählte anschließend Christines Nummer.

Endlich, nach mehreren Klingelzeichen, meldete sie sich. »Ja?«

Er verzichtete auf eine Begrüßung. »Du musst mir einen Gefallen tun.«

»Tim? Ich hab gerade überhaupt keine Zeit, bin mitten in der Arbeit.«

»Umso besser«, erwiderte er unbeeindruckt. »Gib mir mal kurz deine Mail-Adresse.«

»Wofür das denn?«

»Wirst du schon sehen.« Jonas war bemüht, nicht genervt zu klingen. »Ich will dir gerade was schicken, Schatz, okay?«

»Na gut, dann bin ich gespannt«, sagte sie mit einem Lächeln in der Stimme und diktierte ihm die Adresse.

»Und du kannst sie im Büro abrufen?«

»Ja, das ist kein Problem«, versicherte sie. »Jetzt machst du mich aber wirklich neugierig. Es ist aber nichts Anzügliches, oder?«

Jonas lachte auf. »Du wirst überrascht sein. Bis gleich.« Er beendete das Gespräch, rief im Smartphone-Browser den Online-Speicher auf, kopierte die URL zum Video in eine E-Mail und sendete diese kommentarlos an Christine.

Nach zwei Minuten wählte er erneut ihre Nummer.

»Hi, Mail ist angekommen. Was ist das für ein Link?«

»Einfach aufrufen«, forderte er ungeduldig. Er hörte das Klicken der Maus und wartete auf eine Reaktion.

»Er fragt nach einem Passwort.«

Jonas buchstabierte den zehnstelligen Code, stellte sich vor, wie Christine das Video startete, zunächst ungläubig darauf starrte, einen roten Kopf bekam und schließlich erkannte, wer dort zu sehen war. Eigentlich hatte er das Video aufbewahren wollen, bis er Geld brauchte, doch die Situation zwang ihn dazu, seinen Trumpf schon jetzt auszuspielen.

»W-was soll das?«, stieß sie fassungslos hervor. Ihre Stimme war nur ein Flüstern. »Wenn das jemand sieht! Bist du verrückt geworden?«

»Keinesfalls«, gab er zurück. »Ich wollte nur sicherstellen, dass du tust, was ich von dir will. Ich kann mir nämlich nicht vorstellen, dass es in deinem Sinn wäre, wenn dieses Filmchen in Umlauf gebracht wird. Also hör gut zu: Du gehst jetzt sofort nach Hause und holst mir eine der Pistolen, die der alte Neubold hat, klar? Wie du da dran kommst, ist dein Problem. Du arbeitest im Rathaus. Erzähl dem senilen Dummkopf, dass ihr alle Waffen einsammeln müsst, um sie zu prüfen, oder sonst einen Schwachsinn. Mir egal, denk dir was aus.«

»Wie bitte? Spinnst du?«

»Zuhören und Klappe halten!«, herrschte Jonas sie an. »Ich weiß, dass er mehrere Revolver samt Munition besitzt, und davon will ich einen haben.«

»Was ist los mit dir? Ich kann doch nicht … Du …« Christine rang nach Worten.

»Bla, bla, bla«, unterbrach Jonas sie genervt. »Jetzt vertrödel keine Zeit und mach dich auf den Weg.«

Christine reagierte nicht auf seine Forderung, fing stattdessen an, leise zu schluchzen. »Warum tust du mir das an? Ich dachte, du liebst mich …«

»Dich?« Jonas schnaubte verächtlich. »Träum weiter! Und jetzt hör auf zu flennen und bring mir diesen verdammten Revolver zum verlassenen Bauernhaus am Waldrand. Du hast eine halbe Stunde, verstanden? Und wenn du irgendjemandem etwas sagst, findest du dich morgen als Wichsvorlage auf Hunderten von Sexseiten wieder und der Link geht per E-Mail ans Rathaus.«

Das Schluchzen verstummte abrupt.

»Hast – du – verstanden?«

»Du verfluchter Scheißkerl!«, zischte sie.

* * *

In der Nähe von München

Angespannt fuhr Kira die Autobahn entlang. Es hatte angefangen, in Strömen zu regnen – eines dieser Sommergewitter, bei denen man das Gefühl bekam, die Welt könnte jeden Moment untergehen. Blitze zuckten durch die Morgendämmerung, unmittelbar gefolgt von Donnergrollen, das die Motorengeräusche deutlich übertönte.

Die Scheibenwischer des silbergrauen Hyundai waren den Wassermassen längst nicht mehr gewachsen und Kira raste beinahe im Blindflug über die nasse Fahrbahn. Sie musste ihre Geschwindigkeit drosseln. Besorgt sah sie auf die Uhr, dann auf das Navigationsgerät, das eine erwartete Ankunftszeit von neun Uhr zehn zeigte. Ihr lief die Zeit davon, Sicherheit konnte sie sich im Moment nicht leisten. Juliane hatte so viel für sie getan, war immer für sie da gewesen. Jetzt war es an Kira, ihrer Freundin zu helfen. Sie schickte ein Stoßgebet gen Himmel, trat das Gaspedal durch und wechselte auf die linke Spur. Ihre Hände krampften sich um das Lenkrad. *Verfluchter Regen!*

Vor ihr tauchten zwei Rücklichter auf, die schnell näher kamen. Kira bremste ab, scheuchte den Vordermann durch intensiven Gebrauch der Lichthupe von ihrer Spur und beschleunigte wieder.

Erst als sie zehn Minuten später von der Autobahn abfuhr, spürte sie, wie angespannt ihre Haltung war. Sie lockerte ihre Schultern und kontrollierte erneut die Anzeige des Navigationssystems. Noch eine halbe Stunde Fahrt lag vor ihr, sie würde erst kurz nach Ablauf von Jonas' Ultimatum am Ziel ankommen. Hauptsache, sie kam rechtzeitig, um ihre Freundin zu retten. Falls es dafür nicht bereits zu spät war. Sie wischte sich Tränen aus dem Augenwinkel. *Bitte sei noch am Leben, Jule. Bitte!*

* * *

Währenddessen
»Peter, wir müssen da hin.« Holper stand im Hotelzimmer seines Vorgesetzten und gestikulierte wild mit den Händen. »Frau Grunwald ist auf dem Weg zu ihrem Mann.«

Peter Hertz schien weit weniger nervös zu sein als Holper. Er stand auf und legte seinem Kollegen die Hand auf die Schulter. »Frank, alles, was wir wissen, ist, dass Herr Grunwald gesehen wurde. Angeblich. Immerhin war der Anruf anonym, und bisher konnte die Information noch nicht bestätigt werden.«

»Aber es passt alles zusammen«, beharrte Holper. »Schau hier. Das ist die Route, die Kira Grunwald gefahren ist, bis die Kollegen sie auf der Autobahn aus den Augen verloren haben.« Er zeichnete mit dem Finger die Strecke auf der Karte nach. »Und hier wurde Jonas Grunwald gesehen.« Holper tippte mehrfach auf die Stelle. »Es ist doch offensichtlich!«

»Das mag ja sein«, warf Hertz ein. »Aber dafür sind die Kollegen aus München zuständig, nicht wir. Du weißt genau, dass es Vorschriften gibt, an die …«

»Vergiss doch mal die verdammten Vorschriften«, fiel ihm Holper ins Wort. »Frau Grunwald befindet sich gewissermaßen in unserer Obhut. Wir haben auch eine Verantwortung ihr gegenüber.«

»Ich verstehe dich ja, aber …«

»Nichts aber!«

»Versteh doch«, versuchte Hertz zu erklären. »Wir kommen in Teufels Küche, wenn wir so eine Entscheidung eigenmächtig treffen.«

Holper zuckte mit den Schultern. »Ich werde fahren. Jetzt sofort. Entweder du kommst mit oder du bleibst hier und kannst bestreiten, etwas davon gewusst zu haben.«

»Verdammt, Frank.« Peter Hertz seufzte tief, griff nach den Autoschlüsseln, legte sein Holster an und zog die Jacke über. »Fahren wir.«

* * *

Jonas lehnte am Türpfosten und wartete. Der Fremde hatte sich ohne ein Wort des Abschieds aus dem Staub gemacht und das war ihm nur recht. Mit jemandem, der gleich die Fassung verlor, weil er ein paar Blutspritzer abbekam, konnte er nichts anfangen. *So ein Weichei,* dachte er kopfschüttelnd, da sah er Christine die Straße entlangkommen. Obwohl immer wieder Blitze den Himmel durchzuckten, war sie mit ihrem hellgrünen Regenschirm unterwegs. Trocken zu bleiben, war ihr wohl wichtiger, als das Risiko eines Blitzschlags zu vermeiden. Einige Schritte vor dem Hauseingang blieb sie stehen.

Jonas sah sie fordernd an. »Braves Mädchen«, sagte er mit einem schiefen Grinsen und klatschte provokant. »Ich hoffe, du hast mir auch etwas mitgebracht?«

Christine presste ihre Lippen zusammen. Ihre Augen verengten sich, dann griff sie mit der Hand in die Jackentasche, zog den Revolver hervor und richtete ihn auf Jonas.

»Das wirst du nicht tun«, sagte er gelassen und machte einen Schritt auf sie zu.

»Ach, glaubst du?« Christines Hand begann zu zittern. Sie ließ den Regenschirm fallen und stabilisierte die Waffe mit ihrer Linken. »Lösch sofort das Video!«

Jonas lächelte süffisant. »Du wirst mich nicht erschießen. Meinst du wirklich, ich hätte nicht vorgesorgt? Wenn ich bis morgen früh den Auftrag nicht stoppe, wird es automatisch verschickt. Es würde dir also nicht helfen, mich umzubringen.«

Das Zittern ihrer Hände wurde stärker. »Du bluffst!«, rief sie unter Tränen und ihre Stimme überschlug sich.

Jonas verlor die Geduld. Der stetig auf ihn niederprasselnde Regen wurde langsam lästig, zudem hatte er Sorge, dass Christine doch die Nerven verlieren könnte und ihren Finger aus Versehen etwas zu fest auf den Abzug drückte. Entschlossen machte er einen Schritt auf sie zu und streckte die Hand aus. »Gib mir endlich die Pistole. Dann kannst du dich wieder verkrümeln und dein armseliges Leben weiterleben wie bisher.«

Christine senkte den Revolver. »Mein Leben ist nicht armselig«, sagte sie leise.

»Ganz wie du meinst …«, erwiderte Jonas schulterzuckend, überbrückte den letzten Meter zwischen ihnen innerhalb eines Augenblicks und nahm ihr die Waffe ab, richtete den Revolver nun auf sie. »Und jetzt lauf!«, zischte er. »Lauf, so schnell du kannst, bevor ich es mir anders überlege.«

Christine verharrte starr vor Angst, konnte ihren Blick nicht von der Mündung der Pistole lösen, die genau auf ihr Gesicht zielte.

Ohne eine Regung spannte Jonas mit dem Daumen den Schlagbolzen, die Trommel platzierte eine der gefüllten Kammern davor.

Das Klicken des einrastenden Bolzens riss Christine aus der Erstarrung. Sie stolperte einige Schritte rückwärts, drehte sich um und rannte die Straße hinunter zurück zum Ort.

Was für eine Heulsuse. Jonas lachte lauthals, hielt aber plötzlich inne. Er hatte sie verjagt, bevor sie ihm die Munition aushändigen konnte. Eilig leerte er die Trommel in seine Hand und atmete erleichtert auf. Christine hatte alle fünf Kammern bestückt. Er steckte die Patronen in seine Hosentasche, den Revolver in den hinteren Hosenbund und holte das Smartphone hervor, um eine E-Mail an die vorbereitete Empfängerliste zu verschicken. Es war beinahe schade, dass er Christines Gesicht nicht mehr sehen würde, wenn sie in den nächsten Tagen erkannte, dass er nie vorgehabt hatte, das Video zu löschen. Doch dann war er schon sehr weit weg. Und Kira war wieder bei ihm.

* * *

Lukas senkte das Fernglas und nickte anerkennend. Er musste zugeben, dass er diesen Schritt nicht vorhergesehen hatte. Jonas Grunwald mochte ein impulsiv handelnder Choleriker sein, doch dumm war er offensichtlich nicht. Mit ein wenig Führung und professioneller Anleitung hätte aus ihm etwas werden können.

Routiniert suchte Lukas zuerst mit bloßem Auge, dann mithilfe des Feldstechers die Umgebung nach Anhaltspunkten für das Eintreffen des Einsatzkommandos ab. Die Wetterbedingungen würden den Spezialisten der Münchener Polizei ein unbemerktes Sondieren der Lage nicht einfach machen, möglicherweise dauerte die Planung des Vorgehens deshalb etwas länger als gewöhnlich.

Ein Lichtstrahl streifte den Phaeton. Aus nördlicher Richtung bog ein Kleinwagen in die Straße hinter den Feldern und hielt vor dem verfallenen Haus. Jonas Grunwald ging zügig um das Auto herum, öffnete die Fahrertür und zerrte seine Frau heraus. Mit schnellen Bewegungen tastete er ihren Körper ab und führte sie anschließend ins Gebäude.

Lukas legte das Fernglas auf den Beifahrersitz und startete den Motor, um den Standort des Fahrzeugs zu wechseln. Während der Nacht war der dunkle Wagen gut getarnt gewesen, doch nun musste seine Limousine wie ein düster glänzender Fremdkörper inmitten der Felder wirken. Viel zu auffällig, zumal eine groß angelegte Polizeiaktion bevorstand.

* * *

Holper jagte den Dienstwagen über die Autobahn.

»Das MEK wird in Kürze vor Ort sein«, brachte ihn Peter Hertz auf den neuesten Stand. »Aufgrund der heftigen Gewitter im Münchener Umland hat sich der Einsatz etwas verzögert, aber spätestens in einer Stunde werden wir wissen, ob sich Herr Grunwald wirklich dort aufhält.«

»Und Frau Grunwald?«, erkundigte sich Holper.

»Du könntest recht gehabt haben mit deiner Vermutung.«

»Könntest?«

»Unsere Zivilbeamten sind bereits auf dem Rückweg. Wie ich vorhin schon sagte, fällt diese Sache nicht in unsere Zuständigkeit und unsere Dienststelle möchte den MEK-Einsatz nicht gefährden.«

Holper atmete geräuschvoll aus. »Na wunderbar. Und dafür lassen die da oben eine Frau zu einem gesuchten Schwerverbrecher fahren. Die hätten den Wagen stoppen sollen.«

»Wir wussten doch nicht einmal, ob sie wirklich …«

»Ach, Schwachsinn«, unterbrach Holper seinen Chef unwirsch. »Und das weißt du auch. Wir hatten einen begründeten Verdacht. Das hätte reichen müssen.«

»Vielleicht hätte es das«, stimmte Peter Hertz zu. »Aber du kennst die Vorschriften genauso gut wie ich.«

Holper nickte. *Beschissene Vorschriften!*

Schweigend fuhren sie weiter. Holper war sich im Klaren darüber, dass er diesen Fall zu nah an sich heranließ, denn in seinem Job handelte er nicht selten emotional, und Peter Hertz wusste das. Vielleicht schätzte sein Vorgesetzter diese Eigenschaft sogar an ihm, denn er hatte ihn nie für sein Verhalten gerügt. Auch heute nicht.

Holper sah auf den Tachometer. Die Nadel verharrte konstant bei knapp einhundertachtzig. Wenn sie keine Pause machten und sich die Verkehrssituation nicht verschlechterte, konnten sie in weniger als zwei Stunden am Ziel sein.

* * *

Zur gleichen Zeit im Kellerraum

Als Kira von Jonas in den Raum geführt wurde, schlug ihr der Geruch von Urin entgegen. Sie musste ein Würgen unterdrücken. Das einzige Licht ging von einer Taschenlampe aus, die an einer Schnur von der Decke baumelte, und es dauerte einige Sekunden, bis sich Kira an das Halbdunkel gewöhnt hatte und etwas erkennen konnte.

»Jule!« Sie kniete sich zu ihrer Freundin und schlang die Arme um sie. »Ich bin hier. Alles wird gut.«

Juliane stöhnte auf.

»Was hat er mit dir gemacht?« Kira konnte ihre Tränen nicht zurückhalten. »Es tut mir so leid.«

Julianes Gesicht sah schrecklich aus. Die Nase war voller Blut, das linke Auge beinahe vollständig zugeschwollen, die Augenbraue darüber aufgeplatzt, die Lippen ebenfalls. Ihr Atem ging flach und rasselnd. An den Handgelenken schnitten sich Kabelbinder, mit denen sie an die Wand gefesselt war, in die Haut, der weiße Kunststoff war an vielen Stellen blutrot verfärbt.

»Warum?«, schluchzte Kira und drehte ihren Kopf in Jonas' Richtung. »Ich bin doch gekommen, wie du verlangt hast.«

»Und sie lebt noch, oder nicht?«, kam die knappe Antwort. »Bei dem, was sie uns angetan hat, war ich schon ziemlich großherzig, finde ich.«

Für einen Moment wusste Kira nicht, was sie erwidern sollte. Jonas schien Juliane tatsächlich alle Schuld am Scheitern ihrer Ehe zuzuschieben. Schließlich murmelte sie: »Jule ist nicht das Problem, du bist es.«

»Was hast du gesagt?«, fragte er, als habe er sich verhört.

Kira nahm allen Mut zusammen, stand auf und stellte sich ihm gegenüber. Dass er im Schatten stand und sie ihm nicht direkt in die Augen sehen musste, machte es einfacher. »Sie ist nicht das Problem«, wiederholte sie mit kräftiger Stimme. »Du bist es!«

Die darauffolgende kurze Stille reichte, um Kiras Selbstsicherheit so weit zu stärken, dass all die aufgestaute Wut und Hilflosigkeit der letzten Monate an die Oberfläche drängte. »Du bist eifersüchtig, ein maßloser Kontrollfreak, ein hinterhältiger Intrigant, ein brutaler Mistkerl!« Während sie sich in Rage redete, wurde ihre Stimme immer lauter, bis sie ihm entgegenschrie: »Ich hätte dich niemals heiraten dürfen!«

Für einen Augenblick fühlte es sich gut an, dann wurde Kira bewusst, dass sie einen Fehler gemacht hatte. Jonas zu reizen, war noch nie eine gute Idee gewesen, und nach allem, was inzwischen geschehen war, erst recht nicht. Sie wartete auf seinen Wutausbruch, doch dieser blieb aus.

»Das meinst du nicht ernst.« Kira vernahm die Fassungslosigkeit in seiner Stimme. »Nein, das hat sie dir eingeredet! Du liebst mich. Du hast versprochen, für immer bei mir zu bleiben.« Er sprach mehr zu sich als zu Kira weiter: »Nein, nein, sie ist das verdammte Problem. Wenn sie nicht wäre, könnten wir endlich wieder …«

Kira blieb stumm. Sie wusste, dass sie alles nur schlimmer machen würde, egal, was sie sagte. Plötzlich drückte Jonas ihr etwas in die Hand. Etwas Metallisches. Sie sah nach unten, erkannte im Schein der Taschenlampe, was es war: ein Revolver.

»Erschieß sie«, befahl Jonas trocken.

»Wie bitte?« Nun war es Kira, die glaubte, sich verhört zu haben.

»Du musst sie erschießen«, wiederholte er. »Nur so kannst du dich endlich von ihr lösen.«

»Ich … Du glaubst doch nicht …«, stotterte sie, doch dann wurde ihr bewusst, dass er recht hatte. Nur so konnte sie sich endlich lösen. Von *ihm*.

Kira hob die Waffe, richtete sie auf Jonas und drückte ab.

Klick.

Der Bolzen schlug auf die leere Kammer.

Klick. Klick.

Tadelnd schüttelte Jonas den Kopf. »Du willst es wirklich nicht verstehen.« Er entriss ihr den Revolver, öffnete ihn und füllte die Kammern mit den Patronen aus seiner Hosentasche. In einer fließenden Bewegung ließ er die Trommel an ihren Platz gleiten und nach Wild-West-Manier kreisen, dann hob er die Waffe.

Ein ohrenbetäubender Knall hallte durch den Raum. Kira zuckte zusammen, stieß einen spitzen Schrei aus und presste sich reflexartig ihre Hände auf die Ohren. Kein Schmerz. Sie sah auf die qualmende Mündung des Revolvers, die an ihr vorbeizielte.

Nein! Kira drehte sich um, sah Juliane mit nach vorn gekipptem Kopf in ihren Fesseln hängen. Ein dunkler Fleck breitete sich in Brusthöhe auf ihrem Shirt aus. »Nein!« Kira schrie verzweifelt, wollte zu ihrer Freundin stürzen, doch Jonas packte sie am Arm und zerrte sie zum Ausgang.

»Wir verschwinden«, sagte er emotionslos.

* * *

Trotz des immer noch starken Regens und vereinzeltem Donnergrollen war der Knall deutlich zu hören gewesen. Lukas richtete seine Aufmerksamkeit wieder auf den Hauseingang. Kurz darauf kam Kira Grunwald herausgelaufen, rannte zu ihrem Wagen. Ihr Mann folgte wenige Sekunden später, schrie etwas, richtete die Waffe gen Himmel und feuerte einen Warnschuss ab.

Die Frau verharrte in ihrer Bewegung, während Jonas Grunwald langsam zum Auto ging, die Beifahrertür öffnete und wartete, bis sie hinter dem Steuer Platz genommen hatte. Dann stieg er selbst ein. Das Auto wendete und entfernte sich in südlicher Richtung.

Lukas startete den Motor und folgte dem Hyundai in sicherem Abstand. Er wollte keinesfalls das Zusammentreffen mit der Polizei verpassen.

* * *

»Schlechte Nachrichten«, sagte Peter Hertz und steckte das Handy zurück in die Tasche. »Das Einsatzteam hat den vermeintlichen Unterschlupf von Jonas Grunwald durchsucht. Er war bereits weg.«

»Mist! Also hatte er sich tatsächlich dort aufgehalten?«

»Davon ist auszugehen.« Peter Hertz nickte. »Sie haben Frau Behring im Keller des Hauses gefunden.«

»Ist sie …«

»Sie wurde mit einer Schusswunde in der Brust zu einer Münchner Spezialklinik geflogen. Mehr weiß ich leider auch nicht. Im Keller lag aber noch eine weitere Frau. Ihr wurde die Kehle durchgeschnitten. Da kam jede Hilfe zu spät. Im Moment gehen die Kollegen davon aus, dass es sich um die gesuchte Isabelle Savoie handelt. Wie genau sie in Verbindung zu Herrn Grunwald stand, ist unklar.«

Holper seufzte. »Kein Hinweis darauf, wohin er verschwunden ist?«

Peter Hertz zögerte. »Die Fahndung läuft. Ein Anwohner meinte, einen Wagen gesehen zu haben, der mit hoher Geschwindigkeit wegfuhr und auf den die Beschreibung von Kira Grunwalds Hyundai passt. Allerdings konnte er das Nummernschild nicht sehen.«

Die Beschattung hätte nicht abgebrochen werden dürfen, dachte Holper, sprach es jedoch nicht laut aus. Er wusste, dass sein Vorgesetzter vermutlich denselben Gedanken hatte. Der Kommissar verlangsamte die Fahrt.

»Lass uns etwas essen«, schlug Peter Hertz vor. »Es gibt bestimmt einen Imbiss in der Nähe, und jetzt weiterzufahren, hat sowieso keinen Sinn.«

Holper nickte. »In Ordnung.«

* * *

Eine halbe Stunde später saßen die Kommissare am Tresen einer Currywurstbude. Es hatte endlich aufgehört zu regnen und erste Sonnenstrahlen spiegelten sich auf der nassen Straße.

Holper kaute nachdenklich auf der Plastikgabel herum und starrte abwesend vor sich hin. Das Klingeln von Hertz' Handy holte ihn in die Realität zurück.

»Ja, bitte? In Ordnung … Ja, ich verstehe … Ach, wirklich? … Und wo genau? … Okay, vielen Dank.« Er legte auf und schüttelte verwundert den Kopf.

»Was ist los?«, wollte Holper wissen. »Gute Neuigkeiten?«

»Schwer zu sagen.« Peter Hertz wiegte nachdenklich den Kopf hin und her. »Mein Kontakt in München sagt, dass es einen konkreten Hinweis zu Jonas Grunwald gab.«

»Ernsthaft?« Holper sah auf die Uhr. »Das ging schnell.«

»Ja. Ein Autofahrer soll sich beschwert haben, dass ihn jemand beinahe von der Straße gedrängt hätte«, erklärte sein Chef. »Die Beschreibung des Wagens passt zu Kira Grunwalds. Und jetzt wird es seltsam: Fragen Sie mich nicht, wieso, aber der Mann ist dem Wagen nachgefahren und hat beobachtet, wie er in der Nähe von Ingenried in einen Feldweg eingebogen ist.«

»Komischer Zufall.« Holper runzelte die Stirn. »Nehmen die Kollegen den Hinweis ernst?«

»Sie werden dem nachgehen müssen, der Anrufer hatte sich sogar Teile des Kennzeichens gemerkt. Auch die passen.«

»Mmh.« Holper holte sein Smartphone hervor und prüfte die Ortsangabe auf der digitalen Karte. Er pfiff durch die Zähne. »Das ist ja völlig im Nirgendwo. Wir könnten in gut einer Stunde dort sein, denke ich. Es sei denn, du …«

»Ach was«, winkte Peter Hertz ab. »Jetzt, wo wir die Vorschriften sowieso schon missachtet haben …« Er zwinkerte Holper zu. »Vielleicht schaffen wir es ja sogar vor dem MEK.«

* * *

Lukas legte das Handy zur Seite und spähte mit dem Fernglas zur Scheune hinüber. Langsam ging ihm dieser Jonas Grunwald auf die Nerven. Da er nicht den ganzen Tag – oder im schlimmsten Fall noch länger – darauf warten wollte, ob die Polizei mit der Fahndung erfolgreich war, hatte er ein weiteres Mal nachhelfen müssen. Die Geschichte, die er dem Herrn in der Notrufzentrale aufgetischt hatte, war nicht gerade einfallsreich gewesen, sollte ihren Zweck jedoch erfüllen.

Glücklicherweise besaß Lukas mehrere auf fremde Namen registrierte Mobilfunkkarten. Da er sich bei seinen Aufträgen als Privatermittler häufiger am Rande der Legalität und darüber hinaus bewegte, konnte er es sich nicht leisten, dass man seine Anrufe zu ihm zurückverfolgte.

Er sah zur Scheune hinüber, in der sich Jonas Grunwald mitsamt Wagen und seiner Geisel versteckt hatte. Bis auf die Reifenspuren, die in der vom Regen aufgeweichten Erde zurückgeblieben waren, deutete nichts auf den Flüchtigen hin. Lukas hätte zu gern gesehen, was im Inneren des Schobers vor sich ging, doch in diesem Fall siegte seine Vernunft über die Neugier.

Der dunkle Phaeton stand, von der Straße aus nahezu unsichtbar, in einem kleinen Waldstück, Lukas selbst hatte am Waldrand zwischen den Bäumen Stellung bezogen, um freien Blick auf das Ziel zu haben. Er lag bäuchlings auf einer moosgrünen Wolldecke, unter die er eine wasserdichte Plane gelegt hatte. Nun konnte er nur noch abwarten und hoffen, dass die Polizei seinen Tipp ernst nahm. Hoffen, dass er ein Finale zu sehen bekam, das diesen Aufwand wert war.

* * *

Einige Zeit später
Unruhig ging Jonas auf und ab. Seine Frau saß zusammengekauert in einer Ecke und wimmerte.

»Halt verdammt noch mal die Klappe!«, herrschte er sie an. Jonas hielt dieses Geflenne nicht mehr aus. Während der Fahrt hätte er ihr beinahe eine Kugel in den Kopf gejagt, nur damit sie endlich still war. Wie sollte er bei dieser nervtötenden Heulerei einen klaren Gedanken fassen? Er musste nachdenken, sich einen Ort überlegen, wo sie fürs Erste sicher waren.

Jonas stutzte. Die Geräuschkulisse hatte sich verändert. Kiras Gewimmer war immer noch da, doch darüber legte sich ein lauter werdendes Motorengeräusch. Jonas hielt sein Ohr an die Holzwand und glaubte, die Reifen eines Wagens durch den matschigen Feldweg gleiten zu hören. Unsanft zog er Kira auf die Beine.

»Los, sieh nach, was das ist«, forderte er sie auf.

Seine Frau sah ihn mit hasserfüllten Augen an, doch er war sicher, dass das wieder verging, dass alles sein würde wie früher, sobald sie erst eine Weile allein waren.

Kira öffnete langsam das Tor, streckte vorsichtig den Kopf durch den Spalt. Dann rannte sie los.

Scheiße! Jonas hatte einen Moment nicht aufgepasst, nicht damit gerechnet, dass sie in dieser Situation so dumm war, einen Fluchtversuch zu unternehmen. Er machte zwei schnelle Schritte aus dem Schuppen und versuchte, die Situation zu überblicken. Etwa dreißig Meter entfernt stand ein silberner Wagen.

»Bleib stehen!«, schrie er. Kira reagierte nicht. Sie hatte bereits die Hälfte des Weges hinter sich gebracht. Er durfte keinesfalls zulassen, dass sie ihm noch einmal entkam. Ohne darüber nachzudenken, hob er die Waffe und schoss. Sie lief weiter. Er schoss ein zweites, dann ein drittes Mal. Endlich taumelte sie und fiel getroffen zu Boden.

* * *

Die Windschutzscheibe splitterte, kurz darauf durchschlug eine zweite Kugel das Glas.

Holper duckte sich zur Seite. »Raus hier!«, schrie er, löste seinen Gurt, öffnete die Fahrertür und ließ sich aus dem Wagen fallen. Hinter der Tür ging er in Deckung, zog seine Waffe, zielte und feuerte mehrere Kugeln auf Jonas Grunwald. Sekunden später sackte dieser zusammen.

Mit gezogener Waffe ging Holper auf den Getroffenen zu, kickte mit seinem Fuß den Revolver aus seiner Reichweite und fühlte seinen Puls. Kein Herzschlag. Jonas Grunwald war tot.

»Ist bei dir alles in Ordnung?«, rief Holper seinem Kollegen zu und sah zurück zum Auto. Er erschrak. In Kopfhöhe des Beifahrers prangte ein Einschussloch in der Windschutzscheibe.

»Peter!«, rief Holper, doch sein Vorgesetzter reagierte nicht. Holper sprintete zum Wagen, riss die Beifahrertür auf und presste seine Hand auf die stark blutende Wunde am Hals des Kollegen. »Halte durch!« Er zog das Handy aus der Tasche, verständigte den Notruf und versuchte, die Blutung bis zum Eintreffen der Rettungskräfte zu stillen.

Wenige Minuten später durchschnitten Sirenen die ländliche Stille.

Epilog

Einige Tage später
Holper stand etwas abseits der Trauergemeinde, die sich am Grab versammelt hatte. Er ließ seinen Blick über die Anwesenden streifen. Kira Grunwald stand dort in einem schwarzen Kleid, starrte abwesend auf den Sarg, der gerade zum Herablassen vorbereitet wurde, und weinte. Holper spürte einen Kloß im Hals. Er war sich sicher, dass sie Juliane Behring hätten retten können. Vielleicht wäre es nie so weit gekommen, wenn sie die Observierung nicht abgebrochen hätten, vielleicht wäre dann auch Peter Hertz noch am Leben.

Er dachte an die Beerdigung seines Vorgesetzten vor zwei Tagen, an die aufmunternden Worte der Kollegen. Niemand hatte ihm sein Verhalten vorgeworfen, in aller Augen war es Hertz gewesen, der die Entscheidungen hatte treffen müssen. Nur Holper wusste, dass er seinen Chef überredet hatte. Dass er derjenige gewesen war, der auf die Fahrt gedrängt hatte, die schließlich einen guten Polizisten das Leben gekostet hatte.

Nur langsam kam ans Licht, was sich während der vergangenen Wochen in dem Ort zugetragen hatte, in dem Jonas Grunwald untergetaucht war. Die Ermittler gewannen mit jedem Tag weitere Erkenntnisse über die Ereignisse dort. Eine junge Frau – eine Christine Haubinger, soweit Holper wusste – war von Grunwald mit einem Sexvideo erpresst worden, ihm die Waffe zu verschaffen, mit der er letztendlich zwei Menschen erschoss. Zwei Polizeibeamte hatten Frau Haubinger am darauffolgenden Tag in ihrer Wohnung gefunden, mit aufgeschnittenen Pulsadern.

Nach den Vorfällen hatte sich Holper einige Tage Urlaub genommen. So gern er seinen Beruf auch ausübte, brauchte er jetzt etwas Abstand, ein wenig Zeit, die Dinge zu verarbeiten, Zeit mit seiner Frau und seiner Tochter. Natürlich würden ihn in den nächsten Wochen viel Papierkram, Fragen und möglicherweise sogar eine vorübergehende Suspendierung erwarten, doch das war nicht das Ende.

* * *

Kira warf eine weiße Rose auf den Sarg hinunter. Sie konnte einfach nicht glauben, dass ihre Freundin dort unten lag, dass sie Juliane nie wiedersehen würde. Sie vermisste ihr fröhliches, ansteckendes Lachen, ihren Mut, ihre Stärke, einfach alles an ihr. Kira war nun ganz allein, ohne Freunde, ohne Familie … ohne Juliane. Ihre Freundin war gestorben, weil sie hatte helfen wollen, und Kira hatte ihr nicht helfen können, als es notwendig gewesen war.

»Mein herzliches Beileid.«

Kira erkannte den Polizisten wieder, der ihr das Leben gerettet und sie später im Krankenhaus befragt hatte. Lächelnd nickte sie ihm zu. »Danke. Schön, dass Sie gekommen sind, Herr Holper.«

»Das ist doch selbstverständlich«, erwiderte er. »Wie geht es Ihnen?«

»Es tut weh«, antwortete sie gequält lächelnd und fasste sich mit der Hand an die Taille, die unter dem Kleid weiterhin dick bandagiert war. Durch die Kugel, die sie im Rücken getroffen hatte, waren glücklicherweise keine lebenswichtigen Organe verletzt worden. Nach einer OP und ein paar Tagen Krankenhausaufenthalt hatte Kira bereits wieder nach Hause gehen können. Seitdem befand sie sich in ambulanter Behandlung und würde so bald wie möglich eine Therapie beginnen, um die seelischen Wunden zu kitten. Wunden, die vielleicht niemals ganz verheilen würden.

Kira schaute noch einmal auf den Sarg hinab. Durch den Tränenschleier nahm sie die Rose nur noch als weißen Fleck wahr. Sie fühlte sich so einsam und verlassen wie niemals zuvor.

* * *

Auch Monate später fiel es Kira noch schwer, die Gedanken an Jonas und den Tod ihrer Freundin zu ertragen. Obwohl ihr die Gespräche bei ihrer Psychologin spürbar guttaten, lebte Kira weiterhin völlig zurückgezogen in ihrer neuen Wohnung. Das gemeinsame Haus war längst verkauft, denn dort hatte sie alles an ihre Zeit mit Jonas erinnert, an eine Zeit, die sie so schnell wie möglich vergessen wollte.

Es dauerte beinahe zwei Jahre, bis Kira in der Lage war, wieder einen Mann in ihr Leben zu lassen. Vor wenigen Wochen war ihr Patrick begegnet und vom ersten Augenblick an sympathisch gewesen. Kira hatte zu Beginn versucht, die Gefühle zu unterdrücken, die sie in seiner Gegenwart spürte. Zu groß war die Angst, noch einmal etwas zu erleben wie mit Jonas. Doch Patrick hatte sich nicht beirren lassen, ihr immer wieder gezeigt, was sie ihm bedeutete, ohne sie dabei zu bedrängen, und schließlich hatte sie ihren Gefühlen nachgegeben.

Seit drei Wochen waren sie nun ein Paar. Kiras Vergangenheit drängte sich immer wieder in den Alltag, doch sie begannen beide zu lernen, damit umzugehen. Von Tag zu Tag schöpfte Kira ein wenig mehr Vertrauen und zum ersten Mal seit vielen Jahren mochte sie ihr Leben. Zum ersten Mal seit langer Zeit hatte sie Hoffnung, wieder glücklich zu werden.

Lieber Leser,

ich hoffe, dass dir „(W)ehe du gehst“ gefallen hat. Wenn das der Fall ist, würde ich mich über eine Weiterempfehlung oder eine Bewertung im Shop, auf lovelybooks, goodreads, watchareadin oder ähnlichen Seiten sehr freuen.

Gern kannst du mir auch eine persönliche Nachricht mit deiner Meinung oder Kritik zum Roman schicken. Schreib mir einfach eine E-Mail an jannes@romanfieber.de, ich antworte bestimmt.

Wenn du mehr über mich oder meine anderen Bücher erfahren möchtest, besuch mich doch auf meinem Autorenblog unter https://romanfieber.de, auf meiner Facebook Seite unter https://www.facebook.com/JannesCCramer oder folge mir auf Twitter via @JannesCCramer.

An dieser Stelle möchte ich mich ganz herzlich bei allen bedanken, ohne die der Roman in seiner jetzigen Form nicht möglich gewesen wäre. Besonders bei meinen Testleserinnen Kerstin, Anita, Yvonne, Jil und Becky, meinem LektorenDuo Carola und Walter und nicht zuletzt bei meiner Grafikerin Kerstin für das tolle Cover.

Herzliche Grüße
und auf ein baldiges Wiederlesen

Jannes

Schattentäter
Jannes C. Cramer

Erhältlich als E-Book
oder Taschenbuch

Schattentäter

von Jannes C. Cramer

Schatten ist die Abwesenheit von Licht – der Tod das Ende des Lebens. Doch was, wenn manches von dem, was wir denken zu wissen, ein Irrglaube ist? Wenn es diejenigen gibt, für die andere Regeln gelten?

Felix' Leben gerät mehr und mehr aus den Fugen. Seit dem plötzlichen Tod seiner Frau zieht er sich völlig zurück und greift immer häufiger zur Flasche. Selbst seine beste Freundin Melanie findet kaum noch Zugang zu ihm. Nach einem schweren Unfall glaubt sie, ihn für immer verloren zu haben, doch Felix überlebt wie durch ein Wunder. Hatte er einfach nur Glück? Oder steckt mehr dahinter?

Eine Leseprobe finden Sie auf
https://romanfieber.de/schattentaeter/